あきない世傳《せいでん》 金と銀㈩二

出帆篇

高田 郁

時代小説文庫

角川春樹事務所

本書は時代小説文庫（ハルキ文庫）の書き下ろし作品です。

目次

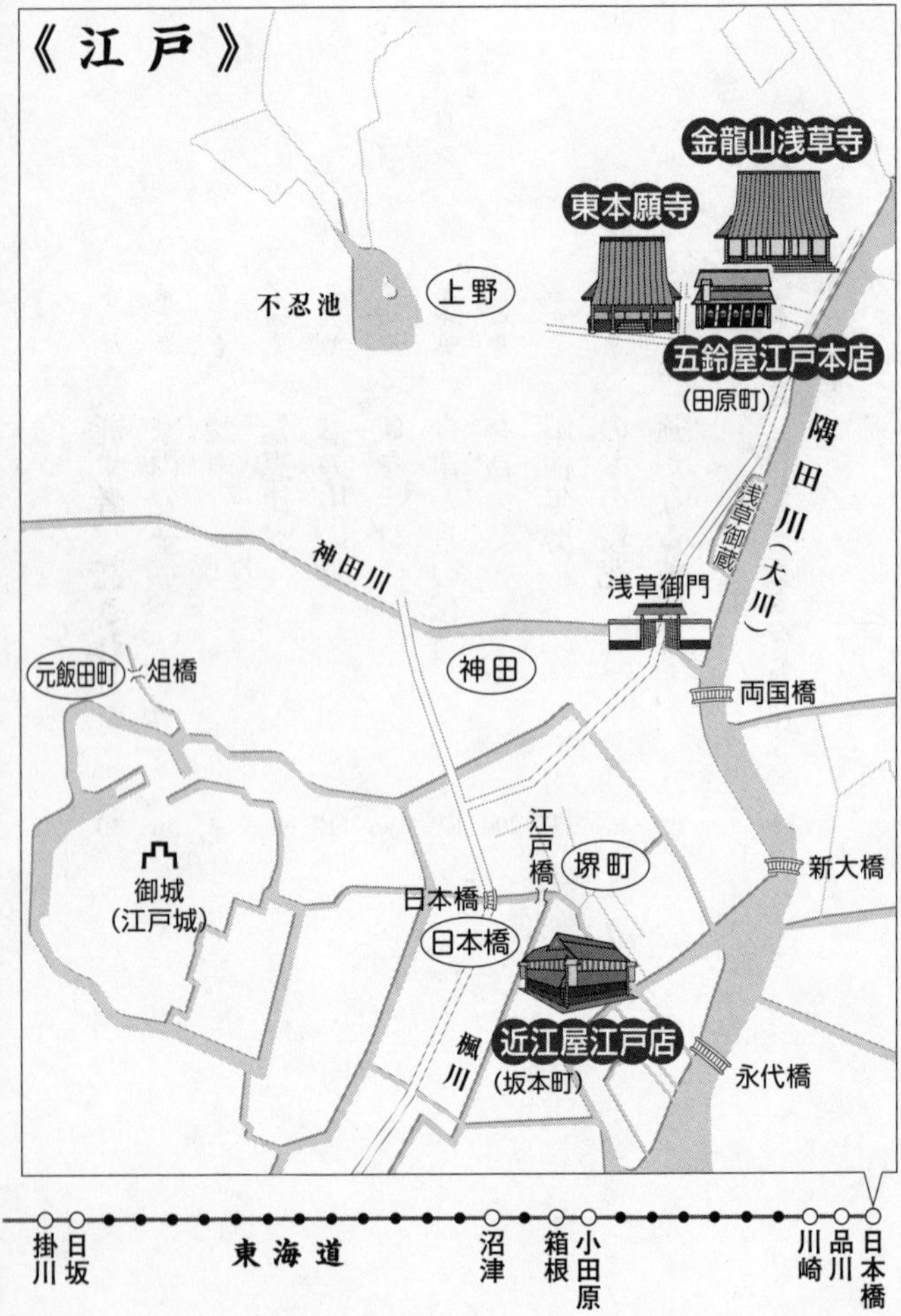
《江戸》
金龍山浅草寺
東本願寺
不忍池
上野
五鈴屋江戸本店
（田原町）
隅田川（大川）
浅草御蔵
神田川
浅草御門
元飯田町
俎橋
神田
両国橋
江戸橋
堺町
新大橋
御城
（江戸城）
日本橋
日本橋
楓川
近江屋江戸店
（坂本町）
永代橋
掛川
日坂
東海道
沼津
箱根
小田原
川崎
品川
日本橋

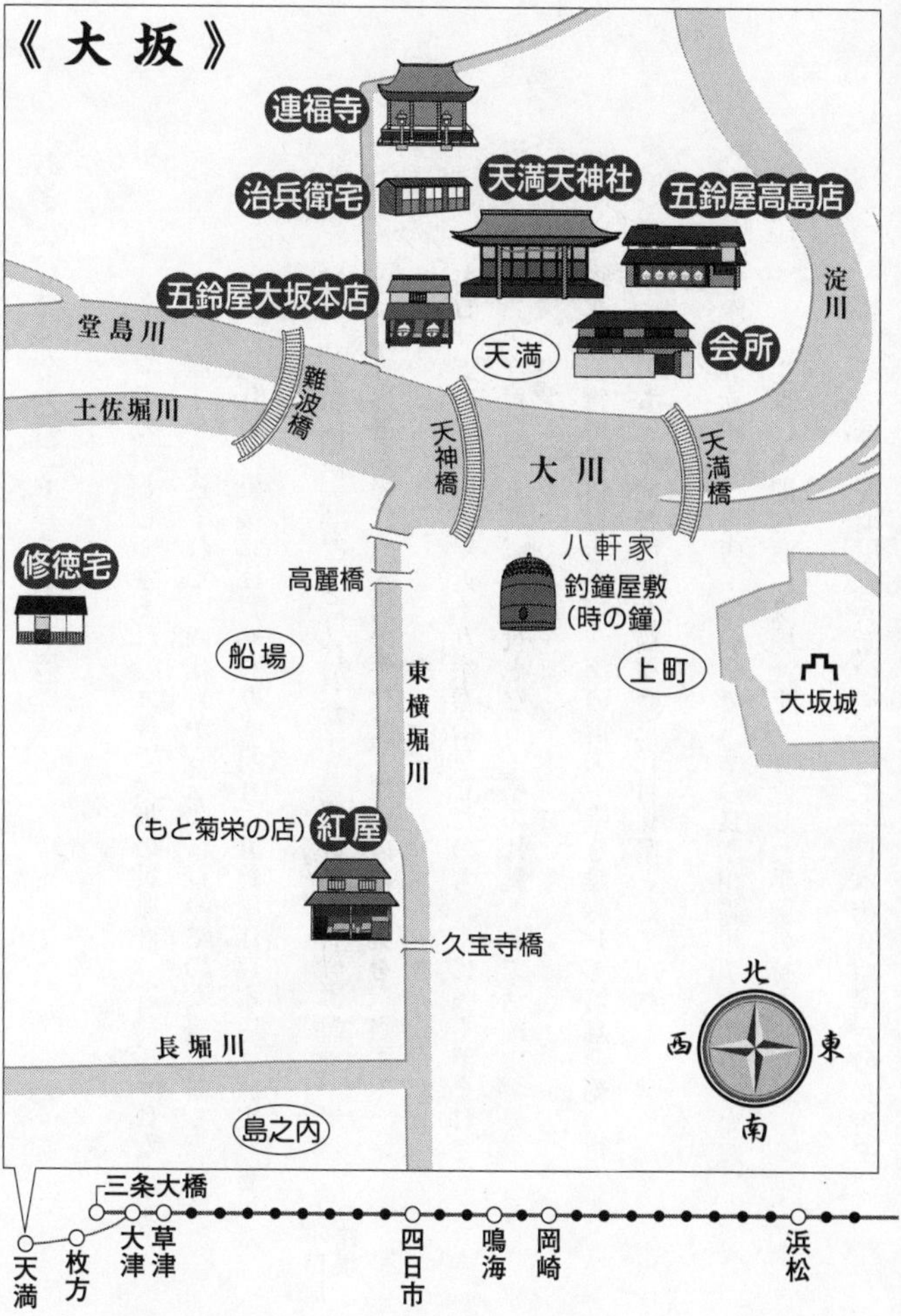

《大坂》
連福寺
治兵衛宅
天満天神社
五鈴屋高島店
淀川
五鈴屋大坂本店
堂島川
天満
会所
難波橋
土佐堀川
天神橋
大川
天満橋
八軒家
修徳宅
高麗橋
釣鐘屋敷
(時の鐘)
船場
上町
大坂城
東横堀川
(もと菊栄の店)紅屋
久宝寺橋
北
西
東
南
長堀川
島之内
三条大橋
天満
枚方
大津
草津
四日市
鳴海
岡崎
浜松

地図・河合理佳

「あきない世傳 金と銀」主な登場人物

幸《さち》　学者の子として生まれ、九歳で大坂の呉服商「五鈴屋《いすずや》」に女衆奉公。商才を見込まれて、四代目から三代に亘っての女房となる。六代目の没後に江戸へ移り、現在「五鈴屋江戸本店」店主を務める。

賢輔《けんすけ》　「五鈴屋の要石」と呼ばれた治兵衛のひとり息子。今は五鈴屋江戸本店の手代で、型染めの図案を担当する。

お竹《たけ》　五鈴屋で四十年近く女衆奉公をしたのち、幸に強く望まれて江戸店へ移り、小頭役となる。幸の片腕として活躍中。

惣次《そうじ》　五鈴屋五代目店主で、幸の前夫。幸を離縁して消息を絶ったのち、本両替商「井筒屋」三代目保晴《やすはる》として現れる。

菊栄《きくえ》　五鈴屋四代目店主の前妻で、幸の良き相談相手。傾いていた生家の小間物商「紅屋」を立て直した手腕の持ち主。

結《ゆい》　幸の妹。音羽屋忠兵衛の後添いで「日本橋音羽屋」の女店主。

あきない世《せい》傳《でん》 金と銀 十二 出《しゅっ》帆《ぱん》篇

ただ金銀が町人の氏系図になるぞかし

井原西鶴著『日本永代蔵』より

第一章　託す者、託される者

冬陽《ふゆび》に身を委《ゆだ》ねた障子《しょうじ》が、五鈴屋《いすずや》の奥座敷を柔らかな白い光で満たしている。替えたばかりの畳表《たたみおもて》は青々として美しく、爽《さわ》やかな芳香《ほうこう》を放つ。その畳に敷布が広げられて、先刻より、三人の女たちが前屈《まえかが》みになって覗《のぞ》き込んでいた。

山と積まれているのは、ふっくらと綿の詰まった、藍《あい》色の鼻緒《はなお》だった。足の指の間に挟まる「前壺《まえつぼ》」と呼ばれる部分には、黄銅の小鈴がひとつ、糸で括《くく》り付けられている。軽く揺すってみれば、ちりちりと優しい音がした。

「何と愛らしいことだすやろか」

鼻緒を手に取って、菊栄《きくえ》がぎゅっと目を細める。

「五鈴屋の創業十年の、ええ記念の品になりますなあ」

「金銀の小鈴、というわけにはいきませんが、鈴は屋号に因《ちな》みますし、魔除《まよ》けにもなりますから」

鼻緒に不具合がないか、お竹《たけ》とともに品を検《あらた》めていた幸《さち》が、手を止めて応《こた》える。五鈴屋江戸本店《えどほんだな》がここ浅草田原町《あさくさたわらまち》に店を開いて丸十年、五日後、その創業記念の日を迎える。例年、この日に反物《たんもの》を買い上げたお客に、心ばかりのお礼として、手作りの鼻緒を贈るのを習いとしていた。十年は店としての節目でもあるため、今回は少し手を加え、鈴付きとしたのだ。

「師走《しわす》十四日、赤穂義士《あこうぎし》の討ち入りの日ぃに暖簾《のれん》を揚げたことと言い、この鈴付きの鼻緒と言い、五鈴屋の皆の知恵には感心します」

お家《え》さんが生きてはったら、さぞ、と菊栄は声を落とした。

五鈴屋二代目店主の女房だった富久《ふく》は、亡くなる間際まで「お家さん」として五鈴屋を支えたひとだ。昨日、その十七回忌を終えたばかりであった。

――幸、頼みましたで

今わの際《きわ》に、富久が発した声が、今も幸の耳の奥に、はっきりと残っている。

五鈴屋を百年続く店に。

創業から百年続いたなら、次の百年、それを越えたらまた次の百年。たとえ、ひとの寿命は尽きても、末永《すえなご》うに五鈴屋の暖簾を守り、売り手も買い手も幸せにする商いを、続けて行ってほしい。

それが二代目徳兵衛《とくべえ》から富久へ、そして幸へと託された願いであった。

四代目、五代目、そして六代目。三兄弟に順に嫁ぎ、六代目徳兵衛こと智蔵《ともぞう》亡きあと、智蔵との約束を守って江戸へ出て十年。だが、十年のうちの半分は、五鈴屋の基《もとい》であった呉服商いを断念せねばならなかった。太物《ふともの》商いを専らとして精進を重ね、漸《ようや》く、呉服を扱い得る、という展望が開けてきたところだ。

「ほんまなら、霜月《しもつき》二十五日の寄合《よりあい》で、例のことが決まるはずだしたやろ？　創業日までに、ええ知らせが聞けると思うてましたよって、それだけが惜しおますな」

幸たちの気持ちを慮《おもんぱか》ってか、菊栄は優しく慰めた。

菊栄の言う通り、本来なら先月、浅草呉服太物仲間の寄合で大事な決定がなされるはずだった。しかし、急な冷え込みで風邪《かぜ》が流行《はや》り、三名の出席が叶《かな》わなくなった。仲間の行く末を左右する大切な決め事ゆえ、全員が揃《そろ》わねばならず、ひと月先に持ち越されてしまったのだ。

「その分、お仲間の皆さんに、ゆっくりとお考え頂けます。それに、風邪の流行りも落ち着いたようで、ほっとしています」

店主の言葉に、傍らのお竹が深く頷《うなず》いている。その時、「ご寮《りょん》さん」と、襖《ふすま》の向こうから、支配人の佐助《さすけ》の声が掛かった。

「今、大坂《おおさか》本店の鉄助《てつすけ》どんより、文《ふみ》が届きました」

「鉄助どんから？」

浅草太物仲間からもたらされた提案について、八代目店主の周助《しゅうすけ》と鉄助あてに文を書き送ったが、その返信なら既にもらっている。何だろう、と幾分身構えつつ、佐助から文を受け取り、その場で開いて目を通す。

さほど長い文ではなかった。一読して、幸は切紙を手に深く頭《こうべ》を垂れた。

一体、鉄助からどのような知らせがもたらされたのか、と佐助が、案じる眼差《まなざ》しを幸に向ける。

「商いの件ではありません。良い知らせと、そうでない知らせが書かれてあります」

文を畳《たた》んで佐助に渡して、残る二人に、幸は哀切の滲《にじ》む語調で告げた。

「良い知らせというのは、長浜《ながはま》の茂作《もさく》さんが、孫の健作《けんさく》さんと一緒に、江戸に向けて出立されたとのこと。何事もなければ、師走十日頃《ごろ》までに到着されるそうですよ」

茂作は、手代賢輔《けんすけ》の母親お染《そめ》の叔父《おじ》にあたる。長い間、五鈴屋の浜羽《はまは》二重《ぶたえ》を売り伸ばしてくれた近江《おうみ》商人であった。

健脚自慢で七十過ぎまで東北への行商に勤《いそ》しんだものの、流石《さすが》に昨年あたりから、孫の健作に任せるようになっていた。それまで飛脚問屋に奉公していた健作は、足腰も丈夫で、良い後継者だと聞いている。五鈴屋江戸本店はまだ健作と面識がないため、遅ればせながら、引き継ぎの挨拶《あいさつ》を兼ねての、祖父と孫との東下《あずまくだ》りとのことだ。

「賢輔どんも、それに皆も喜びますやろ。ほんで、今ひとつの方は何だすか」

菊栄に問われて、幸は、

「医師の柳井《やない》道善《どうぜん》先生の訃報《ふほう》です」

と、短く答えた。

店主の言葉を聞くなり、お竹は両の手を合わせる。

五鈴屋三代目の頃に女衆奉公《おなごし》に上がったお竹は、代々の店主と医師との関《かか》わりを具《つぶさ》に見てきた。思い出もその分、尽きないのだろう。

道善は、子を死産して危篤《きとく》になった幸を救ってくれた恩人だった。富久と智蔵が病を得た時、亡くなった時も、道善にどれほど支えられたか知れない。それに、卒中風《そつちゆうふう》を患《わずら》った親旦那《おやだんな》の孫六《まごろく》と、もと番頭の治兵衛《じへえ》にとって、心強い主治医だ。

「百四歳にならはって、おかみからも大層な褒美《ほうび》の言葉をもろてはったそうだす。今年の暑さでえらい弱らはったよって、高島店《たかしまだな》の離れにお移り頂いて、最期は親旦《おやだん》那さんや治兵衛どんに看取《みと》られての大往生やった、て」

文を示して、佐助が店主の言葉を補った。

百四、と菊栄が温《ぬく》もった息を吐く。そこまでの長命、それに大往生いうんも、何や羨《うらや》ましいおます」

「よう頑張らはりましたなぁ。せやさかい、葬儀の時も、『あやかりたい』いうおひとが仰山《ぎょうさん》、参らはったそうだす。昔は私も先生をよう負ぶわせて頂きました。懐かしいて寂しいことだす」

文をもと通りに折り畳んで幸に戻したあと、佐助は奥座敷を辞した。そろそろ暖簾を出す頃合いであった。

五鈴屋では、師走になると、年始用の反物を買い求めるお客が目立つ。客足が一段落した昼餉《ひるげ》時、幸は蔵に行くために庭へ出た。

五鈴屋の蔵は四棟、一番奥の蔵へと向けていた足が、ふと止まる。蔵と蔵の間、陽の射《さ》さない薄暗い所に、ひとの姿があった。大吉《だいきち》が、こちらに背を向けて蹲《うずくま》っている。

その背中が小刻みに震えるのを認めて、幸は音を立てぬようそっと踵《きびす》を返した。背後で、嗚咽《おえつ》が洩《も》れていた。

ふた親を立て続けに喪《うしな》ったあと、疱瘡《ほうそう》に罹《かか》った大吉を、引き取って養育したのが、ほかならぬ柳井道善であった。自身の老いもあり、大吉の行く末を案じて、道善から五鈴屋に「預かってほしい」との申し出があった。

仮令《たとえ》、長命であっても、それが死別の悲しみを埋めるわけではない。大切な誰《だれ》かを喪う、その悲嘆は計り知れない。今わの際に手を取り、声をかけ、別れの時を持てたのならまだしも、突然の死の知らせは、やるせなさと悔いを残すばかり。

支配人からその訃報を聞いたあとも店が客で賑《にぎ》わううちは耐え、今、ああして人知れず泣いているのだ。子どもだ子どもだ、と思っていた大吉も、年が明ければ十九歳になる。

——大吉のこと、くれぐれも宜《よろ》しゅうにお頼み申します。私は、あれが可愛《かわい》い
大坂で再会した時、道善から託された願いは、今も幸の胸に刻まれていた。

見上げれば、蔵の白壁と空の青さが一層、目に沁《し》みる。

大吉を必ず、良い商人に育て上げます。ご安心くださいませ。

胸のうちで、幸は道善に伝えていた。


「今日もお見えにならへんかった」

夕餉の仕度を整え、杓文字《しやもじ》を手にしたお梅《うめ》が、しょんぼりと肩を落とす。

板敷には、主従と菊栄の分のほか、客用のお膳《ぜん》がふたつ。大根と油揚げの煮たものは、ほかほかと湯気を立てている。十日頃までに江戸に着くはずの茂作と健作は、十

三日になっても姿を見せなかった。

「何ぞおましたんやろか」

御櫃《おひつ》からそれぞれの茶碗《ちゃわん》にご飯を装いつつ、お梅は嘆く。

「石が落ちてきたとか、木ぃが倒れてきたとか、箱根《はこね》で何ぞ酷《ひど》い目ぇに遭うてはるんだすやろか。それとも、ほれ、あの……あの日坂《にっさか》の……せや、小夜《さよ》の中山《なかやま》、あこ（あそこ）を二人して転がり落ちたとか」

「お梅どん、あんたは黙ってなはれ」

お竹が、お梅の杓文字を取り上げて叱責《しっせき》した。

「たった三日だすがな、予定を三日過ぎただけで、そない騒ぐもんと違う。大体、あんたの時は半月も遅れたんだすで。私ら皆、どない気ぃ揉《も》んだか」

「ほんまにそうだすで、お梅どん」

豆七《まめしち》がお竹に加勢する。

「もう心配で、心配で。私、ご飯も喉《のど》を通らんかったんだす」

「豆七どん、方便はええが嘘《うそ》はあかん。毎回、お代わりしてはったやないか」

佐助のひと言に、板の間に笑いが起きた。皆が賢輔を慮っているのがわかる。

「大叔父をご心配頂き、ほんにおおきにありがとうさんでございます」

箸《はし》を置いて、賢輔が一礼する。

「けんど、『何ぞあったんか』と心配できるんは、まだ幸せなことかも知れません。亡《の》うなったあとにそれを教わる方が、ずっと辛《つろ》うおますやろ」

大吉の辛さ、切なさを思いやる物言いだった。

賢輔の気持ちを酌んだのだろう、大吉は唇を引き結び、目を瞬《しばた》いている。

「明日は十年の節目の日です。盛大に働いてもらうので、しっかりお食べなさい」

皆の気持ちを切り替えるべく、明るい口調で言って幸は飯茶碗を手に取った。

元禄《げんろく》十五年（一七〇二年）師走十四日、赤穂義士四十七士が本所《ほんじょ》の吉良《きら》邸へ討ち入る、という大事件が起きた。

赤穂藩家老だった大石内蔵助《おおいしくらのすけ》を頭に、入念に計画を練り、二年の時をかけて実行に移し、見事、主君浅野内匠頭《あさのたくみのかみ》の無念を晴らしたのである。仇討《あだう》ちを果たしたのち、全員が切腹を命じられたが、忠義に生きた義士たちの物語は、事件発生から四十七年後、江戸三座で歌舞伎《かぶき》として取り上げられた。「忠臣蔵《ちゅうしんぐら》」の名で江戸っ子を夢中にさせ、以後、繰り返し、あちこちの芝居《しばい》小屋で上演されている。ゆえに「師走十四日」は皆の記憶に刻まれて、忘れられることもない。

宝暦《ほうれき》元年（一七五一年）、その赤穂義士所縁《ゆかり》の日に、浅草田原町三丁目に店を開いたのが、大坂天満《てんま》菅原《すがはら》町に本店を持つ、五鈴屋であった。

当初、「大坂の呉服商が江戸へ討ち入った」だの「大石役の店主は女らしい」だのと面白おかしく噂《うわさ》された。だが、「買うての幸い、売っての幸せ」を基とする商いは、次第に江戸のひとびとを魅了していく。

即《すなわ》ち、武士の裃《かみしも》に用いられていた小紋《こもん》染めを町人のものとし、麻疹禍《ましんか》には鉢巻き用として江戸紫《えどむらさき》の小紋染めの切り売りに応じた。呉服仲間を追われて、太物商いのみになったあとも、工夫を忘れなかった。創業時からの帯結び指南に加えて、反物の裁ち方指南を開始、さらには、身拭《みぬぐ》いに過ぎなかった湯帷子《ゆかたびら》を寛《くつろ》ぎ着としての浴衣《ゆかた》へと転じた。勧進大相撲《かんじんおおずもう》冬場所の折り、力士と揃いの浴衣を、浅草太物仲間の店で一斉に売り出したことは、記憶に新しい。

買い手のことを第一に考える誠実な姿勢を貫いて、五鈴屋江戸本店はこの度、無事に創業十年を迎えたのである。

「おいでやす」

「おおきに、ありがとうさんでございます」

丁重な挨拶の声が繰り返され、青みがかった緑色の暖簾を捲《まく》って、客の出入りが続く。紙入れを握り締め、勇んで乗り込む者あり。

「今年の鼻緒は店の名にも因んでいて、何とも粋《いき》だねぇ、新年から大事に使わせてもらうよ」

風呂敷包《ふろしきづつ》みを胸に抱いて、そんな台詞《せりふ》を浮き浮きと口にする者あり。

事情を知らず、たまたま通りかかった者たちは、店の賑わいと、表に積み上げられた祝い酒に目を奪われた。

「何とも豪勢なことだな」

「五鈴屋……ああ、藍染め浴衣地の五鈴屋ってのはここだったか」

開業十年記念の日と聞いて、吸い寄せられるように奥へと消えていく者も、後を絶たなかった。

それでも、流石に暮れ六つ（午後六時）前には暖簾が捲られることも無くなった。店の間は既に薄暗く、行灯《あんどん》が置かれる。そろそろ暖簾を終《しま》おうか、と思った矢先、大吉の「おいでやす」が響いた。

おそらくそれが最後のお客になるだろう、と主従は思い、お客を迎え入れるため、上り口の方へと向き直った。

振り分け荷物を肩に負い、手甲脚絆《てっこうきゃはん》の旅姿。背の高い、頑丈な体軀《たいく》の二十代半ばと思《おぼ》しき男と、背中の曲がった小柄な男の二人連れだった。小柄な方は笠《かさ》を被《かぶ》っているために、顔はわからないが、体形からみて年寄りだと思われた。

賢輔が弾《はじ》かれたように立ち上がり、音を立てて畳を駆け、土間へと下り立った。もしや、と残る主従が中腰になって、賢輔を眼《め》で追う。

「大叔父さん、ようご無事で」

躊躇《ためら》うことなく笠の男に歩み寄ると、賢輔は懐かしげに呼びかけた。

「おお、賢輔、久しぶりや」

男は顎紐《あごひも》をもどかしそうに解《ほど》いて、笠を外す。髪は真っ白になり、顔の皺《しわ》も多く刻まれているが、双眸《そうぼう》の輝きは失われていない。

紛れもなく、待ち人そのひとであった。

安堵《あんど》と喜びの詰まった声が重なり、表座敷は一気に沸《わ》き立つ。さっと立ち上がる店主に続いて、皆が土間へと急いだ。

「何年ぶりやろか、七代目。それに五鈴屋の皆さんも」

笠を手に、老人はぐるりと店の中を見回したあと、もう一度、幸に視線を戻すと、ぱっと破顔した。

「何とか、十年の祝いに間に合いました。ほんに、立派にならはった」

「茂作さん」

懐かしい名を呼んで、幸は茂作のもとへと駆け寄った。上り口の行灯が、幸と茂作の再会を明るく照らす。もうひとりの旅人は、好ましげな眼差しを皆に向けていた。

賢輔は手を伸ばし、その男の腕を摑《つか》むと、ゆさゆさと揺さ振った。

「健作、お前《ま》はん、健作やな。大叔父さんによう似てはるなあ」

「賢輔さんも、お染おばさんにそっくりで驚きました」

そう言って、健作も声を詰まらせる。長浜と大坂、それに奉公の身では会うことも叶わない。名は知れど、顔を合わせぬままに過ごしてきたのだ。

「やっとだすなあ、やっと」

土間伝いに現れたお梅が、ぐずぐずと洟《はな》を啜《すす》り上げた。騒ぎを聞いて、菊栄も奥座敷から現れた。

赤飯を蒸す甘い香りが、台所から漂う。六つ半（午後七時）頃から力造《りきぞう》たちを招いて、ささやかな周年祝いの宴《うたげ》を催すことになっていた。

「壮太《そうた》どん、長次《ちょうじ》どん、暖簾を終いなさい。豆七どんは力造さんのところへ行って事情を知らせ、申し訳ないけれど宴を明日に変更したい、と伝えなさい。賢輔どんと大吉どんはお二人のお世話を。足をお濯《すす》ぎして、二階でまずはゆっくりして頂いて」

店主は各自のすべきことを指示したあと、茂作と健作に、
「さぞお疲れになられたことと存じます。積もる話も沢山ございますが、半刻《はんとき》（約一時間）ほどあとに夕餉にし、今夜はゆっくりお休みくださいな」
と、長旅を労《ねぎら》うのだった。

土間にひとつだけ置かれた樽酒《たるざけ》が、明日の出番を密《ひそ》やかに待っている。沢山届けられた祝い酒は、一樽を残して、商売繁盛で知られる稲荷《いなり》神社へ寄進を済ませていた。以前、千代友屋《ちよともや》の女房から受けた助言が役立った。

豆七は力造宅からまだ戻らず、菊栄は奥座敷、賢輔と大吉は茂作たちと二階にいる。壮太と長次は表座敷の後片付けに勤しんでいた。

「千代友屋さん、近江屋《おうみや》さん、それに、去年はおいでにならず随分と気を揉んだ砥川《とがわ》さまご夫妻にも足を運んで頂いて、ほんに、心に残るええ節目になりました」

まだ創業十年の熱気の残る表座敷で、佐助が神妙に言って、帳簿を開く。

「ご寮さん、これを」

薄暗い室内、お竹が行灯を引き寄せて、佐助の手もとを照らした。

「お蔭《かげ》さんで今年の創業日も、仰山、お買い求め頂けました」

支配人の声に、安らぎと満足とが滲む。帳簿に記載された売り上げの数字は、力士の浴衣地商い時を越えるものだった。

「藍染めの浴衣地だけでなくて、伊勢木綿《いせもめん》もよく出たのね。縞《しま》も根強い人気だわ」

ありがたいこと、と幸は慈しむ手つきで帳簿を撫《な》でる。

「小鈴付きの鼻緒も、皆さんに大層、喜んで頂けました」

仰山拵《こしら》えたはずやのに、手もとにひとつも残らず終いだした、と支配人は少し残念そうに言った。

浴衣の針妙《しんみよう》を任せているおかみさんたちの手を借りて、作り上げた鼻緒だった。鼻緒に付けた小鈴は履いた時に障らず、小さく目立たないので、老若男女を問わず歓迎された。

「ええ周年記念になりましたなあ」

お竹がほっと緩んだ息を吐く。

「十年……もう十年にもなるんだすなぁ」

時の流れは早《はよ》うおますなぁ、との小頭役《こがしらやく》のひと言に、幸と佐助はしみじみと頷く。

撞木《しゆもく》を揃える手を止めて、壮太が、

「ほんまは表座敷でする話と違うかも知れへんのですが」

　と、遠慮がちに口を開く。

「私と長次が正式にこちらに移らせて頂いて二年半ほど。助っ人《すけと》やった頃を加えても、そない長いことはおまへん。その間だけでも色々ありましたよって、十年となると……。ほんに、どれほど大変やったことやろか、と」

　壮太の隣りで「ほんまにそうです」と、長次が深く頷いた。二人の言葉に、佐助とお竹は何とも感慨深い色を滲ませる。

　そうね、と幸は視線を畳に落とした。

「吉凶、織り交ぜての十年だったわねぇ」

　真っ先に浮かぶのは結《ゆい》、そして音羽屋《おとわや》忠兵衛《ちゅうべえ》による仕打ちだが、めでたい日に触れる気にもならない。幸は視線を上げて、佐助らを順に眺めた。

「茂作さんと健作さんまで駆け付けてくださったし、何より、こうして皆、健やかで節目の日を迎えられた。これ以上の喜びはありません」

　店主の重いひと言に、四人は揃って頭を下げた。

　二階から、茂作の朗笑《ろうしょう》が降ってくる。賢輔と何か話が弾んでいるらしい。大吉が台所で赤飯を蒸し直しているのか、柔らかな匂《にお》いが漂っている。繁盛の一日を終えて、主従は満ち足りていた。

それぞれに、思うことはひとつ。

「来年は皆さんに、どんな創業記念の日になるだろうか。呉服もお買い求め頂けるようになったら、嬉《うれ》しおますなぁ」

帳簿を閉じて、佐助が自身に言い聞かせるように呟《つぶや》いた。

翌日も、からりと乾いた上天気となった。

朝餉のあと、店開けまでの合間を使って、幸は奥座敷で、治兵衛に宛《あ》てて文を認《したた》めていた。茂作と健作の無事到着を知らせるためであった。茂作たちには、旅の垢《あか》を落とすべく、朝風呂《あさぶろ》に出かけてもらっている。

庭先で、誰かが水を使う音がしている。おそらく、お竹が旅人の汚れものを洗っているのだろう。ごしごし、ごしごし、と丹念な揉み洗いの音が届く。お梅ならば、あらゆるものに糊付《のりづ》けをしかねない。柔らかな気持ちで、幸は筆を動かしていた。

ふと、音が止《や》んだ。水を捨てるでもなく、洗濯が終わった風でもない。気になって立ち上がり、座敷を出て裏戸から庭を見た。

盥《たらい》の脇《わき》に屈みこんだお竹が、しきりと首を捻《ひね》っている。

「お竹どん、どうかしたの？」

「ご寮さん」

　お竹は腰を伸ばして、幸を振り返った。まだ洗う前の、汚れているであろう色足袋《いろたび》を手にしている。

「茂作さんの足袋だすのやけど」

　裏返した足袋を、お竹は幸に示した。よくある木綿の足袋だと思ったが、どうにも様子が違う。生地自体はとても粗い。ところが、肌触りが柔らかいのだ。天鵞絨《びろーど》のように滑らかではないが、ふわりと毛羽立っているせいだろうか。

「絹ではないようだけれど、何かしら」

「こないな生地、私は生まれて初めて見ました」

　齢六十八のお竹が知らないものを、幸が知る道理もなかった。そっと触れると暖かい。足が冷える冬の旅では何よりだろう。幸の感心をよそに、お竹は、

「水で洗うても、ええもんだすやろか」

　と、悩んでいた。

「七代目、邪魔しますぜ」

その日、暮れ六つに暖簾を終うや否や、勝手口からひょいと力造が顔を覗かせた。

「お言葉に甘えて、五人で押しかけちまった」

力造の後ろで、お才《さい》と小吉《こきち》、梅松《うめまつ》、それに誠二《せいじ》が各々、重箱が入っていると思しき風呂敷包みや酒徳利《さかどつくり》を抱えて控えている。

「十年のお祝いに加えて、茂作さんたちの歓迎も一緒に、と聞いたもんで、あれこれ作ってきたんですよ」

板の間の上り口に風呂敷包みを置くと、お才は結び目を解いて、いそいそと重箱の蓋《ふた》を外す。鰯《いわし》を梅干しで煮たものや、小豆飯《あずきめし》を握ったもの、切り干し大根と生揚げを炊き合わせたものなど、美味《おい》しそうな料理がぎっしりと詰まっていた。

「五鈴屋さんでも用意があるだろうけど、こういうのは重なっても迷惑じゃないだろうから」

その温かな気持ちに、幸は胸を打たれる。ありがたく受け取ると、

「どうぞ、お二階へ」

と、五人に階段を示した。

改築前とは違い、今の五鈴屋の板の間は充分に広い。だが、茂作らに寛いでもらうため、宴には二階座敷が当てられた。

五鈴屋の主従九人、力造ら五人、遅れて戻った菊栄、それに客人二人、総勢十七人が揃ったところで、茂作は居住まいを正す。朝湯でさっぱりとし、一日ゆっくりと休んだことで、長旅の疲れも取れた様子だった。

「改めて、ご挨拶させて頂きます。長浜の茂作、隣りは孫の健作でございます」

なるほど、二人並んでいるのを見れば、面差しがよく似ている。健作は茂作の若い頃を思わせるし、優しげな双眸はまた、賢輔にも重なる。

「私も早や七十三、流石に足腰もえらい弱りました」

長く行商を生業《なりわい》としてきたが、徐々に身体《からだ》の衰えを自覚し、引き際を考えるようになった。早逝した息子の一粒種の健作が、茂作の仕事を覚えたい、と郷里に戻ってきたので、五年ほど前から仕込んできたとのこと。

「これが一人で東北を回るようになって二年、私もようやっと（漸く）腹を据えました。私は隠居して、あとは二十六の健作に譲ることに決めたんです。至らんところもありますやろが、骨惜しみせん男です。末永う宜しゅうにお頼み申します」

「健作と申します。精進を重ねて参ります」

祖父の言葉を受けて、健作は畳に額を擦《こす》り付ける。血縁の賢輔もまた、皆に頭を垂れた。

近江商人は年に千里の道を行く、と評される通り、茂作も己の健脚だけを頼りに、生国と遠国とを往復する暮らしを何十年と続けてきた。五鈴屋の浜羽二重も、茂作の働きがあればこそ、東北の地で着実に売り上げを伸ばすことが出来たのだ。

「健作は四日市《よっかいち》の飛脚問屋に奉公してましたよって、足腰が丈夫で辛抱強い。これからは、私の得意先を引き継ぐだけやのうて、色んな土地へ、五鈴屋の浜羽二重を届けてくれますやろ」

茂作は傍らの孫を見、健作もまた、祖父をしっかりと見返す。それを眼にして、力造は小吉に、梅松は誠二に、密《ひそ》かに視線を送る。

歳月は誰にも等しく訪れる。暖簾の永続とは別に、ひとは老い、いずれ果てる。築き上げてきたものを、次に託すことはとても重要で、しかし、決して容易《たやす》くはない。お家さんだった富久の艱難《かんなん》を、幸は切なく思い返していた。

こんな風に、あとを託す者と託される者、双方の想《おも》いがぴたりと重なるのは、何と尊いことだろうか。崇高な場面に、今、立ち会わせてもらっている——幸は瞳《ひとみ》の底に焼き付けるように、祖父と孫との姿に見入った。

階下から料理が運ばれると、厳粛な場面から一転、温かな宴が始まった。お梅が予《あらかじ》め用意していた料理に加えて、お才の重詰めが並ぶと、皆の歓声が上《よ》がった。四方山《もやま》話に花が咲いていた時、幸は今朝見た不思議な足袋のことを思い出した。

「ああ、あれは孫六《まごろく》です」

幸に尋ねられて、茂作は何でもないように答える。

佐助と賢輔、それに豆七が揃って酒に咽《むせ》た。五鈴屋で孫六といえば、親旦那の名であった。

ああ、違う違う、と茂作は笑いだす。

「孫六織いうて、紀州《きしゅう》で盛んに織られるようになった織物だすのや。近頃は、紋羽《もんぱ》、紋様の『紋』に『羽』いう字をあてるんだすが、そない呼ぶ者もいてます。紀州のほかでは見かけませんが、温いし、丈夫やよって、重宝しますのや」

太物を専《もっぱ》らとするようになって五年、それでもまだ知らない太物がある。学ぶことだらけだった。

「茂作さんとは、五年ぶりだろうか。その前には、染め場を覗いてもらったこともあったが、いつも長居はなさらないような」

茂作の湯飲みに酒を注《つ》いで、力造が問う。

「今回も、やっぱりすぐに戻られるんですかい」

「大晦日《おおみそか》までに長浜に辿《たど》り着けるよう、明後日《あさって》には江戸を発《た》ちます。私にしたら、珍しく三日も江戸でのんびりできますのや」

茂作の返事に、そいつぁありがてぇ、と力造が手放しで喜んだ。

「明日は健作さんと一緒に、染め場へ遊びにおいでなさい。茂作さんの物知りには毎度、感心させられる。何より話が面白いんで、また色々聞かせておくんなさい」

「型彫《かたほり》も見てもろたらどうやろか、なあ、誠二」

梅松が傍らの誠二に言えば、誠二がこくこくと頷いた。聞かれてもいないのに、お梅が割り込んで、

「うちの自慢の娘と、それに孫たちにも逢《お》うてやってください。娘は『小梅《こうめ》』て言いましてな、ほんまに可愛いんだすで。毛並みも艶々《つやつや》で、ええ声で鳴きますのや」

と、自慢する。

毛並み、と呟いて、健作が首を捻《ひね》った。健作の仕草に、豆七が噴きだした。座敷は皆の笑いで揺れる。創業十年も無事に終わり、久々に心ゆくまで寛げる一夜となったのだった。

翌日、朝餉を終えると、茂作は健作を伴い、力造のもとへと出かけていった。昨夜の約束通りに、染め場、それに梅松と誠二の型彫を見せてもらうという。

「茂作さんも健作さんも猫好きで、小梅らに逢《あ》えるんを楽しみにしてはりました」

汚れた器を洗いながら、お梅は上機嫌でお竹に告げる。

「『何ならそのまま、うちに泊まってもらおか』て、うちのひとが言うてましたで」

「何ぼ話が弾んだかて、ここに戻ってきはった方が宜しおますで。狭い部屋で猫まみれで寝るより、こっちの方が手足伸ばして、ゆっくり休んでもらえるんと違うか」

女二人の遣《や》り取《と》りに、板の間で繕い物をしていた幸は、針を持つ手を止めた。

――柔《やわ》こい土地に家を建てたら、いずれ必ず傾く
賢輔を八代目に、と考えていた幸を引き留めたのが、茂作のひと言だった。

大工の棟梁《とうりょう》から教わったという話を、さり気なく幸の耳に入れ、考えを改めさせてくれたひと。あのひと言があればこそ、今の五鈴屋がある。周助の代で商いの基は盤《ばん》石《じゃく》となり、いずれ、賢輔が九代目となる予定であった。

ただ、賢輔本人の口からは、まだ確実な返答を得られていない。結の一件もあり、焦らずに話を切りだす頃合いを待っているところだった。

幸自身は江戸に骨を埋めるつもりだが、賢輔は、正式に跡取りとなれば大坂へ戻ることになる。ふと、微《かす》かな寂寥《せきりょう》が滲《うず》んで、幸は針で髪を撫でた。

年の瀬に開かれる寄合で、浅草太物仲間としての考えが定まる。呉服商いに戻る道

が開けたなら、しっかりと取り組んで、五鈴屋の商いを広げよう。そして賢輔が何の不安も覚えずに、江戸を去ることの出来るようにしよう。心の揺れを納めて、幸は再び針を進めていく。

茂作にしては確かにゆっくりしたのだが、三日の滞在はあっと言う間に終わってしまった。十七日の未明、いよいよ別れの時が来た。

黒天鵞絨《くろびろーど》にも似た、滑らかな夜空。南西の方角には、地上ぎりぎりに望月《もちづき》が留《とど》まる。東には明けの明星が煌《きら》めき、錨星《いかりぼし》が天上高く巻き上げられ、旅人たちの出立が近いことを教える。

「ほんに、ゆっくり過ごさせてもろうて」

孫の健作と二人、江戸で三日を過ごした茂作は深く辞儀をした。

「私ももう七十三、江戸に来るんはこれが最後と決めてました。力造さんの仕事場を訪ね、梅松さんの型彫も間近に見せてもろた。何より、五鈴屋の十年を祝えたんが、ええ思い出や。あの夜の宴は、生涯の宝です」

もう何も思い残すことはおまへん、と茂作はしんみりと言った。

これが今生の別れになる、との思いが、送る側にも送られる側にもある。それでも、何時《いつ》の日かの再会を願わずにはいられない。

茂作は提灯を掲げて、見送る皆を照らしだした。

「三日の間、五鈴屋で厄介になり、家のうちの和ぁが保たれていることが心地よかった。五鈴屋がここまでになった理由が、ようわかりました」

益々《ますます》のご繁盛を、と心を込めて言うと、姪《めい》の息子へ向き直る。

「賢輔、身体を大事に、しっかりとご奉公させて頂くのやで」

へぇ、と応じる賢輔の声が揺れている。

お才とお竹が、火打石を手に、切り火を切った。川開きの花火を思わせる、橙《だいだい》色の火花が生まれて、ぱっと消えた。

「道中、お気をつけて」

「皆さんも、どうぞお達者で」

星明りのもと、切ない遣り取りが交わされて、旅人たちの足音が遠ざかっていく。

第二章　家内安全

茂作たちが江戸を発《た》って八日、今年も残すところ五日となった。

浅草太物《ふともの》仲間の年内最後の会合が開かれる朝である。前回の寄合《よりあい》から、丁度、ふた月が経《た》っていた。

神棚《かみだな》の水を替え、主従で祈ったあと、幸と佐助は皆に送られて店をあとにした。大寒《だいかん》を明日に控え、陽射《ひざ》しは乏しく、寒風が肌に爪《つめ》を立てる。広小路《ひろこうじ》を行く商人らは、掛け取りもあってか、身を縮めて俯《うつむ》き加減だ。

五鈴屋江戸本店《ほんだな》店主の前を歩く支配人は、幾度となく背を反らし、雪雲の垂れ込める天を仰いだ。

少し強張《こわば》ったその背中に目をやって、幸は佐助の心中を思いやる。

幼くして天満菅原町の五鈴屋に奉公に上がり、治兵衛の薫陶《くんとう》を受けて呉服商いに携わってきた佐助だった。四代目に愛想を尽かし、一度は店を去ろうとしたが、思い止《とど》まった。
——やっぱり今、ここを見切ることはでけへん
五鈴屋に残る決意を、佐助はそんな言葉で、留七《とめしち》に伝えたのだ。
江戸店の支配人を任されてからは、小紋染《こもんぞ》めを売り伸ばすことを大きな喜びとして
いた佐助。だが、結が十二支《じゅうにし》の文字散らしの型紙を持ちだして、音羽屋の後添いに収
まった頃《ころ》から、商いの歯車が狂い始めた。よもや、坂本町《さかもと》の呉服仲間を追われて、呉
服商いを断念せねばならなくなるなどとは思いもよらない。
五鈴屋が呉服商いに戻るためには、別の呉服仲間に加入するしかない。しかし、一
度仲間外れの憂き目を見た店を、容易《たやす》く受け入れてくれるところなど、見つかるはず
もない。惣次《そうじ》の助言に従い、五鈴屋自ら仲間を作るとしても、その目途《めど》は全く立たな
かった。
太物商いのみになった五鈴屋は、しかし、新たな浴衣《ゆかた》を提唱することで江戸中を席
巻、押しも押されもせぬ店へと育つことができた。ただ、太物での成功では埋めきれ
ぬのが、支配人佐助の、呉服商いへの想《おも》いなのだ。この五年は、佐助にとって、どれ
ほど辛《つら》く、長かったことだろうか。さらに、日延べされた寄合を待つ間、さぞや切な
く、気を揉《も》んだであろう。佐助の気持ちに、幸は自身を重ねていた。

――浅草太物仲間から、浅草呉服太物仲間へ。太物と呉服、両方扱えることで商いの幅も広がり、何より、お客に喜んでもらえます

――それに、呉服太物仲間となることで、五鈴屋さんも再び呉服を商えるようになる

前回の寄合で、河内屋《かわちや》の店主よりなされた提案が、耳の奥に帰ってくる。

「ご寮《りょん》さん」

前を行く佐助が、立ち止まり、幸を振り返った。

眼前に、浅草太物仲間の会所があった。入口の引戸が開け放たれている。

店主は支配人にゆっくりと頷《うなず》いてみせて、

「佐助どん、行きますよ」

と、優しく促して歩き始めた。

浅草寺《せんそうじ》の本堂の方角に向かって設けられた窓から、霙《みぞれ》交じりの雪が覗《のぞ》く。

会所の座敷には、既に、浅草太物仲間十五軒の店主らが揃《そろ》っている。ひと月前、風邪で臥《ふ》せっていた者たちも無事に快復し、一人として欠けていない。

上座の月行事《がちぎょうじ》が室内を見回し、全員の出席を確かめると、

「丸屋《まるや》さん、こちらへ」

と、隅に控えていた男を呼んだ。

五十路《いそじ》ほどの温厚そうな男は、月行事の隣りに移ると、居住まいを正し、畳に手を置いた。羽織、長着とも紬地《つむぎじ》だが、何処《どこ》で紡《つむ》がれ織られたものか、節が浮いて光沢に味を与えている。

「駒形《こまがた》町の丸屋でございます」

声が上ずるのを自覚したのか、丸屋店主は軽く咳払《せきばら》いをしたあと、言葉を選びつつ先を続けた。

「ご存じの通り、私ども丸屋は二代に亘《わた》り、この地で呉服を商っております。しかし、大火のあと、馬喰《ばくろ》町の呉服仲間と考えが合わなくなりました」

火事の混乱が落ち着いても紬地の値を下げることが許されないなど、仲間内での決定には首を傾《かし》げるばかりだった。

他方で、火の用心の柄から始まり、勧進大相撲《かんじんおおずもう》に因《ちな》んだ浴衣地を、浅草太物仲間が揃って売り出すのを間近で見てきた。藍染《あいぞ》め浴衣地で知られる五鈴屋が、型染めの技法を仲間に教え、商いの足並みを揃えた、と聞く。

「同じ『仲間』でありながら、何という違いか、と思わぬ日はありませんでした。悩みに悩んだ末、呉服から太物へ、商い替えをする決心を固め、こちらの月行事に相談させて頂いたのです」

呉服仲間を外れれば、もはや呉服を商うことは叶《かな》わない。親の代からの呉服商いを手放す苦しみはあったが、やむを得ない、と思っていた。ところが、月行事からの回答は、まるで予期せぬものだった。

「よもや、浅草太物仲間の皆さんが、新たに『浅草呉服太物仲間』となることを選ばれるなどと……。もし、そこに丸屋を加えて頂けるならば、私どもは呉服商いを続けられます。こんなありがたいお話を頂けるとは」

言葉途中で丸屋店主は声を詰まらせた。

黙り込む丸屋のことを、仲間たちは皆、穏やかに見守る。

暖簾《のれん》を守り続ける苦労も、店主として商いを育てる辛苦も、ここに集う誰《だれ》しもが背負うものだった。断腸の思いで商い替えを決意し、意想外に商いの継続が叶った丸屋の胸のうちは、容易に忖度《そんたく》できる。

「さて、そろそろ宜《よろ》しいかな」

丸屋が落ち着くのを待って、月行事はすっと姿勢を正した。

「丸屋さんの仲間入りの件、並びに、前回、河内屋さんからご提案を頂いた『浅草呉服太物仲間』申し入れの件につき、決を採らせて頂きます」

月行事の発声に、全員が一斉に背筋を伸ばした。

「では、年の功で私から」

月行事の正面に座っていた河内屋が、仲間たちに会釈してから、大きく声を張る。

「河内屋、一切承知」

許諾の言葉が、重々しく座敷に響いた。

隣席の和泉屋《いずみや》が、河内屋に続いて、

「和泉屋、承知」

と、前にのめりつつ言った。

それを受け、「松見屋《まつみや》、承知」「大和屋《やまとや》、承知」等々、承知の声が次々と上げられていく。若い店主の「恵比寿屋《えびすや》、承知」のあと、残るは五鈴屋だけになった。

月行事の問い掛ける眼差《まなざ》しを受けて、幸は畳に両の掌《てのひら》を置く。

「五鈴屋、承知させて頂きます」

額《ぬか》ずく幸に倣《なら》い、座敷の隅に控えていた佐助もまた、畳に額を擦《こす》り付けた。思わず発したのだろう、「ありがとうさんでございます」という声が震えていた。

満場一致を受けて、丸屋の店主が改めて平伏する。

「ありがたい、ありがたくてなりません」

「丸屋さん、まだですよ。まだ早い」

平らかに丸屋を制して、月行事は顔つきを改めた。

「全《すべ》ては、おかみが『浅草呉服太物仲間』を認めるか否かにかかっています。認められなければ、どうにもならない」

そのひと言を受けて、和らいでいた座敷の雰囲気がぴりりと引き締まる。

「認められない、などということがあり得るだろうか」

「『ない』とは言いきれませんよ。確かに、おかみの匙《さじ》加減次第ではありますから」

かつて、幕府は同業の者たちが繋《つな》がるのを良しとしなかった。だが、徐々に考えを改め、今ではむしろ、仲間を作ることを奨励している。

例えば、同じ品を商う者同士が互いを律し合うことで、値が落ち着き、市場が保たれるなど、利点が多い。また、仲間を認めることで、冥加金《みょうがきん》、運上金《うんじょうきん》などの名目で金銀を集めることができる。

昨年の大火で幕府の財政が厳しいことは明白で、むしろ、冥加金さえ出せば、仲間として認められる公算は大きかった。

「冥加金を扱うのは、本来は、勘定所の運上方《うんじょうかた》のはずです。ただ、仲間が絡んだり、何か差し障りがあったりする場合には、町奉行所が動くようです。問題は、その額ですが」

恵比寿屋の店主は、思慮深く話を繋《つな》ぐ。

「どの呉服太物仲間も、冥加金として幾ら払ったか、明らかにしていません。あまり参考にならないかも知れないのですが、例えば十三軒ほどの油屋仲間で、初年に銀百枚、翌年から年々銀三十枚、と聞いています」

銀一枚が四十三匁《もんめ》、百枚で四千三百匁、金に直せば、七十二両ほどか。確かに大金ではあるが、頭数で割れば、無理なく出せる額に違いなかった。

一同の表情が緩み、安堵《あんど》の吐息があちこちで洩《も》れる。

軽く咳払いをして、月行事は、

「とにもかくにも、年明け早々、町奉行所に出向いて、手筈《てはず》を整えましょう」

と、話を結んだ。

節季候《せきぞろ》ござれや、はぁ、節季候
めでたい、めでたい、節季候ござれ

広小路《ひろこうじ》の真ん中を、編笠に裏白を挿し、目だけを出して顔を赤い布で覆った奇妙な一群が、割竹やら簓《ささら》やらを打ち鳴らして、賑《にぎ》やかに通っていく。この時季になると必ず目にする「節季候」という門付芸《かどづけ》のひとつだった。

往時には見なかった節季候の群れを掻《か》き分けて、幸と佐助は先を急ぐ。

霙交じりの雪が去ったため、通りには注連縄《しめなわ》売りや寄せ植え売り、暦《こよみ》売りなどが出揃って、年末らしい様相を呈していた。

青竹売り相手に「邪魔なんだよ」「何をぅ」との小競り合いが始まるのも、例年の光景だった。

煤払《すすはら》い用の青竹の間に、少し前屈《まえかが》みの背中が見え隠れする。会所を出た時から、幸と佐助はその男を懸命に追い駆けていた。

「河内屋さま」

幸の声が届いたのだろう、老人は漸《よう》やく足を止めて振り返った。声の主を認めて、ゆるりと頬《ほお》を緩める。

「ああ、五鈴屋さん」

「河内屋さま、この度のこと、本当にありがとうございます」

立ち話では失礼と思いつつ、どうしても直《じか》に謝意を伝えておきたかった。

「月行事の台詞《せりふ》ではないが、『まだ早い』。礼を言うのは、おかみに浅草呉服太物仲間として認めてもらってからにしてもらいましょう」

　きっぱりとした物言いながら、河内屋の双眸《そうぼう》は温かな光を湛《たた》えている。

「発端は五鈴屋さんへの恩返しだが、それだけが理由ではない。仲間たちが呉服商いに手を出そうとしているのは、そこに商いの活路を見出《みいだ》したからですよ」

　丸屋の扱うような手頃な紬、求め易《やす》い絹織なら、太物を買いに店を訪れたお客にも、きっと喜んでもらえる。丸屋のためでも、五鈴屋のためでもない、と河内屋は破顔してみせた。

　往来の邪魔にならぬよう、河内屋は幸を促して、通りの端をゆっくりと歩きだす。少し離れて、佐助がふたりに従った。

「丸屋さんの羽織と長着、あれは田舎絹《いなかぎぬ》で仕立てたものだそうです。昔、田舎絹というのは明らかに蔑《さげす》みの言葉でした。しかし、少しずつ質の良いものが混じるようになり、年を追うごとに、それが増えていった。ことに、ここ数年の間は、驚くほど上質のものが出回るようになったのです。しかも、値も手頃だ」

　河内屋の話に、幸は思案を巡らせる。

　二十年ほど前、五代目徳兵衛だった惣次が、同じことを話していた。歳月を経て、田舎絹の質の向上は目を見張るばかり。五鈴屋が呉服商いから離れている間にも、技はさらに磨かれていったに違いなかった。

ふと歩みを止めて、河内屋は幸を見、そして佐助を見やった。

「河内屋は、そうした田舎絹を呉服商いの軸に据えるつもりです。おかみの許しを待つ間に、何をどう売るか、どう手筈《てはず》を整えるか、考えておくことはとても大事だ」

老店主の助言に、幸は唇を引き結び、大きくひとつ頷いた。

河内屋はぎゅっと目を細め、

「知恵者の五鈴屋さんがどんな手を考えられるか、楽しみにしていますよ」

と、高笑する。

良いお年を、との挨拶《あいさつ》を交わしたあと、年寄りは雑踏に紛れて行った。幸と佐助は河内屋の背中に一礼し、浅草寺の方へと向き直って頭《こうべ》を垂れた。


「ご寮さん、佐助どん、お帰りやす」

店を出たり入ったりして、その帰りを待ち望んでいたらしく、大吉は、幸たちのもとへと駆け寄った。

ただ今、と応じたあと、幸は、

「賢輔どんに、手が空き次第、奥座敷にくるよう伝えなさい」

と、命じた。

へぇ、と返事をするものの、どうにも大吉の動きが鈍い。寄合の結果を案じてのことなのだろう。

幸が佐助を見上げて、軽く頷いてみせる。店主の意を酌んで、支配人は丁稚《でっち》に、

「心配せんかて宜しい。あとでご寮さんから、ええ知らせがおます。皆にも、そない話しておきなはれ」

と、朗らかに告げた。

忽《たちま》ちに笑顔になって、大吉は改めてはっきりと「へぇ」と返事をする。そして、地面を蹴《け》って店内へと駆け込んでいった。

青みがかった緑色の暖簾《のれん》を、幸のために捲《まく》りながら、佐助がふと洩《も》らした。

「仲間の和、店の和……江戸を発《た》つ時に茂作さんの言わはった通り、和が保たれる、いうんは大事なことだすなぁ」

そうね、と幸は目もとを緩める。

――三日の間、五鈴屋で厄介になり、家のうちの和ぁが保たれていることが心地よかった。五鈴屋がここまでになった理由が、ようわかりました

茂作の別れ際の台詞を、幸もことあるごとに思い出していた。

「和が保たれる、即《すなわ》ち平穏無事であるということ。古くは『あんせん』と読んだそうだけれど、家のうちの安全は、全《すべ》ての基《もとい》なのでしょう」

知らず知らず、声に熱が籠《こも》っていた。幸は「佐助どん」と支配人を呼び、

「あなたにも話しておきたいことがあります。賢輔どんと一緒に、奥へ来て頂戴《ちょうだい》な」

と、命じて暖簾を潜《くぐ》った。


五鈴屋には、奥座敷が二部屋ある。一室は、菊栄と幸の居所に使い、もう一室を客間として用いていた。

手早く着替えを済ませ、再び出かける用意を整えると、幸は文箱《ふばこ》を持って客間へと移った。

火の気のない座敷で、両の手をこすり合わせてから、幸は文箱を両手で持ち上げる。

「長く待たせてしまったわ」

中に納められたものに、慈しむように話しかける。折しも、

「失礼いたします」

と、佐助の声がして、襖《ふすま》がすっと横に滑った。

「ご寮さん、賢輔を連れて参りました」

廊下に支配人と、それに緊張した面持ちの手代が控えている。

手にしていた文箱をそっと脇《わき》へ置くと、幸は「お入りなさい」と、ふたりを促した。

「今日の寄合で、『浅草呉服太物仲間』を結成することが決まりました。おかみのお許しを頂戴するまで、どれほど時がかかるかは不明です」

佐助からあらましを聞いていたのだろう、賢輔は静かに頷いている。

「許しを得るまで、手を拱《こまね》いてただ待つつもりはありません。今のうちに、備えるべきを備えておきます」

店主の台詞に、支配人は顔つきを改め、傾聴《けいちょう》すべく上体を前に傾けた。

――おかみの許しを待つ間に、何をどう売るか、どう手筈を整えるか、考えておくことはとても大事だ
先刻、河内屋から得た助言を思い返したに違いなかった。

「まずはひと品、新たな小紋染めを手がけようと考えています」

極鮫《ごくざめ》、菊菱《きくびし》等々、大名家の定小紋《さだめこもん》を手掛かりに、町人のための小紋染めを生みだしたのは五鈴屋だった。それが瞬《また》く間に広がり、今では江戸の呉服商の殆《ほとん》どが、思い思いの紋様の小紋染めを扱うようになっている。

「ご寮さん、『新たな小紋染め』と仰《おつしや》るんは……これまでとは違う、新しい柄、いう

ことだすやろか」

「ええ、その通りです」

支配人の問いかけに、幸は躊躇《ためら》うことなく答える。

呉服商いを絶たれる前は、鈴紋《すずもん》、蝙蝠《こうもり》、十二支《じゅうにし》の文字散らし、と「これぞ五鈴屋」という小紋染めがあった。ことに、十二支の文字散らしは、文字を紋様に取り入れた新しさが老若男女を問わずに受け入れられた。だが、五鈴屋が呉服商いを断念したあとは、結が店主を務める日本橋《にほんばし》音羽屋で、我が物顔で商われていた。

「五鈴屋がまた呉服を扱うようになったことを、お客さまにまず知って頂くのが大事です。手始めとして、新たな紋様、五鈴屋の願いの籠った紋様を手がけようと考えています」

佐助の傍らで、賢輔が唇を真一文字に結んでいる。これまで図案を一手に引き受けて来たのは、賢輔だった。

生みだす苦労も、出来ばえの素晴らしさも、熟知している支配人は、賢輔の方へにじり寄って、その肩に手を置いた。

「賢輔どん、頼みましたで」

支配人の励ましに応《こた》えようとする賢輔を、「お待ちなさい」と、幸が制する。

「図案ならば、もうあります」

「えっ」

図らずも驚きの声が重なり、ふたりは視線を交えたあと、身体《からだ》ごと店主の方へ向き直った。

「ご寮さん、それは一体どういう……」

戸惑いの声を上げる支配人に、幸はふっと口もとを綻《ほころ》ばせた。そして、傍らの文箱を引き寄せて、ふたりの前へと押しやった。両の手を蓋《ふた》に掛け、ゆっくりと外す。

失礼します、と店主に断って、佐助は賢輔とともに中を覗き込む。

その正体に気づいて、賢輔が「ああ」と低く唸《うな》った。

中に納まっているのが図案だとはわかれども、佐助には、今ひとつ理解が叶わないらしい。

「佐助どん、手に取って構いません」

店主に勧められ、支配人は慎重に文箱へ手を差し入れ、一枚の紙を取りだした。

「文字散らしの紋様だすな。内、全、それと安……」

一文字ずつ確かめるうち、佐助の眼が大きく見開かれる。

「家内安全、家内安全だすな」

つい先ほど、店主と話したことを思い起こしたのだろう。語調が、明らかに昂《たかぶ》っていた。

「そう、店の内、家の内が平穏無事であるように、との祈りの籠る紋様です」

十年の辰《たつ》年、という不吉な予言が流行《はや》った時に、それを撥《は》ねのけられるような縁起の良い柄を、と賢輔が密《ひそ》かに描いていた図案だった。

――賢輔どん、何時か、何時の日か、また呉服商いを許される時が来たなら、この柄の小紋染めを商いましょう

そう言って、図案を預かっていた店主だった。

大火の後、二度目の冬にして漸く、約束を果たす時が廻ってきたのだ。

「賢輔どん、この図案を使わせてもらいますよ。今から梅松さんのところへ行きます、伴をなさい」

店主の言葉を受け、賢輔は畳に手をついて「へぇ」と応じる。その双眸が僅《わず》かに潤んでいた。

年が改まって、宝暦十二年（一七六二年）睦月《むつき》十四日。

五鈴屋の次の間では、今年最初の「帯結び指南」が開かれていた。

倹《つま》しいなりに、綻びを繕《つくろ》ったり、汚れを落としたりして、小ざっぱりした身形《みなり》の女たちが、お竹の手もとを食い入るように見つめている。

「まずは、片方だけを輪にして結んで、と。これは『片わな結び』いうて、ここから色んな工夫が出来ますのや。今回は、お正月に相応しいように、こないして縦にしまひょ」

指南役のお竹が、お梅の身体に帯を巻き、きゅっと竪結びにして整えてみせた。

「ああ、見たことがあるよ」

「あれだよ、あれ、平十郎《へいじゅうろう》だったか誰だったか、昔、歌舞伎《かぶき》役者が流行《はや》らせた結び方じゃないのかい」

新春らしい華やいだ帯結びに、わっと歓声が上がる。

上り口に腰を下ろし、その様子を眺めていたお才が、「何遍見ても、良い景色ですねぇ」と、相好を崩した。

「月に一度の五鈴屋の帯結び指南、今じゃあ江戸で知らない女は居ませんよ」

「お才さんは一番最初にいらしてくださいましたね。丁度、十年前の今日でした」

お才の傍《そば》に、両の膝《ひざ》をきちんと揃えて座り、幸はにこやかに応じる。

大坂から江戸に移って半年ほど、まだ知り合いも少なかった年の瀬に、湯屋《ゆや》で声をかけてくれたのがお才だった。撞木《しゅもく》作りで世話になった指物師《さしものし》和三郎《わさぶろう》の姉だという。帯結び指南のことを伝えたなら、初回に覗きにきてくれたのだ。

「もう十年になるんですねぇ、私も齢《とし》を取るわけですよ」

やれやれ、と首を左右に振ってみせて、お才は傍らの風呂敷包《ふろしきづつ》みの結び目を解《ほど》く。中から、見慣れた塗りの重箱が現れた。

「銀杏《ぎんなん》ご飯を握ったものなんですよ。作り過ぎちゃってねぇ、五鈴屋の皆さんに助けてもらおうと思って」

丸いお結びには、翡翠《ひすい》にも似た艶《つや》やかな銀杏が混じる。見るからに美味《おい》しそうだ。

「種明かしすると、梅さんと誠さんに差し入れた残りなんです。銀杏は精が付くし、これだと忙しくても、片手で食べられるから」

「まぁ、それで」

五鈴屋は、梅松と誠二に型彫《かたほり》を依頼し、大変な苦労を掛けているのだ。お才の気持ちがありがたくて、幸は重箱を押し頂く。

浅草太物仲間では、昨年の冬場所から、勧進大相撲に因んだ浴衣地を売り出している。手形の柄と、力士の名入りのものは大層な評判で、今は春場所に向けて、型紙の仕上がりを待っているところだった。浴衣地の注文主の砥川額之介《がくのすけ》から、予《あらかじ》め土俵《どひょう》に上る力士を教えてもらっているが、春場所では、幕内力士が十六人になり、五人分の新たな型紙が必要だった。

「春場所用の型彫のあと、今夏の新しい浴衣地用、それから例の錐彫《きりぼ》りに取り掛かるって話してました」

風呂敷を畳み終えると、お才は周囲を見回し、幸へと身を寄せて声を低める。

「年の瀬に、おかみさんと賢輔さんから見せてもらった図案、あの『家内安全』の図案が眼《め》の底に焼き付いて離れなくてねぇ。十二支の時も感心しましたが、祈りの籠った柄は、ありがたいです。疫病に大火、と色々ありましたからね」

瞳《ひとみ》の潤むのをごまかすように、お才は無理にも目を見開いた。

「うちのひとなんて、図案しか見てないのに『この手で、早く型付がしたい。腕が鳴る』って」

煩《うるさ》くてかないませんよ、と型付師《かたつけし》の女房は笑ってみせた。

浅蜊《あさり》ぃ、むっきん！

浅蜊ぃ、剝《む》き身よっ！

日本橋でまた火事があって、落ち着かなかった如月《きさらぎ》も、三日を残すばかり。

漸く、市中に浅蜊売りが姿を見せた。お待たせしました、との思いを込めた売り声が路地を抜け、各家の台所へ届けられる。

「やっと、やっとだすなぁ」

幸せそうに桶《おけ》を抱えて、お梅が勝手口から表へ飛び出していく。

「これ、お梅どん」

お竹が呼び止めるも、早や、姿は見えない。

「何だすのや、あれは。お見送りもせんで」

首に筋を立てて憤《いきどお》るお竹を、まあまあ、と菊栄が宥《なだ》めた。

「浅蜊に目ぇのないお梅どんやさかいになぁ。大目に見たってな、お竹どん」

それではけじめが、と零《こぼ》すお竹に送られて、幸と菊栄は五鈴屋をあとにした。

浅草御門《あさくさごもん》を抜け、馬喰町、通油町《とおりあぶらちょう》、と歩いていく。二年前の大火のあと、建て直しが進まなかった裏店《うらだな》も漸く整い、穏やかな日常が戻っているかに映った。

「幸とふたりきりで菊次郎《きくじろう》さんに会いに行くて、初めてだすなぁ」

額に片手を翳《かざ》して、眩《まぶ》しそうに春天を眺めていた菊栄が、幸に視線を移す。

「けど、一体、どういう風の吹き回しだすやろか」

どうでしょうか、と幸も首を傾げた。

五鈴屋にとっても、また菊栄にとっても、恩のある歌舞伎役者の菊次郎から、使いをもらったのは昨日のこと。菊栄と幸の明朝の来訪を乞《こ》うものだった。

大火の傷跡も癒《い》えぬ昨秋、不運にも堺町《さかいちょう》の芝居小屋《しばいごや》から出火、市村座《いちむらざ》と中村座《なかむらざ》の両座がともに焼けた。僅《わず》か五年の間に三度も全焼したことが応えて、さすがの菊次郎も意気消沈し、幾度か見舞いに行けど、会えぬまま時が過ぎていた。

「ことに、今年に入ってからは、忙しさに紛れて、一度もお訪ねしないままです」

不義理をしてしまって、と幸は声を落とす。

年が明けて「浅草呉服太物仲間」を町奉行所に願い出たあと、何時、許しが出るかと外出も控え、一日千秋《いちじつせんしゅう》の思いで過ごしていた。しかし、今のところ、おかみからは何の沙汰《さた》もない。

「不義理は、私も一緒だす」

菊栄は優しく頭を振ってみせた。

簪《かんざし》作りを頼んでいる錺師《かざりし》に会うため、中村座にはよく足を運ぶ菊栄である。菊次郎の弟子で、二代目吉之丞《きちのじょう》の吉次《きちじ》とは、それまで新道《しんみち》でよく顔を合わせ、菊次郎の様子を尋ねることも出来た。しかし、今年、吉次は市村座の舞台に立つため、年明けから一度も会えていないという。

「市村座も、二代目吉之丞を引っ張った以上は大きな舞台を踏ませますやろ。邪魔をしても、とついつい遠慮してしもて、家の方へも足を向けんままだした。ただ、少しずつお元気になってはる、いうんは聞いてましたよってに」

話し込むうちに新乗物町《しんのりものちょう》を過ぎる。菊次郎の住まいは、じきだった。

庭に植えられた遅咲きの紅梅が、花数は僅かながら蕾《つぼみ》を綻ばせ、座敷を甘やかな芳香で満たしている。

陽射しの溢《あふ》れる室内、菊次郎自ら客人のためにお茶を運んできた。萌黄《もえぎ》色の綿入れ姿、少し痩《や》せてはいるが、軽やかな所作だ。

「えらい心配をかけてしもて」

ふたりの前に湯飲み茶碗《ぢゃわん》を置くと、菊次郎は「堪忍《かんにん》してな」と温かな笑みを浮かべた。顔色も、とても良い。

幸は菊栄と眼差しを交わし、安堵の息を揃えた。

「あんさんら二人、そないして並ぶと、ほんまの姉妹のようや。どっちにとっても幸せなことやなぁ」

女形は晴れやかに言って、ふたりにお茶を勧め、自らも茶碗に口をつけた。

結との経緯《いきさつ》を知る菊次郎の言葉だけに、幸にはとても感慨深い。

「私が萎《しお》れてた間、あんさんらは、どないな時を過ごしてはったんや」

水を向けられて、菊栄の簪商いが順調なこと、浅草太物仲間が浅草呉服太物仲間となるべく、おかみからの許しを待っていることなど、近況を伝える。

ふたりの話を面白がるものの、菊次郎自身はなかなか用件を話さない。昼近くなり、お代わりしたお茶もすっかり冷めた頃、やっと、

「吉次が戻る前に、あんさんらに話しておくことがおますのや」

と、切りだした。

曰《いわ》く、市村座が卯月朔日《うづきついたち》より「柳雛諸鳥囀《やなぎにひなしょちょうのさえずり》」という作品を舞台にかける。初演の主役を務めるのが、二代目吉之丞とのこと。鷺《さぎ》が娘に姿を変え、白無垢《しろむく》から緋《ひ》色、華やかな友禅《ゆうぜん》染めなど、装束を次々に取り換え、かつてないほど金銀をかけた舞台になるという。

「火事で散々な目ぇに遭《お》うた芝居町を何とかしたい、何より、私を元気づけたい、いう思いが吉次にはおますのやろ。あれの代表作になるやも知れん」

それは、と幸は菊栄と笑みを交わした。

「おめでとうございます。何よりのお知らせ、とても嬉《うれ》しく存じます」

　幸が心から寿《ことほ》げば、菊栄も、

「私の耳にも入ってへんさかい、市村座はよほど周到に用意を進めてはりますのやなぁ。どないな舞台か、ほんに愉《たの》しみだす」

　と、温かに祝った。

　おおきに、と応じる菊次郎だが、その口調に何とも含みがある。何かある、と察したふたりは、相手の次なる言葉を待った。

「実はこの話、音羽屋忠兵衛が座主に持ち込んだそうな」

　因縁《いんねん》の両替商の名が出たことで、幸は唇を引き結んだ。結の夫の忠兵衛が、菊栄の簪の披露目《ひろめ》となる舞台を潰《つぶ》しにかかったことは、記憶に新しい。

「何でだす？　日本橋音羽屋に舞台装束を手がけさせて、手柄にするためだすか？」

　菊栄の率直な疑念に、どう伝えたものか、と菊次郎は思案顔になった。

「女房の商いに繋げよう、いうんは当然おますやろ。ただ、ことの発端は、もっと単純なように思う。例えば、身分のあるご大家で、二代目吉之丞を囲うておきたい、と願う者は何ぼでも居る。忠兵衛にとっての上客なら、そら、ひと肌もふた肌も脱ぎますやろ」

　思いがけない、しかも、あまり気分の良くない話に、幸は眉間《みけん》に皺《しわ》を寄せて黙る。

その姿に、菊次郎は、

「まぁ、ようあることや。あんさんらの商いの世界とはまた違いますよってになぁ」

と、ほろ苦く笑った。

師匠《ししょう》の菊次郎と同じく、吉次もまた、音羽屋忠兵衛とその女房結の人となりをよく知る身。ことに、五鈴屋や菊栄への汚い仕打ちを忘れてはいない。夫婦の商いに弾みをつける役回りをすることについて、遠慮も後ろめたさもあるだろう、と菊次郎は語った。

伝聞《でんぶん》ではなく、菊次郎の口から舞台について知らせる。そこに至る事情と、吉次の胸のうちも伝えておく。ふたりを呼んだのは、菊次郎なりの配慮だと察しがついた。

それは、と幸は思わず身を乗りだした。

「役者が少しでも良い舞台にしたい、と願うのは当然のこと。私どもに気遣いは無用です。また、それしきのことでご縁が損なわれることもございません。吉次さんにそうお伝えくださいませ」

「幸の言う通りだす。あとは」

菊栄の声が、微かに笑いを孕《はら》む。

「私らの耳に入れておいた方がええ、と思わはったお話が、まだ何ぞあるような」

菊栄の指摘に、菊次郎は背筋を反らして、呵々大笑《かかたいしょう》する。芝居小屋の三度目の火事のあと、久々に耳にする腹の底からの朗笑《ろうしょう》だった。

「流石《さすが》、菊栄さんやな。ようわからはった」

ひとしきり笑うと、役者は表情を改めた。

「座主は大入りを狙うし、両替商は上客の機嫌を取りたい、呉服商は舞台で使われたんと同じ反物《たんもの》を売りたい。三つの強欲が、吉次の関《かか》わらんとこで、勝手な物語を生むかも知れん。あんさんらは気ぃ揉むやろけれど、吉次なら大丈夫やさかい、あまり心配せんでな」

あれにとって大事なんは、ひとの思惑や世間の評価や無《の》うて、舞台を如何《いか》に良うするか、それだけやよって、と師匠は弟子への信頼を滲ませた。

第三章　穀雨

「ほう、これは……」

敷布の上で藍染《あいぞ》めの反物《たんもの》を開いて、砥川額之介は瞠目《どうもく》する。

店開《たなあ》け前ゆえ、他にお客の姿はない。広い表座敷の真ん中に陣取った砥川は、反物をさらに大きく解《と》いて、しげしげと見入った。

染め抜かれているのは、力士の名で大空《おおぞら》。今回、幕内として勧進相撲《かんじんずもう》の土俵《どひょう》に上る相撲取りだった。ほかにも四人、新たな名がある。それも含めて全十七種を検《あらた》めると、砥川は至極満足そうに頷《うなず》いた。

「いずれも素晴らしい出来ばえだ。力士本人も贔屓筋《ひいきすじ》も、さぞや嬉《うれ》しく誇らしいことでしょう」

注文主の誉《ほ》め言葉に、主従は身の強張《こわば》りを解いた。

昨年の冬場所から二度目、初回に比すれば、色々なことが見え、手順にも慣れはしたが、浅草太物仲間全体に関《かか》わる大きな商いになる。やはり、浴衣地《ゆかたじ》の仕上がりに得心してもらうまで、少しも気が抜けなかった。

「砥川さま、春場所は半月後で変わりはございませんか」

店主の問いかけに、砥川は顎《あご》を深く引く。

「弥生《やよい》二十七日で間違いない」

興行は晴天のみの八日間、場所中に穀雨《こくう》が重なるため、雨による日延べが予想されるとのこと。

「やっぱり、今場所も、女子《おなご》は観《み》せてもらわれしまへんのだすか」

頃合《ころあ》いを見計らってお茶を運んできたお梅が、砥川に尋ねた。

お竹が首に筋を立てて「これ」と小声で叱責《しっせき》する。店主とお客との会話に、奉公人が割って入るなど、通常は許されることではない。

構わない、とばかりに、額之介は頭を振ってみせる。

「少し前までは女相撲という見世物が盛んだった。勧進相撲は神事ゆえに女の見物を許さない、とは奇妙なことだと私も思う。ただ、相撲見物で客が熱狂して暴れることはよくある。女を危ない目に遭《あ》わせない、という意味では『女には観せぬ』というのもありだと思いますよ」

そう言って、もと力士は湯飲み茶碗《ちゃわん》に手を伸ばした。

細かな打ち合わせを行ったあと、何を思い出したのか、砥川が不意に笑みを零《こぼ》した。

怪訝《けげん》そうな主従に、砥川は、

「市村座が卯月朔日《ついたち》に、大層な出し物をするそうです。ほれ、人気の立女形《たておやま》、二代目吉之丞が鷺《さぎ》に化けるのだとか」

と、教えた。

事情を知る幸を除いて、奉公人らが一斉に喜びの色を浮かべる。しかし、刹那《せつな》、あることに気づいて、一様に考え込んだ。

勧進大相撲の初日が弥生二十七日。弥生は小の月、そして市村座の初日が卯月朔日。つまり、八日間の相撲興行のうち、初めの三日を除いて、あとは二代目吉之丞の舞台と重なってしまう。雨で興行が日延べされれば、なおさらのこと。

喜びから一転、皆の顔が曇るのを見て、砥川は「はっはっは」と高らかに笑った。

「相撲と歌舞伎《かぶき》は昔から縁が深く、今回の件も、密《ひそ》かに『鷺と鳴瀧《なるたき》の一番勝負』などと陰で呼ばれているのです」

まだ番付が出回っていないこともあり、知る者は少ないが、今回の大関は荒瀧《あらたき》と大《おお》鳴戸《なると》の両名。関脇《せきわけ》から大関に這《は》いあがったのは、この二人が初めてだった。

「歌舞伎の演目に『鳴神《なるかみ》』というのがあり、それに引っ掛けてのことでしょう。しかし、心配には及ばない。そもそも土俵が違いますからね」

荷車に反物を積み終えて、見習い力士が戸口に佇《たたず》み、砥川を待っている。中身を干して湯飲み茶碗を置くと、ご馳走《ちそう》さまと言って、もと力士は悠々と腰を伸ばした。

店を去り際、砥川は幸を振り返る。

「暦《こよみ》の関係で、今年は閏《うるう》四月もある。しかも、閏四月の朔日は天赦日《てんしゃにち》。そちらにずらせば良いものを、わざわざ勧進大相撲と重なる日程を選んだのは愚かなことだ。画策した者は、相撲がどれほど庶民の気持ちを支え、生きる力になっているか、わからぬのでしょう」

気の毒なのは役者たちだ、と言い残して、相撲年寄は帰っていった。

砥川額之介の言うところの「画策した者」は、まず、引き札にて大々的に卯月朔日の演目を知らしめ、ついで読売《よみうり》を使って、派手な噂話《うわさばなし》を広めた。

さるご大家の奥方さまが
手持ちの白無垢《しろむく》、差し出して
使《つこ》うてくれろ、と頼んだは

二代目吉之丞、立女形
続きは四文、続きは四文
顔を隠した読売が、辻々《つじつじ》で謎《なぞ》めいた内容を節に乗せる。しかも、初日が近づくにつれて、話の中身に変化が現れた。

「何《いず》れの大名の奥方か、極上の綸子《りんず》で仕立てた小袖《こそで》を吉之丞に贈ったそうな」

「奢侈《しゃし》禁止令に背く、ってんで、町奉行が市村座に乗り込んでその白無垢を取り上げたってぇ話だ。当然、芝居は取り止《や》めだそうな」

「いや、贈り主の奥方さまが手を回して、無事に小袖も戻った、と今日の読売にあったぜ」

勝手な噂話に尾ひれがつけられ、江戸中にばらまかれた。

ああもう、と竈《かまど》の前に屈《かが》みこんで、お梅がくしゃくしゃに丸めた読売を、燃え盛る火の中へ投じる。安物の紙は、忽《たちま》ち焔《ほのお》を纏《まと》って踊り始めた。

「ほんまにもう、お奉行さんもそないな暇があるなら、ちゃっちゃと私らの仲間の件、認めてくれはったらええのに」

ほんま憎たらしい、とお梅は火《ひ》搔《か》き棒を使って、紙を奥へと突っ込む。

「お梅どん、また四文だして読売を買《こ》うたんだすか。ええ鴨《かも》だすなぁ」

硯《すずり》を洗う手を止めて、豆七がお梅を揶揄《からか》う。

昼餉《ひるげ》時を迎えて、客足が途絶えていた。店主は仲間のところへ出かけて留守のため、つい軽口が出てしまうのだ。土間でさいはらいの手入れをしていたお竹が、ぱっと顔を上げた。首に筋が浮いている。

「あんたら、ええ加減にしなはれ。大事な日ぃを明後日《あさって》に控えてますのや。阿呆《あほ》な噂話に気ぃ取られてる場合と違いますで」

明後日は、勧進大相撲春場所の初日。明日には、この辺りを触れ太鼓が練り歩く。五鈴屋の蔵にも、力士に因《ちな》んだ十七種類の藍染め浴衣地がぎっしりと詰まって、出番を待っていた。

表座敷で算盤《そろばん》を入れていた佐助が、「何でまた、こないな時に」と、零《こぼ》す。

呉服太物仲間の認可について、おかみからまだ何の返答もない。おまけに、大相撲の春場所の日にちと重なる、市村座の二代目吉之丞の興行。

砥川額之介は「土俵が違う」と明言したが、勧進大相撲に向けられる熱狂は削《そ》がれ、市村座の歌舞伎の方へ向かうのではないか。結果として、浅草太物仲間の浴衣地《ゆかたじ》商いの勢いが衰えてしまうのではないか――佐助の鬱屈《うっくつ》は募るばかりだった。

重い溜息《ためいき》を重ねる支配人を見かねて、壮太が「佐助どん」と声をかける。

「歌舞伎を芝居《しばい》小屋で見るのに、席にもよるやろけど、大体、銀二十匁《もんめ》から三十匁かかる、と聞いてます。勧進大相撲と違うて、そない気軽に観られるもんやない。なぁ、長次」

壮太から水を向けられて、相撲好きの長次は「さいな（そうです）」と膝《ひざ》を乗りだした。

「勧進大相撲の土間席は、銀二匁から銀三匁、それに『地取《じどり》』て呼ばれる稽古《けいこ》は、只《ただ》で見られますのや。相撲人気を支えるんは庶民やさかい、そうそう歌舞伎にお客を奪われる、いうことはおまへん」

長次の熱のこもった台詞《せりふ》に、佐助の顔の強張《こわば》りが徐々に解《と》けていく。

店前《たなさき》に飾るため、力士の番付表を大きく板書きしていた賢輔が、一旦《いったん》、筆を置いた。

「この度の春場所が開かれるんは、深川八幡《ふかがわはちまん》さんだす。深川での勧進相撲は三年ぶりやさかい、親和《しんな》先生も楽しみにしておられます」

芝居町も深川八幡社もこの前の大火で全焼したが、芝居小屋の復興に比して、神社仏閣の再建は容易ではない。

「勧進大相撲が深川八幡社で開催されることの意味は、私らが思う以上に大きいのかも知れません」

「なるほど……確かに」

賢輔の言葉に、佐助は得心の声を洩《も》らす。

お客が暖簾《のれん》の外に立ったのだろう、おいでやす、と迎え入れる大吉の大きな声が、伸びやかに響いた。

弥生二十七日、朝七つ（午前四時）。

切り爪《つめ》に似た細い月が、東の地上すれすれに顔を覗《のぞ》かせた。南に商人星《あきんどぼし》、北西の天には柄杓《ひしゃく》の形の星座が配される。静寂を破って、どーん、と大きく一打。続いて、どんがどがが、と連打。遠い夜明けを引き寄せ、江戸中を揺さ振り起こす太鼓の音。勧進大相撲の興行初日を告げる、櫓太鼓《やぐらだいこ》だった。

辺りが明るくなるにつれ、大川《おおかわ》には船が連なり、永代橋《えいたいばし》はひとで埋まった。いずれも、無事に再建を果たした深川八幡宮へ、相撲見物へと向かう一群であった。

空では、月を陽《ひ》が追い駆け、地では櫓太鼓が鳴り続く。

瞬く間に刻《とき》が過ぎて、街が夜の帳《とばり》に包まれる頃、浅草太物仲間たちの店前は、人だかりで真っ黒になった。初日の見物を終えた男たちだった。

「今年は雪見山《ゆきみやま》を連れて帰るぜ。初日から良い相撲を観せてもらったからな、お代の銀三十匁は、雪見山へのご祝儀代わりよ」

「初顔は、岸石《きしいし》と七《なな》ツ池《いけ》だな。どっちの柄も洒落《しゃれ》てるが、まぁ、勝ち星を取った七ツ池の方をもらうとするか」

興奮冷めやらぬ男たちの話から察するに、話題の荒瀧と大鳴戸の両名は休場だったが、幕内力士の取組が大層面白かったらしい。お陰で、昨年に引き続き、勧進大相撲所縁《ゆかり》の藍染め浴衣地を求めるお客が引きも切らない。ただ、お客の側も店側も状況に慣れて、前回ほどの混乱は見られなかった。

初日でこれなら、と仲間たちはそれぞれに胸を撫《な》で下ろし、さらなる売り伸ばしへと、意気込みを滲《にじ》ませた。

ところが夜半過ぎ、ぱらぱらと雨が降り始めたのである。

初手は屋根を叩《たた》く力もなく、止《や》み間もあったはずが、未明から本降りに変わった。

「二日目でこれとは……」

表戸を開けて、佐助が恨めしそうに空を眺める。脇《わき》から同じように天を仰いで、

「今日から穀雨やさかい、雨は仕方おまへん。種まきや苗植えのためにも、降らなんだら困りますよってになぁ」

と、お竹が慰める。

取組の行われる相撲小屋には屋根がない。雨が降れば休止になるよりないのだ。穀雨と呼ばれる時期は、立夏《りっか》の前日までおよそ半月ほどある。暦の廻《めぐ》り合わせとはいえ、これればかりはどうにもならない。佐助はがっくりと両の肩を落とした。

翌日も、さらに次の日も雨は降り続き、勧進大相撲再開を知らせる太鼓は鳴らない。

五鈴屋も仲間の店も、初日の賑《にぎ》わいは夢かと思うほど、静けさを保つ。

こうして相撲好きを萎《しお》れさせたまま、卯月を迎えたのだった。


卯月朔日はまだ暗いうちから、あちこちに傘の花が開いた。

渋紙の花は芝居町へ、市村座の木戸前へと続くのだろう。数日前とは、江戸中のひとの流れが違って見える。

丁稚《でっち》の大吉は表通りを覗いて、短く息を吐いた。

用意してある幟《のぼり》は、今日も店の中へ仕舞われたままだ。本当ならば、勧進大相撲の話題で持ちきりのはずだった。それを思うと、心底、雨が恨めしい。

「これ、大吉どん、何だすのや」

背後から、お竹の叱責が飛んだ。

「店前で、そない大きな溜息ついてからに」

「お竹どん、大目に見てやんなはれ」

笑いながら取りなすのは、美しく装った菊栄だった。市村座の「柳雛諸鳥囀」の初日を観に出かける菊栄を、大吉が送っていくことになっていた。

「幸とお竹どんは、これから松福寺《しょうふくじ》だしたな。一緒に行かれんで、堪忍だすで」

手を合わせみせて、菊栄は優しく詫《わ》びる。

今日は智蔵の祥月《しょうつき》命日で、十三回忌にあたる。春場所中で落ち着かないため、今回は店主と小頭役《こがしらやく》だけで松福寺に参ることになっていた。

「菊栄さま、お気をつけて。楽しんでいらしてくださいな。お戻りになられたら、色々、お聞かせくださいませ」

見送りに出た幸に、菊栄は「ふん」と甘やかに頷く。

楽しんで、と送りだす店主にも、ごく自然に受け止める菊栄にも、大吉は妙に感心しつつ、「ほな、いて参じます」と一礼した。

降りしきる雪の中、白い傘を傾げ、綿帽子に白無垢姿の娘が儚《はかな》げに立っている。

市村座の「柳雛諸鳥囀」は、幕が開いたその瞬間から、そのあまりの美しさに、観る者の魂を奪った。

娘の姿を借りた鷺が、恋を知り、想《おも》いに翻弄《ほんろう》され、最期は哀《かな》しく果てる。白無垢から始まる装束は、物語に合わせて変わるのだが、如何《いか》なる絡繰《からく》りか、一瞬で衣裳《いしょう》が変わって、その度に芝居小屋がどよめいた。長い演目は「鷺娘」と称されて、初日のうちにその評判は江戸中を走り抜ける。

「一瞬で、だすか」

五鈴屋の板の間、菊栄のためにお茶を注《つ》いでいたお竹が、動きを止めた。

「一瞬で着替える、それも舞台の上で、て。そないなことが、何で出来ますのやろか。どないな絡繰りがおますのやろ」

帯結び指南役として、常日頃、帯の結び方、解き方と向き合うお竹には、二代目吉之丞の技がどうにも納得できないのだろう。

「着替える、いうよりも、上に着ていた小袖《こそで》を引き抜く、いう方が正しおますなぁ」

話し終えて喉《のど》が渇いたのか、菊栄は手を伸ばして湯飲み茶碗を取ると、ごくごくと美味《おい》しそうに飲む。

「白無垢は、おそらくは舶来の綸子で仕立てたものだすやろ」

両腿《りょうもも》に置いた手にぐっと力を入れて、佐助が苦しげに呻《うめ》いた。

極上の綸子は京で織られるが、海の向こうで織られた物はさらに値打ちがある。売値が高い分、大きな利鞘《りざや》を生む。市村座の舞台で話題を作り、日本橋音羽屋で盛大に売るのだろう。

浴衣地の商いの芽を踏み潰《つぶ》されたように思うのか、奉公人らの顔は一様に暗い。

「白の綸子も緋《ひ》色の裏地も、日本橋音羽屋で今日のうちに売り出しているはず。店も、暫《しば》らくは笑いが止まらないでしょうね」

柔らかな語調で、けれど、と幸は続ける。

「それとて一時のこと。白の綸子は着るひとを限るし、ましてや白無垢などそう度々着られるものでもなし。あの方たちの先を見ない商いは、少しも変わらないわ」

店主の穏やかな物言いに、皆は救われたような面持ちになった。

菊栄の湯飲みにお茶を足して、お竹はふと「吉次さんは大事おまへんのやろか」と洩らす。

「賜《たまわ》り物《もの》の小袖やら、奉行からの咎《とが》めやら、吉次さんの芝居とは関わらんことで、世間から妙な興味を抱かれてしもて」

吉次を想っての小頭役の台詞に、菊栄はぎゅっと目尻《めじり》に皺《しわ》を作る。

「嘘《うそ》で固めた物語は、二代目吉之丞の舞台を貶《おとし》めたんも同じで、悪手の極みだす。けどな、吉次さんは強おました。余計な色を舞台の上で綺麗《きれい》に落として、美しい白鷺にならはった」

ほんに、大した役者だす、と菊栄は感嘆の吐息を洩らした。

穀雨は「百穀を潤し、芽を出させる雨」を意味する。春の終わりの雨は、土を柔らかく耕し易《やす》くする。また、苗にとっても居心地を良くし、秋の恵みを約束する。勧進大相撲の二日目から降り続く雨は、百姓を喜ばせただけでなく、江戸の街の埃《ほこり》を洗い流してこざっぱりとさせた。ただ、相撲好きは、待つことに倦《う》み、鶴《つる》ほどに首を伸ばすばかりだった。

「今はそれどころではない、というのは百も承知のことですが」

卯月三日、雨の止み間に五鈴屋を訪れた近江屋支配人の久助《きゆうすけ》は、懐《ふところ》から手拭《てぬぐ》いを取りだして、滴り落ちる汗を拭《ぬぐ》った。

さほど暑くはない、否、むしろ雨気で肌寒い朝だった。

熱いお茶を運んできたお竹は、久助の様子を眼《め》にするや否や、すっと退く。改めて奥座敷に現れると、久助の前に、さり気なく冷茶を置いた。

お竹に「おおきに」と礼を言い、久助は美味しそうに冷えたお茶を飲む。ほっと緩んだ息を吐くと、久助は腹を据えた体《てい》で徐《おもむろ》に話を切りだした。

「実は、こちらの佐助さんに縁談、賢輔さんに縁組の話をお持ちしました」

襖《ふすま》に伸ばしたお竹の手が、ふと止まった。

かつて、支配人が体調を崩した際、女手のない近江屋の奥向きを案じて、お竹を手伝いにやったことがある。お竹ならば、同席させても問題なかろう。幸は己の傍らを眼差《まなざ》しで示して、お竹に留《とど》まるよう伝える。お竹は主《あるじ》の意図を正しく酌み、少し離れてきちんと座った。

「佐助どんに縁談と、賢輔どんに縁組、ですか」

縁談と縁組、境の曖昧《あいまい》な両者を、近江屋の支配人は明らかに分けていた。

表の奉公人の嫁取りは遅い。五鈴屋のもと番頭で賢輔の父親の治兵衛も、お染と所帯を持ったのは四十をとうに超えてからだった。佐助もそろそろ、と思い、お才や久助に「良いご縁があれば」と声をかけていたのは幸自身であった。佐助の縁談にはさほど驚かない。しかし……。

「お話、伺わせてくださいませ」

あれこれと思いを巡らせつつも、幸は相手を促した。

では、佐助さんの縁談から、と久助は前置きの上で続ける。

「米沢町《よねざわちょう》の袋物屋『飯田屋《いいだや》』は、小商いながら良い顧客を持つ店です。店主夫婦には、二人の息子さんのほか、三人の娘さんがおられます。その真ん中のお嬢さんを、佐助さんに嫁入りさせたい、とのお話です」

齢二十歳《よわいはたち》で、おっとりした優しい娘だという。五鈴屋の支配人ならば申し分ないので、何とか縁を繋《つな》いでもらえまいか、と頼み込まれたとのこと。

「これは、先さまよりご挨拶《あいさつ》代わりに、とお預りしたものです」

久助は言って、傍らの袱紗《ふくさ》を解くと、中から一枚の紙片を取りだした。袱紗の上にそれを載せ、畳に置いて幸の方へすっと滑らせる。

細長い紙片。その表には、大きな文字で「酒　壱升《いっしょう》」、最後に酒屋の屋号。初めて目にするものだった。お竹も首を伸ばして、覗き込んでいる。

怪訝《けげん》そうな主従に、近江屋は、

「酒切手というものです。これを持参すれば、酒一升と交換してもらえます」

と、教えた。

大坂では馴染《なじ》みの、饅頭《まんじゅう》切手のようなものだろうか。便利なものだが、これは受け取るべきではない、と幸は判断した。

「ありがたいお話です。まずは本人に伝えて、熟考の上でお返事をさせて頂きたい、と存じます。少々、刻を賜りますように」

ただ、と幸は酒切手を相手の方へそっと滑らせる。

「こちらは、遠慮させてくださいませ」

たとえ酒一升といえども、受け取ってしまえば、佐助の枷《かせ》になるやも知れない――そんな店主の思いを酌んでか、近江屋支配人は「承知しました」と応じて、切手を引っ込める。

問題は、賢輔の縁組だった。

再び噴きだした汗を手拭いで押さえつつ、久助は思案しながら口を開いた。

「実は、昨年、近江屋の跡を取るはずの者が急逝しました。近江住まいの店主にはほかに子がなく、縁者にも相応《ふさわ》しい者はおりません。奉公人の中から養子を選ぶ、という話になり、あろうことかこの私に、主は『近江に戻って跡を継ぐように』と」

久助の話に、お竹が身を乗りだして聞き入っている。

久助本人は苦しそうだが、しかし、近江屋店主の判断は極めて真っ当なように、幸には思われた。長く江戸店を守って来た支配人の苦労を、主が充分に了知しており、報いようと思えばこその提案なのだろう。

「お受けにならないのですか」

幸の問いかけに、とんでもない、とばかりに久助は強く頭を振る。

「私の年で養子になるなど、とても出来ません。何とかお許し願おう、と幾度も遣《や》り取《と》りを重ねたのです。根負けしたのか、先達《せんだつ》て、主が近江から使いを寄越《よこ》し、『久助の認めた者を養子として迎える。ただし、近江屋の中で選べば、軋轢《あつれき》も大きい。よくよく考えて、身代を任せられるものを選ぶように』と」

近江屋の内情を明かすようで心苦しいが、奉公人の中で誰が後継者に選ばれても、軋轢が生まれるのは確かだった。近江屋の外に人材を求める、という店主の判断も一理ある。しかし、その人選を委ねられた久助にとっては、大変な難題だった。

「随分と考えました。考えて考えて、しかし、結局、同じ人物に行きついてしまう。近江屋のことをよく知り、若く、人柄も良く、才覚もある。そうした男を、私はひとりしか知りません」

お竹が、すーっと音を立てて息を吸い込んだ。

幸は久助の双眸《そうぼう》をじっと見つめて、念を押す。

「賢輔を、近江屋の養子に、ということなのですね」

返事の代わりに、久助は滝のような汗を滴らせたまま、畳に手をついた。

何ということか、と幸は思わず天井を仰ぐ。

五鈴屋は、近江屋に大きな借りがあった。

江戸店を持つに際して、まず、佐助と賢輔を近江屋に預け、時をかけて江戸の立地や客の流れを把握させた。田原町の白雲屋《しらくもや》から店を譲り受けられたのも、賢輔が近江屋に居ればこそだった。

それればかりではない。久助には度々、商いの知恵を借り、また、五鈴屋に困りごとが起きる度、親身になって相談に乗ってもらっている。謂《い》わば恩人からの申し入れは、幸を心底、戸惑わせた。

近江屋店主の気持ちも、久助の言い分も充分に理解はできる。恩に報いねば、との思いもある。しかしながら、賢輔本人に確かめるまでもなく、これればかりは受けるわけにいかないのだ。

幸は腹を決め、畳に両の手を置くと、深く頭《こうべ》を垂れた。そして、言葉を選びつつ、ゆっくりと断りを口にする。

「五鈴屋江戸本店は、近江屋さんに大恩ある身。賢輔にとっても、望みようもないほどの良いお話とは存じます。しかし、五鈴屋として、賢輔を失うわけには参りません。公にはしておりませんが、五鈴屋は、いずれ、賢輔を九代目店主とする方向で、ここ何年もかけて動いております」

何と、と久助の口から驚嘆が洩れる。

「賢輔さんを五鈴屋の九代目に……。なるほど、そうですか。いや、そうでしょう」

店同士の付き合いも長く、五鈴屋の抱える事情をよく知る久助である。得心も速やかであった。

「はい、そうした事情ですので、このお話、何とぞお許し頂きたく、お願い申し上げます」

懇篤《こんとく》に詫《わ》びて、幸は再び額《ぬか》ずいた。

「内々のことを教えて頂き、ありがとうございます。五鈴屋さんの大切な跡取りを横取りするなど、近江屋も決して望みません。この話、賢輔さんの耳には入れないで頂けますか。そして、おふたりとも、どうぞお忘れください」

今後も変わりなきお付き合いをお願いします、と久助は丁寧な辞儀を返す。もう汗は止まっていた。

ずっと続いていた雨音が、何時《いつ》しか止んでいる。

雨樋《あまどい》から滴る、ぽたり、ぽたり、という音も間遠になっていた。

幸の話を聞き終えたあと、音のない闇《やみ》の中で、菊栄が小さな溜息をついた。

「近江屋さんも難儀なことだすな。どの商家も、あとを誰に継がせるかは、頭の痛い問題だすよって。ただ、軋轢いうんは避けようがないし、そこから逃げても仕方ない、と思うんだすけどなぁ」

近江の本店、そして江戸店。近江屋があれだけの商いを保てているのは、久助以外にも優れた奉公人に恵まれているからだろう。誰かを選べば、それを喜ばない者も現れるのは当たり前のこと。しかし、そうした面倒を乗り越えるのが新たな店主の手腕でもあり、支えるのが真の奉公人だ、と菊栄は言う。

賢輔の養子話を断ったことで近江屋に差し障りが生じるのを、密《ひそ》かに案じていた幸には、菊栄の言葉が大きな慰めになった。

きょっきょ、きょきょきょきょ

きょっきょ　きょきょきょきょきょきょ

夜の彼方《かなた》で、時鳥《ほととぎす》が連れ合いを求めて鳴いている。ふたりは暫《しば》し、その囀《さえず》りに耳を傾けた。

「暖簾て、大事やけれど厄介で、厄介やけれど大事なもんだすな。この頃、とみに思うんだす」

ふと、菊栄が独り言を洩らす。

「大坂を出る時、『これで女名前禁止の掟《おきて》から逃れて、思いきり自分の名ぁで商いができる』と思いました。私一代限り、暖簾とは関わらんでええ、と。けど、色んなひとに助けてもろて、金銀の小鈴の揺れる簪《かんざし》がよう売れるようになったら、少しずつ、考えが変わってきたんだす」

商いの工夫をすることが、しんどいけれど楽しい。新しい簪を考えるのは、苦しいけど面白い。揺れる簪だけではない、もっと新たなものに挑んでみたい。

「小鈴の揺れる簪を超えるものを手がけたい、精進をしてもっと商いを広げたら、やっぱり次へ伝えたい、と思う。一代限りのはずが、私が考えた工夫を受け継いでくれる者が現れたら、と考えるようになってしもて。我ながら、難儀なことだす」

そう言って、菊栄は吐く息だけで笑った。

菊栄さま、と幸は大事な友を呼ぶ。

「私は五鈴屋の暖簾を七番目に、それも中継ぎという形で、引き継ぎました。その暖簾を掲げたのは、生国の伊勢《いせ》から大坂に出て五鈴屋を創業した、初代徳兵衛です。どの商家にも、必ず、最初に暖簾を掲げた者がいます。菊栄さま、紅屋《べにや》でもほかの何れ《いず》でもない、菊栄さまが初代になられれば良いのではありませんか」

そのために私に出来ることは何でもさせて頂きます、と幸は温かに添えた。

私が初代に、と友は繰り返したあと、沈思を続ける。

「ほんまに、そないなことが出来るやろか」

闇の中、菊栄は手探りで幸の手を求め、探しあてる。

「江戸には、確かに女名前禁止の掟はないけれど、息苦しいと思うことは、ようあります。色やら情やらを求められることも多いよって、独り身の女子が商いの道で生きるんは、何処《どこ》であってもそない容易《たやす》うはない。そないな女子の身で、初代になれるもんやろか」

救いを乞うように、菊栄は幸の手を握り締める。

幸もまた、菊栄の手をぎゅっと握り返した。

「私は天満で初めて、中継ぎではありますが、女名前を許されました。その後、同様に女名前を許される者が続いています。脇道を最初に誰かが通り、同じところを通る者が続けば本道になります。菊栄さまと同じように、自ら創業したい、と望む女がその後に続くでしょう」

すーっと菊栄が深く息を吸い込む気配がした。

おおきに、という声が掠《かす》れている。

「お陰で腹が据わりました。小間物仲間には、『紅屋』の名で届けてますが、私の店らしい名ぁに変えます。五鈴屋の居心地がええから甘え過ぎてきたけれど、何時までも仮住まいではあかん。自分の店を構えまひょ。そうだすなぁ、二年……せや、二年先の暮れを、目途《めど》にします」

決意の漲《みなぎ》る語勢であった。

菊栄は「甘え過ぎ」というが、決してそうではない。五鈴屋の隣地にあった三嶋屋《みしまや》を買い上げ、それを五鈴屋に譲ってくれたのは菊栄だった。そのあとも、簪商いのための店を探し続けていることを、幸は知っていた。

幸自身、菊栄を姉のように慕い、出来ればこのままで、との思いがある。しかし、その一方で、菊栄の商いが今後も伸びていくためには、借りものではない店と奉公人こそが必要だと、わかってもいた。一代限りでない商いを、との覚悟を決めたのなら、なおのことだ。

「二年、なのですね」

「へぇ、二年でおます。二年経《た》ったら、私は四十六。ええ頃合いだすやろ」

密やかに菊栄は笑い、握り合っていた手をそっと解く。そして、改めて幸の手を取り、ぽんぽん、と柔らかく叩く。

「なぁ、幸。私ら、反物と簪、と商う品は違うけんど、何か一緒にできる日ぃが来るように思います。どないな形になるか、今はまだわからへんのだすが、五鈴屋と私の店、互いに支え合うて何ぞできる日ぃが、きっと来ますやろ」

幸のお陰で、ええ夢が見られそうだす、と菊栄は嫋《たお》やかに笑った。

勧進大相撲が開催される相撲小屋は、雨天には雨ざらしとなる。

土俵の四隅に柱を立てて、その上にだけ屋根が設けられているのだが、そのほかには天を覆うものがないため、雨になると興行を中止するよりない。また、濡《ぬ》れた地面がしっかりと乾くまで、晴天が二日続くことが望ましい。

弥生二十八日から八日続いた雨は、漸く江戸の街を引き上げて、晴れ間がのぞいた。まだか、まだか、と皆、じりじりと触れを待つ。

卯月八日、朝七つ。

櫓太鼓の音が轟《とどろ》きわたり、勧進相撲の再開を告げると、夜明け前にもかかわらず、表へ飛びだして「待ってました」と快哉《かいさい》を叫ぶ者が続出した。昨日のうちに触太鼓《ふれだいこ》が回ったのだが、皆、すっかり疑り深くなっていたのだ。

五鈴屋では、明け六つ（午前六時）に、暖簾と、十七種の反物の見本を兼ねた幟を表に掲げる。

既に、表通りには東へ向かうひとが溢《あふ》れていた。その光景を目にして、佐助が心底、ほっとした体で前屈みで太い息を吐く。

「今日からまた忙しくなりますよ」

皆、気張りましょう、と店主が景気よくひとつ、ぽんと手を打ち合わせた。

待ちくたびれた分、江戸中が動いているのか、と思うほど大勢が深川に詰めかける。収まりきれない者が、相撲小屋を幾重にも取り巻く。小屋の内にも外にも、力士の名入りの藍染め浴衣を纏う者がかなり居た。独特の書体は親和文字で、浴衣を見れば誰の贔屓かひと目でわかるため、大層、羨《うらや》ましがられていた。

見物客の熱気が、力士を一層、奮い立たせたのだろう。いずれも見応《みごた》えのある取組を披露する。十六人の幕内のうち、土がついたのは四人のみ。後の語り草となるような、実に値うちのある二日目だった。

「名入りの浴衣地が買えるのは、浅草で間違い無《ね》ぇんだな」

「浅草の太物屋なら、何処でも買えるらしい。お代は銀三十匁だとよ」

口伝《くちづて》に浅草太物仲間の浴衣地商いが広まり、相撲見物を終えた男たちは、連なって隅田川《すみだがわ》を渡っていく。

浅草太物仲間のどの店も、暮れ六つを過ぎても、暖簾を終《しま》わない。商い中の目印として、各店は奉公人を表に立たせた。五鈴屋では、大吉がその役を得て、提灯《ちょうちん》を手に時を待った。

「手前のために太物を買うなんざ、生まれて初めてだが、荒瀧の打《う》っ棄《ちゃ》りで、雨で待たされた憂さが吹っ飛んだ」

「俺《おれ》は戸田川《とだがわ》よ、俺の分は去年に買ったが、今年は女房にも着せるぜ」

闇の奥から、ざわざわと話し声が聞こえる。大吉は提灯を差し伸べ、

「太物の五鈴屋、浴衣地の五鈴屋でおます。荒瀧、戸田川、雪見山を始め、幕内の皆さんが揃い踏みでお待ちだす」

と、威勢よく声を張った。

第四章　知恵比べ

「一時はどうなるか、と散々、気を揉《も》みましたが」

会所の座敷で、浅草太物《ふともの》仲間の月行事《がちぎょうじ》は、懐《ふところ》から手拭《てぬぐ》いを取り出した。

卯月晦日《みそか》、盛夏を思わせる暑い朝である。

「蓋《ふた》を開けてみれば、昨年の冬場所を凌《しの》ぐ勢いでしたが、寿命が縮んだり伸びたり、何とも忙しいことでした」

額に浮いた汗を手拭いで押さえて、心底、安堵《あんど》した体《てい》で言った。

幸の左隣りに座っていた丸屋が、

「新参者ゆえ、今回、浴衣地《ゆかたじ》商いを見送らせて頂きましたが、皆さんの商いのご様子に、手に汗握る日々でした」

と、打ち明ける。

春場所は、初日のあと、雨のために日延べされたが、卯月八日以後は晴天続きで、無事に十四日に千秋楽《せんしゅうらく》を迎えた。

女は相撲《すもう》を観《み》ることを許されないため、幸自身は実際の取組を知らない。ただ、仲間の中には、気になって相撲小屋に足を運んだ店主が幾人も居て、話を聞くことができた。間が空いたことが逆に功を奏したのか、先場所以上に、見どころの多い取組が続いたという。

「荒瀧と雪見山は一度も土がつかず、押尾川《おしおがわ》と関ノ戸《せきのと》は一敗を守り切りましたなぁ」

「うちの店でも、その四人の浴衣地が真っ先に無くなりましたよ。おまけに、先場所の時よりも、早々と蔵が空になった」

商いの成功を受けて、座敷の雰囲気はとても明るい。

あとは、と恵比寿屋が表情を引き締める。

「浅草呉服太物仲間について、おかみのお許しを得るばかり。それにしても、待たされることです」

年明け早々に町奉行に届け出て、四月《よつき》近く音沙汰《おとさた》がない。認可が出るまでどれほど待てば良いのか、判然としないままだった。

「今の状態は、五鈴屋さんにも丸屋さんにも酷ですよ」

若い店主のひと言に、皆は「確かに」と頷《うなず》いた。

「五鈴屋さんは浴衣地商いの恩人、丸屋さんには呉服問屋に繋《つな》いでもらった。こちらが世話になるばかりで」

「しかし、おかみ相手に『早くせよ』とも言えますまい」

おかみへの不満で座敷がざわついた時、河内屋が徐《おもむろ》に口を開いた。

「待つ身には四月は長い。ただ、大火のあと、仲間作りを望む者が増えた、とも聞いています。だとすれば、申し出から半年ほどは、待たされても已《や》むを得ない。今は待つ時、と心得ましょう。その上で」

一旦《いったん》、言葉を止めて、老店主は仲間ひとりひとりに視線を巡らせる。

「大事なのは、ただ待つだけではなく、備えておくことです。既に問屋も決め、売り方も考えておられるとは思いますが、おそらくはまだまだ、知恵の絞りようがあるはずだ」

仲間内で最年長の河内屋の言葉は、ずっしりと重い。

浴衣地商いの成功で浮かれることなく、一同は、その忠告を胸に刻んだのだった。

表座敷から、しこ名入りの浴衣地の品切れを嘆くお客の声が、板の間まで届く。千秋楽から半月過ぎてもその人気は衰えず、奉公人たちが対応に追われている様子が窺《うかが》えた。

板の間では、支配人を相手に、先刻から店主の話が続いている。

「そうだすか、河内屋さんがそないなことを」

寄合《よりあい》での遣《や》り取《と》りを聞き終えた佐助が、買帳を開いた。

「おかみから呉服商いの許しが出たなら、すぐに応対できるよう、仕入れ店の巴屋《ともえや》にこれだけの品の手配を頼んでおます」

絹織として、浜羽二重《はまはぶたえ》、縮緬《ちりめん》、紬《つむぎ》、紗綾《さあや》、繻子《しゅす》、緞子《どんす》等々の品名が躍る。

「懐かしい」

帳面の文字を撫《な》でて、幸はつくづくと洩《も》らした。帳面に絹布の名が並ぶのは、六年ぶりのことだ。一文字、一文字が愛《いと》おしかった。

佐助は、唇をぐっと結んで頷き、

「ご指示の通り、六年前よりも、少し値の張る品も仕入れるようにしました」

と、掠《かす》れた声で言った。

六年もの間、絹布から遠ざかっている。以前、丸屋の女房から仁田山紬《にたやまつむぎ》を教わったが、昔は田舎絹《いなかぎぬ》と呼ばれ蔑《さげす》まれていた絹織が、格段に上質なものに生まれ変わっている。河内屋を始め、仲間の多くがそうした田舎絹に呉服商いの軸を置こうとするのは、至極当然のことであった。五鈴屋は五鈴屋なりの工夫を試みようとしている。

正直、呉服商いから遠ざかっていた歳月が惜しくてならない。否、惜しいという気持ちの奥に潜むのは、恐れであり、不安であった。

土俵に上がる前に怖気《おじけ》づいてはならない。己のうちに宿った負を、幸は意志の力で封じる。

「春場所に因《ちな》んだ商いも、ようやっと一段落しましたよって、蔵の方も一遍、検《あらた》めさせて頂きます」

買帳を閉じて、佐助は店主に一礼した。そのまま表座敷に戻ろうとする支配人を、

「お待ちなさい、佐助どん」と店主は呼び止める。

「近江屋さんから頂戴《ちょうだい》した縁談の件、そろそろお返事をしないとなりません。あなたの考えを聞かせて頂戴な」

立ち上がりかけていた支配人は、店主の言葉に、両の膝《ひざ》を揃《そろ》え直した。

「私には勿体《もったい》ないお話で、飯田屋の旦《だん》那さん、それに近江屋の久助さんには感謝しかおまへん。けんど、大坂本店の鉄助どんかて、まだ独り身だす。何より、これから呉服商いに戻ろうか、いう大事な時だす。そのお話、お受けできかねます。ほんまに申し訳ございません」

お許しください、と佐助は店主に頭を下げた。

「謝ることではありません。それに、鉄助どんに遠慮せずとも良い、と思うのですが……。もとより佐助どん自身の考えを重んじるつもりでいました。このお話、お断りしましょう」

良いですね、と幸は念を押し、へぇ、と佐助は迷いなく応じた。


寒いうちは綿入れ、卯月朔日《ついたち》に着物から綿を抜いて袷《あわせ》。裏を取って軽い単衣《ひとえ》になるのは皐月《さつき》五日、端午《たんご》の節句と決まっていた。

閏《うるう》四月も半ばを過ぎると、昼間はもちろん、朝夕も思いのほか暑い。一日の終わりに袷を脱げば、湿った手触りだった。

今年は早めに裏を取ってしまおうか、と思いつつ、幸は衣紋《えもん》掛けに着物を広げる。衝立《ついたて》で隔てられた奥座敷、菊栄の寝所から明かりが洩れていた。

「今日も暑かったですね」

衝立越しに友に声をかけるのだが、返事はない。怪訝《けげん》に思って覗《のぞ》いてみれば、菊栄が文机《ふづくえ》に向かって何やら思案にくれている。

「菊栄さま、どうかなさったのですか」

「ああ、幸」

両の膝をついてこちらを見ている幸に、菊栄は手招きをしてみせた。

机の脇《わき》には、書き損じと思《おぼ》しき紙が束で置かれている。

「新しい簪《かんざし》を、と思うて、あれこれ考えてますのや」

筆を置いて、菊栄はふーっと息を長く吐きだした。

「揺れる簪は殆《ほとん》どが前挿しだすが、女にとって、ことに齢《とし》を重ねた女にとって、大事にせなならんのは、実は後ろ姿やないか、と思うんだす。江戸では大半が後ろ帯だすやろ？　後ろから見た時に、髪がすっきりと洒落《しゃれ》てるんは、大事やと思う」

「後ろ挿しにする新しい簪を考えておられる、ということでしょうか」

そういって、幸は頭の後ろに手を遣《や》った。

今は外しているが、いつもはそこに平打ちの銀の簪を挿している。あとは笄《こうがい》、といって、髪を巻きつけて結い上げておく棒状の道具が指の先に触れるばかりだ。

どやろか、と曖昧《あいまい》に応じて、

「後ろ挿しの簪は、落としても気ぃつかへんことが難点だすのや。洒落てて、落ち難《にく》うて、あとは……」

と、幸の後ろ髪に目を遣る。

見易《みやす》いように、と幸は首を捩《ね》じってみせた。

「後ろに挿すものには、簪のほかにも笄がおますな。幸のは柘植《つげ》だすやろか」

「ええ、この髪形だと笄を外せないので、休む時もこのままです」

もとは髪を整えたり、地肌を掻《か》くために男女問わず用いられていた、と聞く笄だが、今は女の結髪に欠かせないものだ。幸も柘植の笄に髪を巻きつけて結い上げ、しっかりと根もとから支えるために使っている。

「笄は落ちる心配がないけれど、髪を飾るためのものとは違うよって……ああ、けど、それは面白いかも知れまへん」

もうちょっと考えてみまひょ、と菊栄は書き損じの紙の束をとんとん、と整えた。

「せや、幸、湯島《ゆしま》の物産会って覚えてはりますか？　ほれ、日本中から珍しいものを集めて、一遍に観られるようにした、あれだす」

「はい、菊栄さまからお話を伺いました」

蓮飯《はすめし》の味わいとともに、物産会の話を、幸は思い起こす。

五年ほど前、初めてそこを訪れた菊栄から、琉球《りゅうきゅう》の草や石までも間近で見られる、と聞いていた。丁度、悩みを抱えていた吉次や、図案描《か》きに行き詰まっていた賢輔も、菊栄に案内されて見学し、随分と励まされたのだ。

「この間、またその物産会が開催されたんだすが、五年前よりもさらに盛大で、面白おました。先《せん》の成功に拘《こだわ》らんと、前へ前へ、という姿勢は真似《まね》たいものだすなぁ」

物産会に足を運んだことのない幸ではあるが、前へ前へ、というのは本当にその通りだと思うのだった。

しとしと降り続く雨に、梅の甘い香りが溶ける。

梅雨《つゆ》の最中ではあるが、夜の訪れは遅く、床に入れば朝までが短いように思う。そうなると、夏至《げし》は近い。

今年の夏至は、皐月朔日。最も昼が長いその日の早朝、浅草太物仲間の月行事のもとへ、町奉行所から呼び出しがあった。

一日の猶予もない呼び出しに、月行事は慌てふためき、河内屋に同行を頼んだ。同時に、店の奉公人を使いとして、仲間のもとへ事情を知らせて回ることとなった。

「では、お二人が戻られたら、お知らせ頂けるのですね」

五鈴屋店主の念押しに、使いは肩で息をしながら、はい、と頷く。

「会所で皆さんにお話しさせて頂く、と申しておりました。どれほど遅くなっても、必ずお知らせします」

用件を伝えると、次の店に向かうため、使いは五鈴屋を飛び出していく。

「いよいよ、いよいよだすな」

店主の傍らに控えていた支配人が言う。その声が僅《わず》かに震えていた。

大吉の手で暖簾《のれん》が出され、商いが始まると、浴衣地を求める者が、次々と現れる。

「こうも蒸し暑いと、肌触りの良い浴衣が恋しくてね。新しい柄を見せておくれでないか」

「ここの藍染《あいぞ》めの浴衣地は、表が陽《ひ》に焼けて色褪《あ》せたら、裏返して仕立て直してまた着られる。大助かりさ」

お客同士の会話も弾み、店の雰囲気は何とも好ましい。

呉服商いに戻れるか、否か。今日のうちにわかるとあって、心中は決して平らかではない。だが、主従ともに接客に心を尽くした。

昼餉《ひるげ》時を迎えて、客足が落ち着いた頃《ころ》、店に意外なひとが姿を見せた。四角いものを包んだと思しき風呂敷《ふろしき》を抱えている。

勝手口に現れたそのひとに、土間に居たお梅が気づいて、

「あんた、何で？　何ぞおましたんか？」

と、駆け寄った。

お梅の亭主で、五鈴屋が頼みにしている型彫師《かたほりし》、梅松だった。

「七代目、店まで押しかけてしもて、堪忍《かんにん》してください」

次の間に通されると、梅松はまず店主に詫《わ》びた。寝不足らしく、両の眼《め》が赤い。

店主の後ろに控えている佐助と賢輔にも会釈すると、型彫師は急《せ》いた手つきで風呂敷の結び目を解《ほど》いた。

「ともかく早《はよ》う、これをお渡ししようと思うて。えらい長いこと、お待たせしてしもたよって」

広げられた風呂敷には、浅い文箱《ふばこ》。

蓋を外して、梅松は文箱を幸の前へと押しやった。

「どうぞ、お手に取って検めてください」

「拝見します」

慎重に取りだしたのは、一枚の茶色の型紙。押し頂いたまま、幸は明かり取りの方に向かう。

薄陽に翳《かざ》せば、無数の小さな孔《あな》。梅松渾身《こんしん》の錐彫《きりぼ》りにより命を吹き込まれた文字たちが、光を放つ。

それぞれの文字は、縦に伸びたり、幅を広げたり、同じものがない。しかし、じっと見つめていると「家」「内」「安」「全」の四種の文字であることがわかる。賢輔の描いた図案に命が宿り、文字たちが、型紙の上で踊りだす。

何より楽しいのだが、ただ楽しいばかりではない。文字の意味を知る時、静謐《せいひつ》な祈りで胸が満たされていく。十二支《じゅうにし》の文字散らしとは、味わいが異なった。

店主から型紙を託された佐助は、

「たった四つの文字の組み合わせやのに、何でこないに胸に響きますのやろ」

くぐもった声で、佐助が呟《つぶや》く。傍らの賢輔は、唇を引き結んだまま頷いた。

「梅松さん、本当にありがとうございます」

店主は言って、型彫師に額《ぬか》ずく。ふたりの奉公人も、これに倣《なら》った。

「賢輔さんの図案を見せてもろた時も、型紙彫ってる間も、彫り終わった今も、この辺が温《ぬく》い。こないな気持ちは初めてや。多分、白子《しろこ》に居たままでは、そんな思いを抱くこともなかったと思います。所帯を持って、守るもんが出来て、せやから、一層、胸にきますのやろ。ほんに型彫師冥利《みょうり》に尽きました」

梅松は両の掌《てのひら》を胸にあてがって、おおきに、と丁重に頭を下げた。

密《ひそ》かに様子を窺っていたのだろう、ご寮《りょん》さん、と土間からお梅が幸を呼ぶ。

「ご寮さん、今夜は赤ご飯を炊いても宜《よろ》しおますやろか。今から小豆《あずき》を買《こ》うてきますよって」

洟声《はなごえ》で言うなり、お梅は主《あるじ》の返事も聞かずに、下駄を鳴らして去った。

五鈴屋が呉服商いに戻れるか否か、町奉行の判断が下される日に、待望の「家内安全」の型紙が届いた。主従にとっては、その一事が吉兆のように思われた。

厚い雲に遮られて、陽の居所がわからない。時の鐘が八つ（午後二時）を知らせ、七つ（午後四時）を知らせても薄暗さは変わらず、皆の待ち望む吉報もまだ届かない。

まだやろか、まだかいな、と火吹き竹を片手に、お梅が土間を行ったり来たりしている。

「そろそろ小豆も煮上がるのに、一体、何時《いつ》まで待たせるつもりだすやろか」

「何ぼ夏至いうても、日ぃが長過ぎますなぁ」

お客を見送ったあと、豆七がお梅と一緒になって嘆いた。

月番の南町奉行所は数寄屋橋《すきやばし》御門内、浅草から一里十町（約五キロメートル）ほどか、ゆっくり歩いたとしても、往復で一刻半《とき》（約三時間）ほど。申し渡しまでに刻がかかったとして、そろそろ連絡があっても良い頃だった。

徐々に手もとが暗くなり、行灯《あんどん》に火が入る。暮れ六つには暖簾を終《しま》った。使いは、まだ来ない。皆、表座敷に集まり、じりじりと時を待った。

最早《もはや》、待ちきれない、と判断した店主は、支配人に、

「佐助どん、会所に行きましょう」

と、促した。

素早く土間へ下り立って、大吉は傘と提灯《ちょうちん》とを揃えた。

皆に送られて店を出る。日中は止《や》んでいたはずの雨が、ぱらついている。

杓文字《しゃもじ》を片手に現れたお梅が、

「赤ご飯、美味《おい》しいに炊けてますで。ご寮さん、佐助どん、待ってますよってにな」

と、邪気を祓《はら》うように叫んだ。

佐助の持つ提灯の明かりを頼りに、小雨混じりの広小路《ひろこうじ》を急ぐ。

「五鈴屋さん」

提灯に墨書された屋号を認めたのだろう、会所の入口からこちらを覗いていた男に呼ばれた。声で恵比寿屋と知れた。

「丁度、今、月行事が戻られました。河内屋さんもご一緒です」

傘を閉じるのももどかしく、幸と佐助は恵比寿屋に続く。

行灯の明かりが灯《とも》る座敷、奉行所から戻ったばかりの二人と、幸同様に使いを待ち

きれなかった店主らが対座していた。

月行事と河内屋の苦渋を受けてか、座敷の雰囲気は重苦しい。持ち帰られたのが決して吉報などではないことは、室内に足を踏み入れた途端にわかった。

佐助は隅に控え、幸は和泉屋の隣りに座る。全員が揃ったところで、月行事が辛《つら》そうに口を開いた。

「お待たせして申し訳ない。奉行所からの沙汰は、冥加金《みようがきん》を出せば浅草呉服太物仲間の結成を許す、というものでした」

そこまでは粗方《あらかた》、予測していたことだ。一同は固唾《かたず》を呑《の》んで、月行事の話の続きを待った。だが、肝心の相手は、顔を歪《ゆが》めて黙り込む。

月行事の苦悶《くもん》を酌んで、「あとは私が」と河内屋が引き受けて、皆を見回した。

行灯の橙《だいだい》色の火が、老店主の疲労を浮き上がらせている。

「金、千六百両」

河内屋は、掠《かす》れた声を発した。

「申し付けられた冥加金は、千六百両です」

蒸し暑いはずの座敷が、一気に冷える。

誰もが息を詰め、聞き間違いではないか、とばかりに視線を交え合った。

「千六百両……千六百両……いや、しかし」

おろおろと、和泉屋が畳に両手をついた。

「それは、あまりと言えばあまりですよ。桁外れだ。一体、何故《なぜ》そんなことに」

「おそらく、春場所で件《くだん》の浴衣地が売れに売れたことが大きいのでしょう」

和泉屋の嘆きに、河内屋は淡々と応《こた》える。

「大火の後、言葉は悪いが、おかみの懐具合はかなり厳しい。去年、大坂商人たちに多額の御用金を命じた、と聞いています。睦月にこちらの申し出があった時から、どれほど搾《しぼ》り取れるか、様子を見ていたとしか思えない」

老店主の話に、恵比寿屋が「確かに」と低く唸《うな》った。

「浅草呉服太物仲間として願い出たのは、十六名。頭割りで百両ずつ出せると踏んでのことでしょう」

百両、と呻《うめ》いて、丸屋が頭を抱えて畳に突っ伏した。

この度の浴衣地商いには加わっていない丸屋にとって、それだけの額を捻出《ねんしゅつ》するのは至難の業に違いなかった。

ほかの者にしたところで、躊躇《ためら》いなく出せる額ではない。仮にその余裕があるなら、下野国《しもつけのくに》の綿作を育てる金肥《きんぴ》代に使いたい、と願うのが人情であろう。

激しい動揺が去ったあと、座敷を占めたのは、おかみに対する怒りだった。

大火のあと、百姓が田を耕し、苗を植え、慈しんで育てるのと同じように、仲間で支え合い、太物商いを育ててきた。浴衣地という実りを手にした途端、よもや、おかみに掠《かす》め盗《と》られることになるなど、思いもしない。

「今夜のところは、ここまでにさせて頂きます。それぞれに考えをまとめて、十日後にまた話す、ということで宜《う》しいな」

皆の怒りを鎮める気力も失せたのか、月行事は覇気のない声で結んだ。

会所の外は、微かに雨の気配を纏《まと》うものの、傘を差すほどではない。佐助と二人、黙々と広小路を戻る。

何かに呼ばれた気がして、ふと視線を上げると、遠くに小さな明かりが見えた。提灯の火か、と目を細めれば、微かに点滅している。群れから逸《はぐ》れた迷い蛍《ほたる》だった。

冥加金の額、千六百両。

断れば、呉服太物仲間としては認められない。認められなければ、丸屋も五鈴屋も、呉服商いを断念せねばならない。

だが、ほかの店は、浴衣地商いという太い綱があるし、「浅草太物仲間」のままであっても特段困ることはない。そうだとしたら、仲間としての判断の行方は……。

蛍を眼《め》で追って、幸は沈思を続けた。首の後ろが薄《うっす》らと寒い。

「あの時の……」

前を歩く佐助が、苦しげに呻《うめ》く。

「あの時の千五百両、上納金として差し出した、あれがあったら……」

後ろに店主が居ることも忘れての、苦悩の吐露であった。


梅雨明けには今少しあるが、富久と房《ふさ》の月忌《がっき》の今日、久々にすっきりと晴れた。露草を思わせる美しい色の空のもと、幸はお竹を伴って松福寺へと向かう。

おかみから命じられた冥加金のことが、五鈴屋に重くのしかかっていた。

粗方の事情を知った菊栄は、敢《あ》えて口を出さず、見守る姿勢を通している。奉公人らは、お客と接する時を除いて、抑えようのない不安を滲《にじ》ませた。お竹だけが、動揺を見せない。今も、何も聞かず、何も言わず、黙って寺参りに同行するお竹の存在が、幸にはただ、ありがたかった。

少し先に松福寺が見えてきた。松越しの本堂に幸は目をやる。ここ数日、思い悩んで出した答えを、読経《どきょう》に乗せて、浄土のひとびとへ伝えたい、と願う。

門前を掃《は》き清めていた僧侶《そうりょ》が、幸に気づいて、一礼を送った。

きー、こきー、きー

あれは鵤《いかる》か、半刻ほどの読経の間中、美しい囀《さえず》りを奏でてくれる。

「お見えの時は、何処《どこ》か屈託がおありのようでしたが、良いお顔になられました」

祈りの時を過ごし、まだ抹香の匂《にお》いの残る本堂を出る際、副住職から、そんな言葉をかけられた。

ありがとうございます、と幸は仄《ほの》かに笑む。

「お陰様で随分と慰められ、励まされました」

「それは良かった」

副住職は破顔し、さり気なく、眼差《まなざ》しを外へ向ける。つられてそちらを見れば、境《けい》内《だい》に続く階段に、ひとの姿があった。

どっしりとした体軀《たいく》に、細縞《ほそじま》の銀鼠《ぎんねず》の長着を纏っている。獅子鼻《ししばな》に椎《しい》の実に似た眼、不敵とも思われる笑みを浮かべる男。

その正体を認めて、後ろに控えていたお竹が、すっと息を吞む。

「お入りになるようお薦めしたのですが、あちらでお待ちになる、と仰《おっしゃ》って」

会釈を残し、副住職は墨染めの衣を翻《ひるがえ》して去った。

幸はお竹を促して、階段を下りていく。五鈴屋の主従が階段を下り終えるまで、男は腕を組んだまま、じっと待っていた。

五鈴屋五代目徳兵衛、今は井筒屋《いづつや》三代目保晴《やすはる》を名乗る男、幸の前夫の惣次であった。

「お竹どん」

幸の後ろに控えるお竹を、惣次は太い声で呼んだ。

「済まんが、あんさんの大事な主《あるじ》を、ちょっとの間ぁ、借りますで。裏手の池の蓮《はす》が満開やさかい、花見をしようと思いましてなぁ」

お竹は幸を見、その頷くのを認めると、「へぇ」と惣次に一礼した。

松福寺の裏門に通じる境内には、小さな池がある。

水面を覆う蓮は、秋に丸い実を抱き、冬は枯れ、春になれば葉を広げ、夏の頃、薄紅の花弁を開く。蓮の花で有名な場所が近くにあるため、知るひとは少なく、例年、花見客も殆《ほとん》どない。惣次の言う通り、丁度、今が満開であった。

ほかに愛《め》でるひともいない蓮花を前に、惣次は、開口一番、

「で、どないするつもりだす」

と、言った。

語尾は上がらず、問いかけというよりも、覚悟を迫るような物言いだった。

冥加金千六百両を申し付けられたことは、とうに惣次の耳に入っている。そして、惣次ならば、幸の導きだした答えをも存知しているはずだった。

「上納金も冥加金も本来は運上方の扱いのはずが、仲間絡みでは、まず町奉行所が動くようです。三日後の寄合《よりあい》で仲間の皆さんの了解を得た上で、町奉行所の外倉《とくら》さまを訪ねます」

幸の返事を受けて、惣次は唇の端をくっと上げた。

外倉とは、八年前、五鈴屋に千五百両の上納を迫った役人だった。当初、本両替商から借り入れをすることを考えていた幸に、「知恵を絞れ」と助言をしたのは、ほかならぬ惣次だ。

冥加金と異なり、上納金は幕府に対する貸金で、利を添えて返済されるものだ。幸は外倉と交渉の末に、利の倍を献金することを条件に三年の年賦を認めさせた。五鈴屋は約定通り、三年かけて千五百両を納めたが、未《いま》だ、一文たりとも返済されていない。

坂本町の呉服仲間だった遠州屋《えんしゅうや》も、かつて同じ額を上納し、返済どころか、「返金を辞退すれば、褒美《ほうび》に名字帯刀を許す」と打診されたと聞く。

「あんさんは女子《おなご》やさかい、名字帯刀を盾にも出来ん。おかみもさぞ、居心地が悪かろう。返す気がのうても、何ぼ形の上だけでも、借金は借金やさかいになぁ」

返済されない千五百両。

冥加金、千六百両。

成るか成らぬか、返金辞退を条件に、冥加金を百両まで値切る、というのが幸の考えだった。やはり、惣次はそれを正しく摑《つか》んでいる。

「踏み倒される前に、相殺に持ち込む。上手《うま》いことといったら妙手だすが、そない容易《たやす》うはない。紙の上の千五百両より、現物の千六百両だすやろ」

「千六百両も、紙での取引でしょう。千両箱を持ち込むわけではないのですから」

幸の返事を聞いて、惣次は背を反らし、からからと笑う。楽しくて楽しくて堪《たま》らない、という風情だった。

ひとしきり笑い終えると、惣次は顔つきを改める。

「外倉はんに会う前に、充分に根回しをすることや。本両替商の蔵前屋《くらまえや》に口利きを頼みなはれ。あこ（あそこ）の店主は信用できる。音羽屋忠兵衛と違うてな」

五代目徳兵衛の助言を、幸は、深い首肯で受け止めた。

蓮の花を目当ての者か、砂利を踏む音が重なる。惣次は顎《あご》で先を示して、ゆるりと歩きだした。

「商いは戦だす。勝つか負けるか、生きるか死ぬか。刀の代わりに算盤《そろばん》交えての真剣勝負や。おまけに、戦う相手は商人ばかりとは限りませんよってにな。おかみ、いうんも中々に厄介な敵だす」

首を捩じって、相手が後についてくることを確かめると、三代目保晴は視線を天へと転じた。

「公方《くぼう》さまが代替わりして二年、時代は変わりつつある。堅苦しい方ではのうて、面白い方に。それこそ、知恵の絞り甲斐《がい》がある。これからは知恵比べの時代が来ますよってにな」

本両替商として、広く世間を見ている男の力強い台詞《せりふ》に、幸は勇気づけられる。

ゆっくりと歩いて、裏門まで辿《たど》り着いた時、

「節介ついでに、言うときますで」

と、相手は身体《からだ》ごと幸に向き直った。

「厄介な敵は、おかみだけと違う。蛸《たこ》やらその女房やらは、遠慮のう叩《たた》き潰《つぶ》したったらええ。けんど『酌むべき事情』を持つ相手は、そういうわけにはいかん。せやさかい、一番厄介だすのや」

「確かに」

思わず、口をついて、その言葉が出た。

地道に、そして誠実に、浅草で太物商を営んできた仲間たち。呉服太物仲間へ舵《かじ》を切ろうとしたところに、降ってわいたのが千六百両の冥加金だ。そこまでの負担を強いられる理不尽と、これまで通り太物だけの商いで暖簾を守れる、という現実。

幸は唇を一文字に引き結んで、動揺に耐える。

「あんさんは面白い、ほんに面白おます。何で私は、こないに面白い女房を手放してしもたんやろか」

阿呆《あほ》だすな、ほんまに、と惣次は愉《たの》しげに言い添えたあと、ふと、真顔になった。

「帆を上げて港を出るんか、帆を畳んで陸《おか》に戻るんか。五鈴屋にとっても、仲間にとっても、正念場だす。悩んでる暇も、迷うてる暇もおまへんで」

せいぜい気張んなはれ、と三代目保晴は声を張った。

浅草太物仲間から、浅草呉服太物仲間へ。

転身の理由が、「五鈴屋への恩返し」であったり、「丸屋の窮状を見かねて」であったなら、状況次第で心変わりは已《や》むを得ない。そうした「酌むべき事情」を乗り越えるには、どうすれば良いのか。

右の手を拳《こぶし》に握って額に押し当て、幸は懸命に考え続ける。

――発端は五鈴屋さんへの恩返しだが、それだけが理由ではない。仲間たちが呉服商いに手を出そうとしているのは、そこに商いの活路を見出《みいだ》したからですよ
河内屋の台詞が、耳もとに帰ってくる。

商いの活路となるような、呉服商いについての提案ができれば。

手頃な紬、求め易い絹織については、おそらく丸屋が色々と助言をしているはずだろう。それ以外で、何か、試してみたい、と思えるような提案ができれば。

延々と考え続けているのだが、妙案は浮かばない。

「ご寮さん」

襖《ふすま》越しに、お竹が呼んでいる。

はっと拳を外して、顔を上げる。すでに室内が薄暗い。暮れ六つが近いのだろう。

「お加減でも、お悪いんだすやろか」

襖を開けて、お竹が心配そうにこちらを覗き込んでいた。

「考え事に夢中になってしまって。すぐ、店の間に戻ります。それとも、何か用だったのかしら」

幸に問われて、お竹は「へぇ」と頷く。

「千代友屋さんのお祝い、どないさせて頂きまひょか」

お竹に言われて、そうそう、と幸は両の手をぽん、と打ち鳴らした。

「もうじき、あちらのご創業日だったわねぇ。いつも通り、樽酒《たるざけ》をお贈りして頂戴な」

互いの創業の日に、祝い酒を贈り合うようになっていた。ともに、その日には祝い酒が重なり、殆どを稲荷《いなり》神社へ寄進している。

罰当たりなのだが、重い樽酒を稲荷神社まで運ばねばならぬのが結構な骨折りだった。おそらく、千代友屋も同じ思いをしているのではなかろうか。

相手に負担を与えず、祝賀の気持ちを伝えられるに越したことはないのだが。

「もっと手軽に運べたなら、助かるのだけれど」

「お酒は重うおますよってに」

主従それぞれに、はたと考え込む。持ち重りのするお酒を手軽に運べる手立てを、ふたりとも知っていた。

「お竹どん、あれよね」

「へぇ、ご寮さん、あれだす」

佐助の縁談が近江屋より持ち込まれた時に、挨拶代わりに、と差し出された、あの酒切手だった。

「近江屋さんに聞けば、どの酒屋で扱いがあるか、教えてもらえるでしょう」

「へぇ、明朝、早速に行って参じます」

お竹との遣り取りで、ふっと心が軽くなる。弾む足取りのお竹を見送ったあと、幸は開いた両の掌で、己の頬《ほお》をぱんぱん、と叩いた。

悩む暇も、迷う暇もない。

惣次の助言の通り、まずは蔵前屋を訪ねよう。十一日の寄合で、五鈴屋の考えを伝えて、暫《しば》しの猶予をもらえるよう事を運ぼう。

まずは、千五百両の貸金の放棄について、佐助と話さなければ。

心を決めて、幸は勢いよく立ち上がった。

第五章　掌の中の信

　どーん、と腹に響く音が、五鈴屋の奥座敷にまで届く。

　あれは打ち上げ花火、それも試し打ちのものだ。今日、皐月二十八日は両国《りょうごく》の川開きで、天候にも恵まれたため、予定通りに花火が上がる合図だった。

「五鈴屋さん、蔵前屋さん、この通りです」

　浅草太物《ふともの》仲間の月行事《がちぎょうじ》が、幸と蔵前屋を前に、畳に手をついて額を擦りつける。

　傍《かたわ》らの文箱《ふばこ》には、幸の手で書き上げたばかりの書状が納められていた。おかみに向けての、貸金放棄の書付である。内容に間違いがない旨《むね》の、蔵前屋の添え書きもされていた。

「どうかもう、お顔をお上げくださいませ」

　平伏して動かない相手に、幸は慎ましやかに声をかける。

　傍らで蔵前屋が「そうですとも」と、鷹揚《おうよう》に頷《うなず》いてみせた。

「まだ慎重に駒《こま》を進めているところです。礼を言われるには、些《いささ》か早過ぎます」

本両替商として幕府からの信用も厚く、内々の事情にも明るい蔵前屋が、今回、幸の願いを受けて、動いている。充分な根回しが終われば、この三人で奉行所に赴くことになっていた。

「しかし、千五百両もの貸金を放棄するなど……。十一日にお話を伺った時は、皆、半信半疑でした。あまりに大きなご決断かと」

月行事は額を畳に擦《す》り付けて、くぐもった声で続ける。

「五鈴屋さんにそこまでして頂きながら、仲間一同、戸惑うばかりで。口にせぬまでも、今のまま、太物仲間のまま、との考えを抱く者も混じるかと存じます。月行事として、皆の気持ちをひとつに出来ておりませんことが情けなく、まことに申し訳なく思っております」

詫《わ》びの言葉を受けて、幸は軽く頭を振った。

両国の川開きを前に、新柄の立涌《たてわき》を始め、団扇柄《うちわがら》や柳に燕《つばめ》などの藍染《あいぞ》め浴衣地《ゆかたじ》が売れていて、息長く売り伸ばせそうだった。新たに仲間に加わった丸屋も、不慣れながら浴衣地商いに精を出している。

「お客を想《おも》い、店を想う。仲間の誰《だれ》もが、そうやって暖簾《のれん》を保っているのです。太物の商いで売上を伸ばせている今、何も無理をしてまで呉服商いに乗りだしたくない、と考えるのは当たり前のことです」

幸の台詞《せりふ》が思いがけなかったのか、「しかし、それでは」と月行事は狼狽《うろた》えて面《おもて》を上げる。

「太物仲間のままでは、五鈴屋さんは呉服商いに戻れぬではないですか」

「戻れぬままでは困りますので、何とかして皆さんの気持ちを動かしたい、と考え続けております。知恵を出せずにいることが、不甲斐《ふがい》ないのですが」

正直に打ち明ける五鈴屋店主に、蔵前屋が好ましい眼差《まなざ》しを向けている。

「ただ、売り手として呉服を商う意味を見出《みいだ》せたなら、自《おの》ずと皆さんの気持ちは揃《そろ》うのではないか、と思うのです。そして、その意味とは、河内屋さんが以前仰《おっしゃ》っておられた『商いの幅を広げ、お客に喜んでもらえる』ということかと。人情に縋《すが》るのではなく、商いとしての見通しが立ってばこそ、仲間は動く」

幸の最後のひと言に、月行事は胸をつかれた表情を見せた。

蔵前屋が、月行事の方へと身を傾ける。

「二年前の大火のあと、太物の値が一気に上がり、庶民には手の届かないものになってしまいました。しかし、浅草太物仲間は、一切の値上げをされなかった。なかなか出来ることではありませんよ。そういう仲間だからこそ、五鈴屋さんは信に価する、と思われたのでしょう。信を置く者も、置かれる者も、同じ仲間同士。仲間とはかくあるべきだ、と感服いたしました」

見習いたいものです、と蔵前屋は実《じつ》の籠《こも》る口調で言った。


立秋《りっしゅう》を三日後に控えたが、酷暑は手を緩めない。

風はそよとも吹かず、陽射《ひざ》しは容赦なく照り付ける。蒼天《そうてん》にむくむくと白雲は湧けど、雨をもたらす気配もない。屋内に逃げ込んだところで、暑さからは逃れようもなかった。

五鈴屋の次の間にも、むんと熱気が籠り、毎月恒例の帯結び指南に集まった女たちを汗まみれにしていた。

「帯結びだけでも、涼しげだねぇ」

浴衣に似合う、簡単な帯結びを教わって、女たちは嬉《うれ》しそうに互いの帯を眺める。

「夕涼みや、湯屋《ゆや》の行き帰りだけじゃなく、夏は日中も浴衣で出歩けたら良いのに」

「家でゆっくりする分には良いんだけどねぇ、素肌に浴衣一枚ってのは、やっぱり恥ずかしいよ」

帰り仕度の間も、お喋《しゃべ》りに興じるおかみさんたちの中に、ひとり、様子の妙な中年女がいた。

痛むのか、左手の中指をぎゅっと握り締めて、顔をしかめている。

「どうかなさいましたか」

気になって、幸が声をかければ、

「よろけた拍子に、うっかり指をついちまって」

と、顔を上げて答えた。幾度か帯結び指南に参加している、三味線《しゃみせん》の師匠《ししょう》だった。いつぞや、「引締め」を取り上げた際に、廓《くるわ》では花魁《おいらん》がその結び方をしている、と教えてくれたひとだ。確か、「お勢《せい》」という名だった。

お竹も覚えていたのだろう、

「大事な指だす。そのままにしたらあきまへん。今、大吉を呼んで参りますよって」

と、幸に断って、慌ただしく次の間を出た。

幼い日、医師柳井道善のもとで何年か過ごした大吉は、こうした時、とても頼りになる。

「そない酷《ひど》いことのない突き指だすよって、水で暫《しばら》く冷やしたら大事ないて思います。柳井先生はそないしてはりました」

大吉は、そう言って水を張った桶《おけ》を運んできた。お勢は恐縮しきりで、言われるままに水に指を浸《つ》ける。

じっと待つ間に、商いの話の種にでもなれば、と思ったのだろう。お勢は、

「私は吉原《よしわら》に三味線を教えに通ってるんですがねぇ、吉原も随分と変わりました」

と、問わず語りに話しだした。

昔の遊女は三味線、長唄《ながうた》、踊り、と一通りこなせる者が殆《ほとん》どだったという。だが、何時《いつ》しか、客に求められるのが「色」ばかりになり、芸事はおざなりになった。

「形ばかり習いはしても、嫌々やってるもんだから、ちっとも上達しやしない。けれど、中に『これは』と思う妓《こ》がいましてねぇ」

飛び抜けて筋が良い上に、とにかく熱心で稽古《けいこ》を絶やさない。

「遊女としては売れないまま、もうじき年季明けなんですよ。見込みがあるんで、内弟子にならないか、と声をかけたんです。なのに、吉原に残って芸一本で身を立てたい、だなんて夢みたいなことを言いましてねぇ」

廓には全く無縁の身、幸にもお竹にも、三味線の師匠の話には新味がある。

半刻《はんとき》ほど水で冷やして痛みが随分と和らいだようで、お勢は「助かりました」と、幾度も幾度も辞儀を残して帰っていった。

「年季明けを迎えても、なお吉原に留《とど》まるて、また難儀な道だすなぁ」

お勢を見送ったあと、お竹がぼそりと洩《も》らした。

色を求めて男が集まる廓で、芸一本で生きていく。敢《あ》えて難儀な道を選ぼうとしている遊女の話が、幸の心に残った。

「七代目」

店に戻ろうとした幸を、呼び止めた者が居る。

振り返れば、夕映えの気配の漂う広小路《ひろこうじ》の先、苅安《かりやす》色の風呂敷包《ふろしきづつ》みを胸に抱え、染《そめ》物師《ものし》がこちらに向かってくる。

「力造さん」

その名を呼んで、幸は相手の方へと歩み寄った。

訪問者の熱の残る奥座敷の障子《しょうじ》を、お竹がそっと開けた。風がすっと通り、行灯《あんどん》の火を微《かす》かに揺らす。お竹は音を立てぬように、行灯の位置をずらした。

賢輔に送られて力造が帰ったあと、店主は右の手を拳《こぶし》に握って額に当て、ずっと考え込んでいる。小頭役《こがしらやく》は、主《あるじ》の黙考を邪魔せぬよう、声をかけず、密《ひそ》やかに奥座敷を出ていった。

敷布の上に広げられているのは、届けられたばかりの小紋染《こもんぞ》め、染め上がりの最初の一反であった。

極上の縮緬地《ちりめんじ》、千歳茶《せんざいちゃ》と呼ばれる地色に、白抜きで「家内安全」の四文字が散らされている。賢輔の描く図案を見た時、梅松の彫った型紙を手に取った時、こうして力造によって型付と染めを施された一反を前にした今。その都度、強く胸を打たれる。

慎ましく清らか、誰しもが願うことを表す四文字。これを身につけておきたい、と望む者は多いに違いない。「買いたい」と思われる品、けれど、五鈴屋が呉服商いに戻れなければ、扱い得ない。

浅草呉服太物仲間が成り立つために必要なのは、形の上では、おかみの許しひとつ。しかし、真に必要なのは、仲間としての結束。

かつて、浅草太物仲間の気持ちをひとつにしたのは、賢輔の描いた「火の用心」の図案だった。今回も、この反物《たんもの》を見せれば、きっと皆の気持ちは大きく動くだろう。

だが、それで足りるのか。

同じことを繰り返すだけでなく、さらなる知恵はないか。

商いの幅を広げ、お客に喜んでもらえる——呉服商いがそうであるために、何ができるか、何をすべきか。皐月から延々と熟考してきたことだった。

――良い柄なんで、十反ほど買いたいんだがね。暮れの挨拶《あいさつ》の時に配りたいのさ

ふと、耳にお客の声が蘇《よみがえ》る。

あれは、そう、二年前の霜月朔日《ついたち》、浅草太物仲間で一斉に、「火の用心」の反物を売り出した日のことだ。品薄を理由に、仲間の他店を案内したことがあった。

あの折りは品薄ばかりを案じて、特に気にも留めなかった。だが、暮れの挨拶に配るのに、十反を持ち歩くのは大変だろう。二十反、三十反、と望まれることもないとは言えない。

もっと手軽に持ち運びできて、贈ったり贈られたりできれば良いのに。

ちょっと待て、と幸は額から拳を外して、顔を上げる。

――もっと手軽に運べたなら、助かるのだけれど

――お酒は重うおますよってに

そうだ、酒切手だ。

近江屋が持参した切手、千代友屋の創業日に贈った切手。あの酒切手だ。

心の臓が、どきどきと激しく躍り始める。掌を胸もとにあてがい、幸はぐっと耐える。違う、まだだ、まだ、何か引っ掛かっている。何か、大事なことを忘れている。

不意に、掌で顔を覆って笑う惣次が浮かんだ。
――何やて、呉服切手？
――はい、饅頭《まんじゆう》切手があるのだから、呉服切手があっても良いと思うのです。切手にすれば、贈ったり贈られたり出来ますもの
思わず、胸にあてがった掌をぎゅっと握り締める。手の中に、煮繭《にまゆ》にも似た、豊かな知恵の塊があった。

江戸の庶民にとって、公方《くぼう》さまのお膝《ひざ》もとに暮らしている、という意識は常にある。だが、朝廷となると、さっぱりわからない。諱《いみな》ゆえに、在位中の帝の名を知ることはなく、没後の諡《おくりな》を教わるのみ。前帝が桜町《さくらまち》天皇で、その第一皇子が今の帝というのは聞いたことがあっても、あとは朧《おぼろ》だ。四年ほど前に、幕府と朝廷とを二分する大きな事件があったそうだが、庶民には縁のない話であった。

「そう幾度も足を運ばずとも良い。追って沙汰《さた》のあるまで、控えておけ」

文月《ふみづき》に入ってから、浅草太物仲間の月行事、蔵前屋、それに幸と佐助で、町奉行所に足を運んで請願《せいがん》を重ねた。充分に根回しをしたはずだったが、明確な回答を得られぬまま、最後は外倉によって追い返されてしまった。

実はその数日前、帝《みかど》が崩御され、奉行所も雑多な対応に追われていたのだ。

「お公家《くげ》さんとか、朝廷とか言われても、さっぱりわからへん」

店開《たなあ》け前、蔵の方で豆七の声がしている。そらそうだす、と応《こた》えるのはお梅だ。

「京に近い大坂で暮らしてた頃《ころ》かて、馴染《なじ》みがなかったよって。江戸なら、なおさらだすがな」

「けど、帝が亡《の》うならはったさかい、色んなもんを控えることになるんだすやろ」

手代《てだい》と女衆《おなごし》の遣《や》り取《と》りが、奥座敷の幸の耳に届いて、帯を整える手を止めさせる。

崩御を受けてのことか否かは明らかではないが、先般、砥川額之介が使いを寄越《よこ》し、この冬場所が取り止《や》めになった、と知らせてきた。まだ公にはされていないが、勧進《かんじん》大相撲《おおずもう》を心待ちにする江戸っ子たちにとっては、どれほど無念か。また、浅草太物仲間としても、大きな商機を失うことになる。

「ご寮《りょん》さん、お仕度、お手伝いしまひょか」

襖の向こうから声が掛かり、お竹が顔を覗《のぞ》かせた。

その日、浅草太物仲間の寄合《よりあい》が急遽《きゅうきょ》、開かれることになっていた。

「構いません。それよりお竹どん、頼んでいたもの、用意してもらえましたか？」

幸に問われて、お竹は「へぇ」と頷いて、手にした紙入れを差しだした。畳に両の膝をつき、受け取って中を検《あらた》める。確かに望み通りのものだと見届けて、幸は口もとを緩めた。

「ありがとう、助かりました。では、佐助どんを呼んで頂戴《ちょうだい》な」

面持《おもも》ちを改めて、店主は小頭役に命じた。


四つ（午前十時）を知らせる時の鐘が、長々と尾を引いている。

会所の座敷では、誰も口を利かない。皆、一様に唇を嚙《か》み締め、俯《うつむ》いたまま身動《みじろ》ぎひとつしない。

月行事の口から、町奉行所の対応について説明があったが、引き続いて知らされた勧進大相撲冬場所の中止の報が、一同を打ちのめしたのだ。

「さて、どうしたものか」

和泉屋が頭を抱える。

「春場所と冬場所、相撲所縁《ゆかり》の浴衣地商いをすっかり頼みとして、算段を整えていたのに」

そのひと言に、皆が揃って頷いた。

「下野国に回す金銀をどうしたものか」

「正直な話、今は冥加金のことなど考えている場合ではないような」

　ざわつく中で、恵比寿屋が「宜《よろ》しいでしょうか」と前置きの上で、続けた。

「冬場所が飛んだだけで、これほどまでに動揺してしまう。勧進大相撲を頼みの綱とする商いは危うい。我々は自戒すべきでしょう。太物だけでなく、呉服も商えるなら、ほかに打つ手も増えるのではないか、と思うのです」

「恵比寿屋さんの仰る通りだ」

　若い店主の意見に、河内屋が加勢する。

「以前にも申し上げた通り、呉服と太物、その両方を扱うことで、商いの幅を広げることができる。商いに浮き沈みは付き物だが、危うさを避ける手立てとなり得るでしょう」

「河内屋さんの仰ることは、よくわかります」

　年長者に遠慮しつつ、松見屋が声を上げた。

「五鈴屋さんの上納金返済不要の申し出も、ありがたいと感謝もしています」

　しかし、おかみが拒んだ場合、仲間として千六百両を負担せねばならない。その分を木綿生産地の支援に回せたらどれほど良いか、との思いを拭《ぬぐ》い去れない。

「呉服商いについて、我々は丸屋さんに色々と教わり、問屋にも繫《つな》いで頂いた。しかし、経験のないことゆえ、どうしても道筋が見えてこないのです」

言葉を選びつつも、本心を語る松見屋に、首肯《しゅこう》で賛意《さんい》を示す者が続く。座敷は不穏な雰囲気に包まれて、月行事は難しい顔で腕を組んだ。

「お話しさせて頂いても、宜しいでしょうか」

発言の許しを請う幸に、一同の眼《め》が注がれる。

川開きの日に、まだ知恵が出ないことを打ち明けられていた月行事は、幸が何かを摑んだことを確信したのだろう。愁眉《しゅうび》を開いて頷き、「こちらへ」と招いてみせる。

五鈴屋店主は、隅に控えていた支配人を呼び、皆と対峙《たいじ》する位置へと移った。

「私どもから、ひとつ、皆さまにお願いがございます。是非とも、知恵を」

仲間一人一人を順に見て、幸は畳に手を置いた。

「皆さまに、お知恵を拝借したく存じます」

五鈴屋の言葉に、一体、何を言わんとしているのか、と店主らは戸惑いの色を隠さない。ただ、河内屋だけは、予《あらかじ》め月行事から何か耳打ちされていたのか、待ちかねていたような素振りを示した。

月行事は河内屋と視線を交えたあと、

「まずは、聞かせて頂きましょう」

と、幸を促した。

幸は懐《ふところ》から紙入れを取りだして開いた。中身をすっと畳に置く。

一枚の紙。

縦八寸（約二十四センチメートル）強、横は四寸（約十二センチメートル）弱、短冊状で、刷り物のようだ。離れた位置に座っていた店主らが、よく見るために前へ前へとにじり寄った。

紙の表に大きな文字で「酒　壱升《いっしょう》」、小さな文字で「以此切手差上可申候也」、最後に酒屋の屋号があった。

その正体に気づいた幾人かが、「ああ」と声を洩らした。

「これは、酒切手だ」

河内屋が、膝を乗りだす。

「発行した店にこの切手を持ち込めば、酒一升に換えてもらえる。とても便利なものだが、色々と差し障りが露呈して、あまり広まっていない」

「仰る通りです」

老店主の指摘に、幸は深く頷いた。今朝、お竹に命じて入手した一枚だった。

「この切手はおそらく、大坂の『饅頭切手』をもとに考えられたものだと思います」

大坂では、贈答用として、よく饅頭切手が使われる。虎屋伊織《とらやいおり》という評判の菓子屋の発行するもので、一枚を店に持ち込めば、ひとつ五文の饅頭十個と引き換えてもらえる。幸が四代目、五代目に嫁いだ時も、お家《え》さんの富久が挨拶回りで配っていた。ものは日持ちのしない饅頭である。贈る側からすれば饅頭そのものを持ち歩かずに済むし、贈られる側からすれば好きな時に饅頭に交換できる。それに、慶事の挨拶回りであれば、何十、何百と数が必要になるが、切手なら嵩張《かさば》らない。その利便性が大いに支持を集めたのだ。

「持ち重りのする一升のお酒も、切手にすれば手軽に贈ったり贈られたりできる。もっと広まるはずが、偽の切手が出回ったり、お酒の品質にばらつきがあったりしたため、頭打ちになっているようです」

五鈴屋の主が一体何を考えて酒切手を持ちだしたのか、見当がつかない体《てい》で、皆、じっと話の続きを待つ。

「藍染め浴衣地を年始の挨拶用に、と求められるかたは多いですが、呉服を商っていた頃も同じでした。銀百匁《もんめ》の小紋染めを、お世話になったひとに贈りたいから、と。自分のためではなく、大事な誰かに、気持ちを添えて贈る。太物に比べて値の張る呉服です。贈る方も贈られる方も、心が浮き立つことでしょう」

傾聴する仲間のうち、五鈴屋店主の考えに至ったのか、河内屋と恵比寿屋とが、はっと息を呑み込む。

「もう二十年ほど昔のことです。私は当時、夫だったひとに『饅頭切手があるのだから、呉服切手があっても良いのではないか』と尋《たず》ねたことがありました」

幸の話に、さらに幾人かの顔色が変わった。呉服切手、との呟《つぶや》きが洩《も》れ聞こえる。

平らかな声で、五鈴屋店主は続ける。

「偽物が出回る恐れがあること。選んだ呉服と額面との間に多寡《たか》があれば処理が難しいこと。一歩間違えれば、店の信用を失することになる、と商才に長《た》けた相手に一笑に付されて終わりました」

確かに、確かにそうです、と丸屋が呻《うめ》いた。この地で長く呉服商いを続けてきた丸屋にとって、かつての惣次の意見は至極尤《もっと》もだったに違いない。

「しかし、それは工夫次第ではないでしょうか。切手の偽物が出回るのも、選んだ呉服の値との多寡も、避けられないことはない」

恵比寿屋が、声低く呟いた。

口を挟む、というより、思案が独り言として溢《あふ》れたようだった。

しかし、と河内屋が眉間《みけん》に皺《しわ》を刻む。

「一軒の店が背負うには、あまりに負担が大きい。この中に、果たしてそのようなものに挑む店があるだろうか」

河内屋のひと言に、幸は傍らの佐助と眼差《まなざ》しを交わし合った。五鈴屋の主従は、煮繭《みこ》を実子箒《ぼうき》で撫《な》でて、糸口を見つけたような手応えを得ていた。

今一度、幸は一同をゆっくりと見回す。

「例えば、私たちのいずれの店であっても、その切手を持っていけば、同じ小紋染めの反物と引き換えてもらえる、としたら如何《いかが》でしょうか」

仲間のどの店でも切手を買え、どの店でもそれを使える。ただし、引き換えられるのは、同じ小紋染めのみ。

「それは如何なものか」

強い語勢で、河内屋が異を唱える。

「多寡を生じるのを避けたい、というのはわかります。しかし、選べない、というのは買い物の醍醐味《だいごみ》を削《そ》ぐのではないだろうか。先ほど、あなた自身が仰った『心が浮き立つ』というのは消えてしまうのではないか」

畳みかけるに似た物言いの老店主に、幸は嫋《たお》やかに応じる。

「では、予め決められた一反であっても、それが『得難いもの』と認められる品ならば、如何でしょう」

佐助どん、と促されて、佐助は脇《わき》に置いていた敷布を「失礼します」と断った上で、勢いよく広げた。

そして、白い敷布の上で、茢安色の風呂敷に包んだものを開いた。中から現れたのは、千歳茶《せんざいちゃ》の反物だ。

五鈴屋店主の話し振りからすると小紋染めのようだが、と皆が注視する中、反物の巻きが解かれていく。吸い寄せられて、誰もが食い入るように見入った。

これは「内」、こちらは「安」と一文字、一文字を確かめ、四種の文字であることがわかると、それぞれの頭の中で組み合わせが始まる。

内、安、家、全、と呪文《じゆもん》のように繰り返すうち、「ああ」と、月行事がまず唸った。続いて「ああ」の声が次々に重なっていく。

家内安全――仲間たちはその小紋染めに込められた祈りを知り、胸打たれた様子で互いを見合った。言葉はないながら、「家内安全」は仲間の胸に太い楔《くさび》を打ち込んだことが読み取れる。

浅草太物仲間として、一番初めに手掛けた「火の用心」の藍染め浴衣。あの時に得た商いの手応えを、仲間の誰も忘れてはいない。

呉服商いの手始めに、この小紋染めを扱うとしたら。

徐々に高揚が座敷を支配していくのを認めて、幸は居住まいを正した。

「家内安全、身守りになる小紋染めを、多くの皆さんに届けたい。呉服切手という形にすれば、これまでとは違う広め方ができるのではないか、と思います」

どの呉服商も試みたことのない、世の中の誰も知らない、呉服切手。偽造の回避、利の分配、告知の方法等々、考えねばならないことは沢山ある。

「呉服切手を仲間で扱うことで、商いの幅を広げ、お客さまに喜んで頂ける――それは即《すなわ》ち、仲間としての呉服商いの道筋になり得るのではないでしょうか」

幸は畳に手をついて、一同に視線を巡らせる。

「この薄く小さな切手、掌に載るこの切手に、商いの信を込めたいと思います。しかし、五鈴屋だけでは、知恵を絞り切れるものではありません。皆さんのお知恵を、是非ともお貸し頂きたいのです」

思いの丈を伝え終えると、幸は深々と頭を下げる。主に倣《なら》い、佐助もまた、仲間たちに恭《うやうや》しく辞儀をした。

一同は、感慨深い面持ちで、主従に見入る。

早速と恵比寿屋が、「宜しいでしょうか」と断って、

「同じ柄であっても、違う染め色のものを揃えれば、『選ぶ楽しみ』になるのではありませんか。店ごとで思い思いの色にしてみるのも、面白いかも知れない」

と、提案を口にする。

呉服切手を実際のものとするための糸口が見つかり、するすると糸が引きだされようとしていた。


かんかんかんかん、と賑《にぎ》やかな鳴き声が、頭上から降ってくる。

不意の騒音に道行くひとびとが揃って天を仰げば、楔形に群れを組む鳥影が映る。真《ま》雁《がん》の渡りだった。

「ああ、初雁《はつかり》だな」

もうそんな季節か、と誰もが思う。寒露《かんろ》を過ぎ、秋は徐々に深まりつつあった。

駒形町への道すがら、初雁に遭遇した幸は、鳥の去ったあとも暫《しば》く秋天を眺める。同行の賢輔も、同じように空を見上げていた。

これから向かう先に、賢輔を同行させるべきか否か、まだ迷いがあった。しかし、知恵を寄せて生みだそうとしている呉服切手は、「浅草呉服太物仲間」にとって要と

なるものだ。いずれ五鈴屋を背負う者として、現場の工夫を見せておきたかった。

賢輔どん、行きますよ、と手代を促して、幸は歩きだした。

おかみからは、あのあと、まだ何の沙汰もない。

以前ならその対応の遅さに不満を抱くばかりだっただろうが、今は違う。待つ間は学ぶ時でもある。

駒形町の表通り、人の出入りの多い大店《おおだな》があった。広い間口に「紙」と大きく染め抜かれた、幾枚もの暖簾が風に翻る。主従は店の前に佇《たたず》み、様子を窺《うかが》った。

赤子を抱いた若い母親が、暖簾の間に見え隠れしている。

風で暖簾が捲れて、母親と目が合った。幸と賢輔を認めて、相手は姿を現し、恭謹《きょうきん》に辞儀をする。

「千代友屋さんの……」

落ち着いた風情《ふぜい》の女が紙問屋「千代友屋」の末娘と気づいて、幸もまた丁重に一礼を返した。

「ご無沙汰《ぶさた》しています、五鈴屋さん」

五鈴屋の主従に向ける眼差しは、懐かしげでとても温かい。そこに痛みや戸惑いが混じらないことに、幸は内心、安堵《あんど》の胸を撫で下ろす。

「知らせを頂戴《ちょうだい》し、お待ち申しておりました。どうぞ、こちらへ」

両手が塞《ふさ》がっているために、女は身体《からだ》ごと店の奥を示した。

娘時代、賢輔に片恋をし、ちょっとした騒ぎになった。恋心を封じて、婿《むこ》を取ったのが八年ほど前になるだろうか。三人目の赤子を抱く姿に、幸は時の流れを思う。

「五鈴屋さん、それに、まぁまぁ、賢輔さんも。その節は、珍しい切手をありがとうございました」

奥から店主の女房がにこやかに出迎える。朝、大吉を使いに遣って、用件は既に伝えてあった。

「主から奥座敷にご案内するように、と申し付かっております。店の間でも宜しいのですが、落ち着きませんから」

そう言って、女房はふたりを奥へと誘《いざな》う。

庭に面した広い座敷には、既に、千代友屋の店主が、客人の到着を待ちかねていた。娘に面差しの似た、風格のある男だった。

座敷の中ほどに、浅い桐箱《きりばこ》が置かれて、幾種類もの紙が並べられている。

「刷り物に使うこと、水や日焼けに強く、長く持つもの。ご要望に沿う紙を、幾つか揃えてみました」

人払いをした座敷で、店主は一枚、一枚、紙を差しだして、主従に手触りを確かめさせる。呉服や太物が生地の種類により全く手触りが異なるように、紙もそれぞれに違う。

「紙のもとになるのは、楮《こうぞ》、三椏《みつまた》、それに雁皮《がんぴ》という木の皮です。中でも楮は成長が早いために、紙としても多く出回っています。丈夫な紙は、殆どがこの楮から作られています」

五鈴屋の帳簿に用いる紙も、楮で作られたものだ。先の大火で井戸水に浸《つ》けられても、破れることも、墨が滲《にじ》むこともなかった。

「確かに、楮は丈夫ですね。ここにある紙も、楮で作られたものなのですか」

「ええ。ただし、材料が同じでも、作り方や技の違いで、まるで別のものに仕上がります。五鈴屋さんの用途に最も合うのは」

箱に並んだうちの一枚を手に取り、店主は差し出した。

「仙人の『仙』に貨幣の『貨』で仙貨紙《せんかし》、仙の代わりに『泉』を当てることもありますが、何より丈夫な紙です。伊予国《いよのくに》で生まれ、長く伝えられている品で、領分札《りょうぶんさつ》にも多く用いられています」

領分札、と幸は繰り返し、傍らの賢輔と視線を交える。

領分札とは、諸藩が発行し領内に限って通用する紙幣で、藩札《はんさつ》とも呼ばれる。偽造を避け、様々な人の手を経て、長く流通する。領分札の役割は、五鈴屋が仲間たちとともに作り上げようとしている呉服切手に似ていた。

あれこれと相談を重ね、半刻ほどを奥座敷で過ごして、幸は暇《いとま》を告げる。

別れ際、店主は賢輔を呼び止めた。かつて、我が娘が淡く清らな恋心を抱いた相手を好ましげに眺めて、

「賢輔さん、幾つになられましたか」

と、問うた。

「三十一になりました」

賢輔の返事を聞いて、もうそんなにですか、と店主は感慨深そうな面持ちになる。

「ひとというのは、ことに男は、過ごした歳月が顔に出ます。良い時を過ごされましたね」

しんみりと告げると、千代友屋は幸の方に向き直った。

「型地紙の時も思いましたが、千代友屋は、五鈴屋さんの商いの節目、節目に関《かか》わらせて頂いています。今回も、おそらくそうなるでしょう」

ご精進くださいませ、と紙問屋の主は懇《ねんご》ろな一礼でふたりを見送った。

風に乗って、色付いた桜葉がはらはらと舞う季節となった。

竹箒《たけぼうき》で通りを掃《は》き清めていた小僧たちが、一様に首を捻り、一軒の家屋を不審そうに眺める。

浅草寺脇のその建物は、平素はとても静かで、月に一度の寄合を除いて、ひとの気配もあまりしない。ところが、どうしたわけか、このところ連日、しかも早朝から、大勢の出入りがある。よほど熱心に話しているのか、時折り「ああっ」「それは知恵ですなあ」などと、表まで大きな声がしていた。

看板には「浅草太物仲間」とある。

「揃いの浴衣地で知られたとこだろ？　店開け前に集まって、何をしてるんだろう」

「今年は冬場所が飛んじまったから、暇なんじゃないのか」

掃除の手を止めて、小僧らはお喋りに夢中だ。

折しも会所の座敷では、十六人が勢揃いして、これまでに出された知恵をまとめている最中だった。

仙貨紙を用いる。

地紙の大きさにもよるが、寸法は縦八寸五分（約二十六センチメートル）、横三寸（約九センチメートル）の短冊形とする。

切手持参の者に「家内安全」の小紋染め一反と引き換えることと、「浅草呉服太物仲間」の名とを明示する。

売値は銀百匁、仲間内のいずれの店で引き換えても良いこととする。収支は仲間でまとめ、日限《ひぎり》で精算し利を分配する。

「手書きで見本を二種、作ってみたのですが」

恵比寿屋の店主が、短冊状の紙をまず一枚、取りだした。

「酒切手を見本にしたものです。わかり易いのですが、目立たず、面白みに欠けます。何より、偽物が作られ易い。それで試みたのが、こちらです」

畳に置かれた新たな一枚を見て、「おおっ」という声が幾つも重なる。

親和文字を思わせる「家内安全」の太い文字がまず目に飛び込んでくる。定められた文言も、ちゃんと明記されているが、祈禱札《きとうふだ》に似せた、何とも洒落《しゃれ》た作りだ。

「これは良い、紙入れに入れて持ち歩くだけでもご利益がありそうだ」

「どうでしょう、いっそ、浅草寺でお加持《かじ》をお願いするというのは」

「墨一色で刷って、朱色で何か、目印になるようなものを書き添えますか」

滾々《こんこん》と湧《わ》きだす泉のように、仲間の知恵が溢れる。気づけば、開け放った窓から射《さ》し込む陽《ひ》の位置が変わっていた。

「そろそろ店開けの刻限です。今日はこの辺りにしておきましょう」

月行事に促されて、店主らは名残惜しそうだ。その様子を眺めて、河内屋はゆるりと頬《ほお》を緩める。

「法外な冥加金を命じられた時には、どうなることかと思いましたが」

あとは言わない老店主に、「河内屋さん、ご勘弁を」と、松見屋が身を縮めてみせた。

「百両は、やはり大金です。呉服商いの道筋が見えない時には、どうしても腹を据えきれなかった。しかし今は、どれほど理不尽な冥加金であっても支払って、必ず元を取り返してやろう、と意気込んでいます」

我ながら現銀なことです、と恐縮しきりの松見屋に、

「我らは店前現銀《たなさきげんぎん》売り、現銀なのは当たり前ですよ」

と、河内屋は大らかに笑った。

巧《たく》みな切り返しに、座敷は和やかな笑いに包まれる。幸と目が合った月行事は、幾度も頷いてみせた。

太物商いから、呉服太物商いへ。新たな航海に向けて、希望を胸に帆を上げるはずが、冥加金、さらに冬場所の中止で凪が止んだかに思われた。誰もが惑い、口にせずとも船を降りたいと願う者も現れた。だが、呉服切手と「家内安全」の小紋染めが航路を知らせる標《しるべ》となり得たのだ。

今、全員が綱を手に、帆を上げようとしている。力一杯に巻き上げる綱の、その確かな手応えを、皆は得ていた。

第六章　帆を上げよ

「寒い寒い、と思ったら、ほら、御覧なさいな」

五鈴屋で買い物を終えたお客が、帰り際、土間の幸を振り返る。

大吉の捲《まく》る暖簾《のれん》の向こうに、真綿を千切るに似た牡丹雪《ぼたんゆき》が舞っていた。暦《こよみ》の上では大雪《だいせつ》を四日ほど過ぎているのだが、神無月《かんなづき》に見る雪は、如何《いか》にも寒々しい。

「今年は季節の廻《めぐ》りが早《はよ》うございますね」

どうぞお使いくださいませ、と傘を広げて差しだした。屋号入りの傘を差して、お客は降りしきる雪の中を帰っていく。純白の雪を背景に、遠のいていく傘の、青みがかった緑色が何とも美しい。

「ええ景色だすなぁ」

気づくと、傍らに菊栄が立っていた。黒地に雪を抱いた南天紋様《なんてんもんよう》の綿入れ姿。丁度、出かけるところらしい。

「屋号入りの傘はもう、江戸では珍しいはないけれど、暖簾と同じ色なんは宜《よろ》しおますな。思いきって誂《あつら》えて、宜しおましたなぁ」

同じ傘を手に、菊栄は笑みを湛《たた》える。

「これから井筒屋へ行きますのやけれど、惣ぼんさん、いえ、三代目保晴さんに何ぞ言伝《ことづて》はおますか?」

おかみからは、未《いま》だ沙汰《さた》無しであった。何をどう伝えたものか、と幸は迷う。

友の返事を待つ菊栄が、ふと、視線を広小路《ひろこうじ》の方へと転じた。つられてそちらを見れば、下駄を手に持ち、猛烈な勢いで駆けてくる男がひとり。

「五鈴屋さん」

幸に目を留めて、男は叫ぶ。

必死の形相ながら、顔に見覚えがあった。月行事《がちぎょうじ》のもとに奉行所から呼び出しが掛かった時、知らせてきた使いだった。

「すぐに、会所に、今すぐ、いらしてください」

駆け寄るなり、息を荒らげつつ使いは言う。

「外倉さまよりのお使者がお見えです」

正式な申し渡しの前に、町奉行所として五鈴屋の返金辞退を受け容《い》れること、年明けを目途《めど》に認可が下りる見通しであることを、内々に伝えに来たのだという。

「このまま行きなはれ、幸」

早う、と菊栄が幸の背中をどん、と突いた。転びそうになりながら、雪を分けて幸は駆けだす。背後で、「佐助どん、佐助どん」と支配人を呼ぶ菊栄の声が響いていた。

奇《く》しくも神無月二十五日、河内屋から「浅草呉服太物《ふともの》仲間」への転身が提案されてから、丸一年が経《た》っていた。


「五鈴屋さんが坂本町の呉服仲間を外されてしまった時、よもや、こうした日が廻ってくるとは思いもしませんでした」

近江屋の支配人、久助はしんみりと言う。その双眸《そうぼう》が僅《わず》かに潤みを帯びていた。

霜月七日、近江屋の奥座敷には、柚子《ゆず》の爽《さわ》やかな芳香《ほうこう》が漂う。

「呉服商いを絶たれた五鈴屋を見放さず、今日まで支えて頂いておりますこと、どれほど言葉を尽くしても、足りるものではございません」

懇篤《こんとく》に謝辞を伝え、幸は深々と頭《こうべ》を垂れる。

浅草呉服太物仲間結成につき、正式に認可が下った。来年の初売りから呉服商いに復帰する報告のため、近江屋を訪れた幸であった。

「返金辞退はご英断と存じます。どのみち、有耶無耶《うやむや》にされてしまうところでしたし、冥加金《みょうがきん》の見直しにも繋《つな》がりましたからね」

支配人の慰めに、幸はほろ苦く笑う。

「初年度は百両となりましたが、翌年より年々金五十両を申し付かりました」

何と、と相手は目を剝《む》いた。

「何とまあ、抜け目のないことで」

「ええ、三十一年をかけてでも千六百両、きっちり払わせようという腹でしょうか」

自分で言って、幸は可笑《おか》しくてならず、声を立てて笑う。

ただ、門前払いされても仕方のないところ、交渉に応じてもらえたのは幸いだった。惣次が話していたように、時代は変わりつつある、ということなのだろう。

「来月は江戸店《えどだな》創業十一年、慶び事が重なり、宜しゅうございました」

存分に寿《ことほ》いだあと、支配人は顔つきを改めた。

「その節は、随分と身勝手な話をし、ご心配をおかけしました。紆余曲折《うよきょくせつ》ございましたが、お陰さまで近江屋のあとを取る者も決まり、手前どもも、ひとまず肩の荷を下ろしたところです」

「それは何よりでございます」

忘れる約束であったため、幸も深くは立ち入らない。

さり気なく話題を変えたあと、「お邪魔いたしました」と、暇《いとま》を告げた。

客人を見送るために立ち上がりかけた久助だが、「ああ、そうや」と独《ひと》り言《ご》ち、座り直した。

床の間には、草紙だろうか、片側を糸で綴《と》じた藍《あい》色の表紙の冊子が積み上げられている。手を伸ばして三冊ほど取り上げると、

「今日、届いたばかりのものです。宜しければ、何冊かお持ちになられませんか」

と、幸の前へ置いた。

ああ、これは、と幸は表紙を眺めて破顔する。藍色の地に、大きく「寶暦《ほうれき》十三癸未《みずのとひつじ》暦」の文字。来年の江戸暦であった。

相手に断って手に取り、開いて眺める。

真っ先に確かめたのは、霜月の酉《とり》の数だ。三の酉まである年は火事が多いとされるが、来年は二の酉まで。ほっと胸を撫《な》で下ろす。あとは四季の天赦日《てんしゃにち》や、二十四節季など、見入っていると心が弾む。

来年は、どんな年になるだろうか。

良い年にしたい、そんな願いを込めて、幸は暦を閉じる。

返そうとする幸に、支配人は、

「どうぞ、三冊ともお持ちください」

と、温かに薦めた。


皮を塩で擦《こす》っているのか、柚子の香気が土間から板の間に満ちている。

筆を動かす手を止めて、幸はゆっくりと鼻から息を吸い込んだ。

「ほうか、小梅も小春《こはる》も小夏《こなつ》も、それに小冬《こふゆ》も、皆、柚子が苦手なんだすか」

「へぇ、毎年、冬至の朝、棒手振《ぼてふ》りから柚子を買うんだすが、今朝も、持ち帰った途端、ぴゃーっと逃げてしもて」

台所では、菊栄とお梅の話し声がする。

近江屋から戻ってすぐ、幸は板の間に陣取って文《ふみ》を認《したた》めていた。

浅草呉服太物仲間が正式に結成を許され、来年初売りから呉服と太物、両方を扱える——その吉報を、五鈴屋八代目店主の周助、大坂本店の鉄助には、既に定六《じょうろく》で送ってあった。浜羽二重で世話になっている中庄《なかのしょう》の亮介《りょうすけ》、賢輔の大叔父《おおおじ》の茂作への文を書き終え、今は今津《いまづ》の弥右衛門《やえもん》に宛《あ》てて、筆を走らせていた。

修徳《しゅうとく》から贈られた掛け軸が「菜根譚《さいこんたん》」の一節であること、それには続きがあることを教えてくれた弥右衛門。亡き兄雅由《まさよし》の学友でもあったそのひとに、再び呉服が商えるようになったことを知らせておきたかった。

板の間の壁に目を遣《や》れば、修徳の掛け軸に並んで、弥右衛門の書が飾られている。

衰颯的景象　就在盛満中
發生的機緘　即在零落内
坂本町の呉服仲間を追われ、絶望の淵《ふち》に突き落とされた時も、浴衣地《ゆかたじ》商いで好評を博した時も、「菜根譚」の言葉に、どれほど支えられたことだろう。

胸に溢《あふ》れる感謝の思いを筆に託して書き終えたあと、幸はふと、傍らの風呂敷包《ふろしきづつ》みに目を留める。

包みの中身は、近江屋に分けてもらった三冊の江戸暦だった。

暦は土地土地で異なるから、今津では江戸の暦は珍しいかも知れない。学び舎《や》を主宰する身では、東下《あずまくだ》りも儘《まま》ならないだろう。

文に添えて一冊を飛脚に託そう、と決めて、幸は再び筆を取った。

師走に入り、浅草寺脇《わき》の会所の看板が「浅草呉服太物仲間」に掛け替えられた。独特の書体は、深川《ふかがわ》親和のものだ。

「ここまで来ましたなぁ」

「いよいよ、これからですぞ」

口々に言って、一同は「浅草太物仲間」改め「浅草呉服太物仲間」の看板を仰いだ。

大寒《だいかん》を控え、厳しい寒さに襲われながらも、皆、意気盛んである。

既に、来年初荷の売り出しに備え、それぞれの染め場で「家内安全」の小紋染《こもんぞ》めの制作が進められており、皆で知恵を寄せ合った「呉服切手」も形になった。切手を扱うことについて、蔵前屋に間に入ってもらい、おかみへの根回しも済ませた。年明けの初荷の触れも、読売《よみうり》や引き札を用いずに、仲間らしいものを選んでいる。

仲間結成について、おかみの許しがなかなか得られず、また法外な冥加金を要求されたことで、結束が解かれる危機もあった。しかし、そうした事態を乗り越えればこその今であった。

気づくと、丸屋の店主が看板に向かって両の手を合わせ、深々と一礼していた。幸もこれに倣《なら》い、残る者も同じく、神妙な顔つきで掌《てのひら》を合わせた。

十六人の仲間を乗せた船は、帆一杯に風を受け、まさに港を出ようとしている。

今年も、赤穂義士が吉良邸に討ち入った日が廻ってきた。

未明までちらついていた粉雪も去り、陽《ひ》がのぼるにつれて、澄んだ空が広がる。

その日、五鈴屋の店の表には、景気よく祝い酒がずらりと並んだ。

菰《こも》を巻いた樽酒《たるざけ》が積み上げられるのを眼《め》にした通行人が「ああ」と足を止める。

「忠臣蔵」を思い起こさせる創業日は、覚え易《やす》い上に親しみが持てるのだろう。

「五鈴屋さん、おめでとうさん」

「ここで待たせてもらうよ」

店開けの準備に勤《いそ》しむ奉公人らに、代わる代わる、温かな声がかけられた。

ここ浅草田原町三丁目に暖簾を掲げて、丸十一年。長年の馴染《なじ》み客にとっても、また浴衣地商いでその名を知った者にとっても、五鈴屋といえば太物だった。

「お待たせいたしました」

「おいでやす」

奉公人らの手で次々に暖簾が出され、それを機に、待ちかねた者たちが入店する。

創業日に手頃《てごろ》な太物を買い求め、この日にだけ配られる鼻緒《はなお》を手に入れる――それを楽しみに暖簾を潜《くぐ》ったお客たちは、途端、「おや」と軽く目を見張った。

藍染め浴衣地を始め、撞木《しゆもく》に見本の反物《たんもの》が掛かるのは変わりないのだが、座敷の一角が妙だった。

何の呪いか、壁に「家内安全」の守り札らしきものが何枚も貼られている。衣紋掛けには千歳茶の長着が掛かり、撞木には深緑や納戸色、葡萄鼠など彩り豊かな反物が掛けられている。遠目にも柔らかな生地は、木綿ではない。

気になってならないのか、座敷に上がったお客らは、自然とそちらへ歩み寄った。

一見、無地に見えるが、目を細めて眺めれば、紋様があることがわかる。

ああ、これは、と幾人かの口から感嘆の声が洩《も》れる。

「懐かしい、五鈴屋さんの小紋染めだ」

「そうそう、五鈴屋と言えば、江戸紫《えどむらさき》の小紋染め、鈴紋のあれだったよねぇ」

呉服仲間を追われ、呉服を商わなくなって久しいはずだが、と、誰《だれ》もが首を捻《ひね》った。

「お陰様で、来年の初荷から、呉服も扱わせて頂けることになりました。こちらの品は、見本でございます」

衣紋掛けの傍らに移って、店主は畳に両の手を置き、どうぞご愛顧賜《たまわ》りますように、と深々と頭を下げる。

奉公人らも主《あるじ》に倣い、

「どうぞ宜しゅうお頼み申します」

と、額《ぬか》ずいた。

浅草太物仲間が浅草呉服太物仲間となり、どの店でもこれと同じものが並ぶ、と聞いたお客らは、興味津々で長着や反物に見入る。

「文字散らしのようだが……もしや、これは『全』か」

「これとこれは、形が違うが『内』のようだ」

文字が露《あら》わになるにつれ、壁の守り札と紋様とが重なることに皆、気づいていく。

「家内安全、そうか、家内安全か」

こいつぁ趣向だ、と小膝《こひざ》を打つやら、洒落《しゃれ》てるねぇ、と感心するやらで、座敷は沸きに沸く。

「小紋染めを買ったら、この守り札をつけてくれるのかねぇ」

「よく見てみな、これは守り札じゃねぇよ。ここに、切手と書いてあるぜ」

壁に貼られた紙を眺めて、お客らは考え込んだ。

確かに、切手を「家内安全」紋様の小紋染め一反と交換する旨《むね》が明記されている。

これは一体、どういうことか、と見知らぬ者同士が視線を交えている。

幸が頷《うなず》くのを見て、佐助が種明かしのために、ごほん、と咳払《せきばら》いをした。

丁度その時、大吉の手で捲られた暖簾を潜り、一組の夫婦連れが現れた。ふたりを認めて、主従の顔が綻《ほころ》ぶ。

相撲《すもう》年寄の砥川額之介と、その女房、雅江《まさえ》であった。

一枚の紙が、一反の小紋染めに換わる。

酒切手や饅頭《まんじゆう》切手を知っている者にとっては、全く馴染みのない話ではない。だが、切手を知らぬ者にとっては、どうにも合点がいかない。

戸惑うお客たちの中で、砥川だけが、

「よくもまあ、呉服切手などというものを考えついたものだ」

と、呵々大笑《かかたいしよう》している。

「贈る側は、嵩張《かさば》らず、重くないから、挨拶回りで楽ができる。贈られる側は、いつでも好きな時に反物に換えられるし、切手のまま誰かへ譲ることもできる。つまりは、贈る方も贈られる方も、変に構えずに済む。実に良い考えだ」

ほんに、と傍らの女房も、手の甲を口に添えて笑い声を立てた。

砥川の話を聞いて、ああ、と納得する者も居る一方、どうだろうか、と怪訝《けげん》な表情を崩さない者も居る。

「お札のような見た目で洒落ているとは思うけれど、やっぱり、紙は紙じゃないのかねぇ」

白髪頭の老女が、ぼそぼそと呟《つぶや》いた。砥川本人に問うのは気が引けるのか、女房の雅江に話しかける。

「銀百匁《もんめ》で買ったところで、『そんなものは知らない』と言われたら、それまでだと思うんですがねぇ」

「仰《おつしや》ることは尤《もつと》もです。この紙切れ一枚に銀百匁の値打ちがある、と言われても、俄《にわ》かには信じ難いですもの。浅草ではないところ、例えば、日本橋の呉服商にこれを持ち込んだところで、相手にはされないでしょうし」

砥川の女房は、年長者の意見にまず賛意を示した。その上で、言葉を選びつつ、話を続ける。

「けれど、五鈴屋さんがお客を謀《たばか》ったことなど、これまで一度もありません。この店に切手を持ち込んだなら、間違いなく、反物に換えてもらえる。つまりは、店としての信用が、ただの紙切れに、銀百匁の値打ちをつけるのだと思います」

優しい声音、わかり易い話し方を受けて、老女は考え込んだ。否、老女だけではない、座敷の客もそれぞれに沈思している。

「お言葉、とてもありがたく存じます」

雅江に謝意を伝え、幸は老女へと向いた。

「呉服切手は、浅草呉服太物仲間の店ならば、何処《どこ》でも買え、また、何処でも『家内安全』の小紋染め、お好みの色の一反と引き換えて頂けます。今のお話にございました通り、一片の紙を裏打ちするのは、我々仲間の『信』。信用、信頼、信念、信義、全《すべ》てを含んだ『信』でございます」

商人にとって、決して失うことの出来ないものです、と幸は結んだ。

他所《よそ》では一片の紙でしかなくとも、浅草呉服太物仲間に於《お》いては、銀百匁の値打ちを持つ。何より、浅草でしか手に入らない「家内安全」の小紋染めと交換できる唯一無二の切手だということは、伝わったようであった。

「決して失うことが出来ない——なるほど、確かに『信』とはそのようなものです。私は五鈴屋の太物贔屓《びいき》だが、女房は呉服好き、来年の五鈴屋が今から楽しみだ」

額之介は、女房の雅江と頷き合う。

「切手の売り出しも、初荷からですね」

幸に念を押すと、必ず買わせてもらいますよ、と破顔した。

浴衣地と縞《しま》木綿《めん》を一反ずつ買い、藍染めの鼻緒を受け取って、夫婦は仲睦まじく店をあとにする。表まで見送った際、お竹が、

「似たもの夫婦いう言葉がおますが、聡《さと》い旦《だん》那さんには、聡いご寮《りょん》さんが添いはるん

だすなぁ」

と、つくづくと洩らした。

太物商いを専《もっぱ》らとする創業記念日は、盛況のままに過ぎていく。

明けて、宝暦十三年(一七六三年)、睦月二日。

商い初めでもあるこの日、初荷を積んだ船が大川を上り下りし、幟《のぼり》などで美しく飾り立てた荷車が通りを行き交う。清々《すがすが》しく静謐《せいひつ》な元日から一転、江戸の街は一気に活気づいた。

大店《おおだな》の集まる日本橋では、初荷目当てのお客で終日、賑《にぎ》わう。特に買いたいものがなくとも、そこに身を置くだけで、福を分けてもらえる高揚があった。

そして、もう一か所。買い物客が好んで足を運ぶ場所が、浅草寺であった。

広小路から仲見世《なかみせ》にかけて、参拝を兼ね、店を覗《のぞ》く楽しみがある。今年はこの界隈《かいわい》で、不思議な光景が見受けられた。

ひとつ家のぉ　うちなる安らぎぃ

家内安全　家内安全

浅草にぃ　めでたき産声ぇ　呉服切手ぞぉ

烏帽子《えぼし》に素襖《すおう》姿の一群が、鼓の音に合わせて謡《うた》い、優雅に舞い踊る。手にした幟の「家内安全」「呉服切手」の親和文字が目を引いた。

「おい、あれは万歳楽《まんざいらく》じゃないのか」

「妙だな、今日はあちこちで、同じ万歳楽を見かけるが」

万歳楽とは、正月に諸家の門に立ち、歌舞とともに福寿の言葉を連ねて、祝儀を集める一団を指す。しかし、今日に限って、門付けもせず、祝儀も求めない万歳楽が現れたのだ。

家内安全はわかるが、呉服切手とは何か。

首を捻る参拝客は、しかし、ほどなく真相を知ることとなる。浅草界隈に十六軒ある呉服太物仲間の店の全てに、「家内安全」「呉服切手」の親和文字の幟が誇らしげに翻《ひるがえ》っていたからであった。

「おおきに、ありがとうさんでございます」

「ありがとうさんでございます」

客を送るくに言葉の挨拶が、表通りにまで聞こえている。

青みがかった緑色の暖簾を捲り、頰《ほお》を上気させた買い物客が、風呂敷包みを胸に姿を現す。次から次、客の姿は変われども、誰も彼も満足そうだ。

初物好きの江戸っ子にとって、「家内安全」紋様の小紋染めも、それに呉服切手も、飛びつきたくなるほど好みの品である。半月ほど前に五鈴屋で見本を眼《め》にした者は無論のこと、万歳楽で知った者たちが初荷目当てに五鈴屋を訪れ、初日から大層な賑わいとなった。


「いて参じました」

昼餉《ひるげ》時、少し客足が落ち着いた頃《ころ》、使いに出された大吉が戻った。他の仲間たちの店を回り、様子を尋ねてきたのだ。

初めての呉服商いではあるが、万歳楽のおかげで家内安全の小紋染めを求める者が絶えない、とのこと。

「馴染みのない呉服切手も、守り札代わりに、と買《こ》うていかはるひとが、ぽちぽち現れたようだす」

丁稚《でっち》の報告に、良かった、と幸は安堵の胸を撫で下ろす。

引き札でもなく、読売でもない。万歳楽を頼む、という知恵は、仲間の寄合《よりあい》で出たものだ。寿ぎの言葉を節に乗せ、家々の幸せを願う万歳楽は、仲間の門出に相応《ふさわ》しいものだった。通りから離れた店は分が悪いため、万歳楽により多く登場を願ったことも、功を奏した。

結果、初荷の一日は、浅草呉服太物仲間の十六軒とも、大変な繁盛となったのだった。

藪入《やぶい》りも初観音《はつかんのん》も過ぎて、浅草の人出が少し落ち着いた。

参拝客の代わりに、浅草御蔵前《おくらまえ》から黒船町《くろふねちょう》にかけて、鰻売《うなぎう》りが目立つようになった。大川に零《こぼ》れ落ちた御蔵米を食べるせいか、この辺りの鰻の味は格別だと評判だった。少し先には、同じ仲間の恵比寿屋があり、店前の幟がはためくのが見える。

睦月二十日は、春の天赦日。

幸は賢輔を伴い、深川親和のもとを訪ねた帰りであった。今度の勧進大相撲の春場所に新しく加わった幕内力士の名を親和文字にしてもらう。その依頼と年明けの挨拶を済ませて、久々にゆったりした気持ちになっていた。

「去年は穀雨と重なって散々だったせいかしら、今年は卯月にずれ込むので、お天気の心配は要らないわね」

少し前を歩く賢輔の背中に、話しかける。

まだ公には出来ないが、春場所は神田明神《かんだみょうじん》に於いて、卯月五日から晴天のみ八日間。

昨年の冬場所が開催されなかったこともあり、相撲好きはさぞかし待ち遠しいことだろう。

「立夏《りっか》も過ぎてますし、まずは心配ない、て思います。よほど去年の穀雨が応《こた》えたんだすやろ」

足を止めて、主を振り返り、賢輔はにこやかに応えた。

「春場所は新しいに加わる幕内力士が少ないし、梅松さんと誠二さんにもゆったりと型彫《かたほり》をして頂けます」

口もとから純白の歯が零れている。

近江屋の養子話があったことを、賢輔は知らない。九代目を継ぐ意思を賢輔本人が言明するまでは、これから先、似たような話が持ち込まれたとして、やはりその耳には入れずに潰《つぶ》してしまうだろう。己の非情を、幸は自覚していた。

店主の表情に翳《かげ》りを見たのか、賢輔の眉《まゆ》が僅《わず》かに曇った。視線を外して、幸は春天を仰ぐ。

「初荷から呉服商いを再開して、お陰さまで家内安全の小紋染めは人気だけれど、呉服切手を売り伸ばせるかどうか。それに、丸々七年もの空白を埋めて余りある商いにできるかどうか。五鈴屋江戸本店として、ここからが踏ん張りどころです」

憂いの理由を教わった、と思ったのか、賢輔は「へぇ」と腰を屈《かが》めて頭を下げる。

「じきに、京の仕入れ店の巴屋目利きの呉服も船荷で届きますよって、店前はもっと華やかになります。ご寮さんに安心して頂けるよう、ますます精進します」

懇篤な一礼に、幸は目もとを和らげた。

「治兵衛さんが卒中風《そっちゅうふう》で倒れた時、賢輔どんは七つ。豆粒みたいに小さかったのに」

「ま、豆粒は……」

あんまりだす、と小声で付け加える賢輔に、幸は背筋を反らして笑う。

情けなさそうに眉尻《まゆじり》を下げていた賢輔だが、不意に「あ」と声を洩らして、幸の腕を摑《つか》んだ。

「ご寮さん、済みません、こっちへ」

小声で詫《わ》びて、賢輔は幸を引っ張った。商家の軒下、大きな提灯《ちょうちん》の陰に隠れる位置に移ると、「あれを」と通りを指し示す。

呉服太物商の恵比寿屋の店前に、迷い顔で佇《たたず》む者が二人。

一人は角頭巾《すみずきん》に杖《つえ》を手にした小商いの店主風情《ふぜい》。今一人は黒地の紬《つむぎ》に楊梅《やまもも》色の天鵞絨《びろーど》の帯を巻き、髪を地味な変わり島田に結い上げた、武家の侍女と思《おぼ》しき若い娘だった。連れではなさそうだが、ともに短冊状の紙片を手にしている。

もしや、と幸は紙片を凝視する。

老人の持つ紙の裏面、「浅草」の朱文字と通し番号の「七拾弐」が、こちらから読み取れた。偽造防止のための工夫として、刷り物にあとから書き加えたものだ。

紛れもない、呉服切手だった。

「還暦の祝いにもらった品だが、本当にこれが小紋染めと換えられるものか否か」

老人の呟《つぶや》きに応じるように、娘も小声で、

「私も、それを確かめぬうちには戻れぬのですが、こうした使いは初めてゆえ……」

と、密《ひそ》やかに打ち明ける。

その様子は人目を引き、通りがかりの何人かが足を止めた。

「もしや、呉服切手かい？」

「噂《うわさ》には聞いていたが、初めて見たよ」

洒落たもんだねぇ、と切手を覗き込む。噂になっているとはいえ、本物を見たことがない者の方が遥《はる》かに多いのだ。自然、二人の周りに人垣ができた。

騒ぎに気づいた恵比寿屋の奉公人が、暖簾を捲って姿を見せる。そこまで見届けて、幸はそっと賢輔の袖を引いた。

呉服切手の売り出しから二十日ほどで、こうした情景に巡り合える吉祥。

店で待つ者たちに知らせるべく、主従は五鈴屋への帰路を急いだ。弾む足取りのふたりに、浅春の風が寄り添っている。

五鈴屋江戸本店が、吉原からの使いを迎えたのは、如月に入ってすぐのことだった。一人を外に待たせ、「花鳥楼《かちょうろう》」の三文字を染め抜いた半纏《はんてん》姿の男が、まだ暖簾のない五鈴屋の戸口を潜る。

「店開《たなあ》け前に申し訳ないが、呉服切手を三十枚、分けてもらえまいか」

吉原廓《くるわ》、花鳥楼の奉公人であることを明かした上で、男はそう請《こ》うた。

三十枚だすか、と繰り返し、佐助は幸を見る。

昨年まで太物商いを専らとした主従にとって、躊躇《ためら》いもなく銀三千匁、金にすれば五十両もの買い物をするお客というのは珍しい。内心、構えるものがあった。戸惑いを察したのか、男は懐《ふところ》から袱紗《ふくさ》を取りだして、開いた。包金五十両に違いなかった。素性を明かし、代金まで用意されたのでは、断る術《すべ》はない。

切手を受け取ると、男は幸が店主であることを確かめた上で、こう切りだした。

「実は、花見の頃に、花鳥楼で衣裳競《いしょうくら》べをすることが決まりましてね。五鈴屋さんも加わる気はないか、それを聞かせてもらいたいのですよ」

衣裳競べ、と幸は繰り返す。

装束を競う、ということなのだろうが、初めて耳にする言葉だった。

店主の疑念を受けて、廓の使いは薄く笑う。

「粋《いき》な遊びだと思ってくれたら良い。呉服商が花鳥楼の花魁《おいらん》に『これぞ』という晴れ着を用意して、どれが一番の装束かを客に選ばせる、という趣向です」

五鈴屋高島店は、その前身の桔梗屋《ききょうや》の頃から、新町《しんまち》廓に上客を持つ。新町廓ならではの流儀に馴染みはあれど、身に纏《まと》うものを競い合うなど聞いたことがない。主従は、訝《いぶか》しげな眼差《まなざ》しを花鳥楼の使いに向けた。

「ちょっとお尋ねしても宜しいおますやろか」

店主の傍らから、佐助が男に話しかける。佐助は手代だった頃、新町廓に商いのために出入りをしており、江戸店の中では最もその内実に詳しかった。

「私どもは吉原の仕来《しきた》りを存じませんよって、教えて頂きとうおます。反物を選んで衣裳に仕立てる、その全てを呉服商の方で負担する、いうことだすやろか」

「勿論《もちろん》です」

至極当然、という体《てい》で廓の使いは答えた。

話にならない、と五鈴屋の誰もが思った。それを見越して、男は苦く笑う。

「儲《もう》けにならない、と思うのは早計ですよ。衣裳競べで楼主の眼に留まれば、花鳥楼を顧客にできる。まさに海老《えび》で鯛《たい》を釣るようなものだ」

「申し訳ございませんが、お受けできません」

明瞭《めいりよう》な断りを、しかし、柔らかな語調で、店主は伝える。

「五鈴屋はひと月ほど前に呉服商いを再開したばかりでございます。とても、その余裕はございません。何とぞお許しくださいませ」

丁重に一礼する店主に、奉公人らも一斉に倣った。

佐助が「呉服切手をお戻し頂けますなら」と、五十両を傍らに引き寄せる。

男は暫《しばら》く黙って包金を眺めていたが、やれやれ、と腰を上げた。

「本音は知りませんがね、事情はわかりました。切手を買ったからといって、それを盾にするような野暮はしませんよ」

そう言い残すと、使いは座敷から土間へと下りた。見送ろうとする主従も間に合わぬほど、早々と引き上げていった。

「衣裳競べ、て。一体、そないな話を受ける呉服商があるんだすやろか」

なぁ、賢輔どん、どない思う、と豆七に水を向けられて、

「衣裳て、そのおひとに似合うてるかどうかが大事で、誰かと競い合うようなものと

は違いますやろ」

とだけ、答えた。

賢輔の回答に、お竹が深く頷いている。

「狸《たぬき》に化かされたような」

佐助は呟いて、手もとの包金に目を落とす。葉っぱなどではない、紛れもなく金なのだが、どうにも釈然としない出来事であった。


如月六日、初午《はつうま》。

麗《うら》らかな陽射《ひざ》しのもと、「正一位稲荷大明神《しょういちいいなりだいみょうじん》」と染め抜かれた幟がはためく。ここ数年、親和文字と呼ばれる独特の書体の幟が人気だった。

初午には稲荷社に参るはずが、子どもたちは太鼓を叩《たた》いて走り回るのに夢中である。

とんとんとん、と軽やかな音は、通りから路地まで隈《くま》なく響き渡った。

ここ浅草呉服太物仲間の会所の座敷にも、子らの歓声と太鼓の音が届く。各店の報告や懸案事項、それに勧進大相撲春場所での浴衣地商いについて、刻《とき》をかけての話し合いが終わり、皆、肩の力がほどよく抜けていた。

「『家内安全』とは実に良い紋様だと、改めて思います。売り手のこちらも、店のうちの和が乱れぬよう、日々、心がけることが出来ますから」

誰に聞かせるでもなく、松見屋が言う。

「件《くだん》の小紋染めは一反、百匁。力士の名入りの浴衣地の三倍以上の値です。その分、利鞘《りざや》も大きい。ついつい浮かれそうになるのを、戒めてもらえます」

飾り気のない本音に、皆がほろりと笑った。

初売りからひと月が過ぎ、どの店も、小紋染めや呉服切手の売り上げを順調に伸ばしている。ことに呉服切手は目新しさもあり、当初の狙《ねら》い通りに、お使い物としてよく利用されていた。

ただし、五鈴屋以外の店は、丸屋に倣って銀四十匁前後の品を豊富に取り揃えているため、手頃な紬類がよく売れているとのこと。浅草呉服太物仲間の船出としては、まずまずの滑りだしであった。

幸は思いきって数日前の出来事について話し、衣裳競べとはどのようなものか、仲間に尋ねてみた。刹那《せつな》、思いがけず座がわっと沸いた。

「衣裳競べとは、また懐かしい」

「疫病に大火、と宝暦に入ってからはそれどころではなかったけれど、確かに昔は、よく聞きましたな」

「石川六兵衛《いしかわろくべえ》の女房が公方《くぼう》さまに挑んだ、という大昔の話を、曽祖父《そうそふ》から聞いたことがありますよ」

仲間たちによれば、衣裳競べとは、もとは豪商の女房たちの間で流行《はや》ったもので、贅《ぜい》を尽くした自前の衣裳を纏い、誰がより華やかかを競い合うとのこと。

中でも言い伝えとして残っているのは、八十年ほど前、日本橋の豪商、石川六兵衛の女房が、綱吉《つなよし》公の寛永寺《かんえいじ》参拝の御成道《おなりみち》で金銀に飽かした衣裳競べをして、おかみの激怒を買った話だという。

「六兵衛の女房はそれまでにも散々、衣裳競べをしていたそうで、珊瑚《さんご》珠《だま》を南天の実に見立てて黒羽二重の小袖に縫い付けてあった、という逸話まで残っていますよ」

懐かしそうに、河内屋が言った。

何と馬鹿げたことか、と幸は顎《あご》が外れそうになっていた。己の虚勢のために、そこまでして何が楽しいのか、と。

「手前どもに話が持ち込まれたわけではないのですが」

逡巡《しゆんじゆん》しつつ、丸屋店主が口を開く。

「日本橋の大店の呉服商にも、花鳥楼から衣裳競べの誘いがあり、受ける者と断る者が相半ばしたそうです。日本橋音羽屋も断った方に入っている、と。先日、佐内《さない》町の同業から聞いたので、確かだと思います」

ほう、と意外そうに和泉屋が目を見張った。

「あの店の女主人ならば、喜んで真っ先に名乗りでそうなものだが」

和泉屋の台詞に被《かぶ》せるように、丸屋が軽く咳払いをする。

「遊里での衣裳競べというのは、石川六兵衛の女房がしていたものとは異なり、呉服商同士を競わせるもの。しかし、吉原が一丸となって衣裳競べをするならまだしも、花鳥楼一軒だけでは、さほど旨《うま》みもないでしょう。話を受けた店は、もとより花鳥楼と付き合いのある馴染みなのだと聞いています」

丸屋の説明に、ああ、なるほど、と皆は頷いた。

散会の頃合いとみて、月行事が一同を見回して、

「我らは浅草呉服太物仲間として、呉服を扱い始めたところです。いずれ吉原にも一目置かれるような商いに育てて参りましょう」

と、今回の寄合をまとめたのだった。

会所の前で皆と別れたあと、幸は思い立って大川へと足を向ける。

川端に佇めば、春陽を受けて、川面が眩《まばゆ》く煌《きら》めいていた。両国橋の方へと視線を向けると、橋越しに、一艘《そう》の帆掛《ほか》け船が帆に風を受け、海へ向かうのが見える。以前、

これに似た光景を目にしたことがあった。

　季節は今少しあとだった。同じ大川という名だが、江戸ではない。そう、あれは天神橋《てんじんばし》の上から眺めたものだ。

　智蔵の四十九日を終え、江戸に戻る佐助と賢輔を見送っての帰り道だった。女名前での七代目襲名を仲間に認められ、智蔵との約束を果たすべく「江戸店を持つ」との志を胸に、出帆する船を見送った、あの日。

　望み通りに江戸店を持ったが、決して穏やかな道のりではなかった。今再び、呉服商いの海へと帆を上げて、船を動かし始めたところだ。臆する気持ちが全くないわけではない。しかし、五鈴屋はもう孤立無援ではない。

　帆に満々と風を受け、前へ前へと進むのみ――幸は自身にそう誓うのだった。

第七章　今津からの伝言

河内木綿《かわちもめん》を用いた厚めの藍染《あいぞ》め、文様は海老繋《えびつな》ぎ。それに、純白の浜羽二重《はまはぶたえ》。

「こちらの二反で宜《よろ》しおますやろか」

品物を検《あらた》めてもらってから、お竹は品物を風呂敷《ふろしき》に包む。

ありがとうよ、と受け取ったお客は、しげしげと座敷を見渡した。

「何年振りだろうねぇ、この店で稽古着《けいこぎ》用の木綿と羽二重を買うのは。噂《うわさ》に聞いてはいたが、随分と大きくなったもんだ」

男は役者で、以前は五鈴屋の馴染《なじ》み客だった。反物《たんもの》の色についてお竹によく尋ねていたので、主従もよく覚えている。

表を木綿、裏を浜羽二重にした稽古着は、吉次のために五鈴屋が考えたものだが、同じ取り合わせを望む役者たちが五鈴屋を贔屓《ひいき》にした。ただ、呉服商いを控えるようになってからは、多くの役者の足が遠のいていたのだ。

「情無しなことで、申し訳ない。ただ、他の店では、あんたのように色味に詳しい奉公人には、ついぞお目にかからなかった。これを機に、また色々と教えておくれでないか」

お竹に向けて掛けられた言葉ではあるが、五鈴屋の皆の胸に沁《し》みた。

その台詞《せりふ》を聞いていたのだろう、呉服切手を手に、初めて五鈴屋を訪れた者が、

「色違いが幾つもあって、決められないのだよ。朝茶会用に仕立てるつもりだが、私にはどの色が良いだろうか」

と、賢輔に相談を持ち掛ける。

それでしたら、と賢輔は撞木《しゅもく》に掛けられた一反を引き寄せる。お客の肩に反物をあてがえば、とてもよく似合っていた。

賢輔は、人差し指で空に「仙斎《せんざい》」と書いて見せて、

「この『仙斎茶』が、より縁起のええように『千の歳《とし》の茶』で千歳茶《せんざいちゃ》と呼ばれるようになりました。ようお似合いだすし、お茶会には宜しいかと存じます」

と、淀《よど》みなく応《こた》えた。

相手は感心し、さらに乞《こ》う。

「では、これに合う色味の帯地を見せてくれるかい。この店は帯地にも力を入れてい

る、と切手の贈り主から聞いてるからね」

　京の仕入れ店、巴屋が力を入れて集めた呉服の数々が船荷で届いたこともあり、店《たな》前《さき》は一層華やかだ。ありがたいこと、と思いつつ、幸は撞木の反物を掛け直す。

「もう少し、撞木があった方が良いわね」

「そうでおますな、ほな、和三郎さんのとこへ、大吉を遣《や》りますよってに」

傍らの佐助は、大吉どん、大吉どん、と丁稚《でっち》の名を呼んだ。

指物師《さしものし》の和三郎は、お才の実弟で、五鈴屋がここに店を構えた時からの付き合いだった。まだ何処《どこ》にもなかった撞木を、幸たちの要望に応《こた》えて仕上げてくれた腕の良い職人だ。

「お才さんの弟さんが来はるんだすて？」

佐助と大吉の遣り取りを耳にしたのか、土間伝いに菊栄が顔を覗《のぞ》かせた。少し窶《やつ》れて見える。

「腕の立つ指物師さんやそうだすなぁ」

「ええ。五鈴屋では撞木と裁ち台をお任せしていますが、お才さんや力造さんからは、細かな細工物の腕前が評判だ、と伺っています」

　幸の答えに、菊栄の口もとが緩んだ。

「そちらの話が済んだら、和三郎さんを、奥座敷に案内してもらえますやろか。ちょっと相談したいことがおますよって」

このところ奥座敷に籠《こも》りきりで、図案に取り組んでいる菊栄なのだが、夜もあまり眠れていないようだった。

ええ、必ず、と幸は深く頷《うなず》いてみせた。

長さ五寸（約十五センチメートル）ほどの、一本の角ばった棒。両側が少し広がった形をしている。真ん中は無地のままで、両端に亀甲《きっこう》と思《おぼ》しき紋様がひとつずつ描き込まれていた。

「こいつぁ……」

図案を手に取ってしげしげと見入り、和三郎は弱った風に頭を振る。

「細工物のようだが、一体何なのか、私には皆目、見当もつきませんぜ」

指物師の戸惑いを受けて、菊栄は自身の結い上げた髪から慎重に、棒状のものを引き抜いた。櫛《くし》と揃《そろ》えの、鼈甲《べっこう》の笄《こうがい》だった。

「髪を結う時に使うて、そのまま挿しておく、笄いうもんだす」

言われて和三郎は、ああ、と頷いた。

「木っ端を使って、箸《はし》みたいな笄なら、お才や娘のために作ったことがあります。けど、この絵とはまるで別物だ」

「この図案は私が考えたもんで、まだ、何処にも無いて思います」

簪と違い、笄は髪飾りとは考えられていない。髪を巻き上げるのに耐えられるほど頑丈で、万が一落ちても壊れなければそれで良い、とされる。

「けど、それやと勿体《もったい》ない、て思うんだす。せっかく髪に挿すもんやさかい、ちょっとした細工があったら、楽しおますやろ」

菊栄の説明に、なるほど、と唸《うな》って、和三郎は再び図案に見入る。

二人の傍《そば》で、幸は先刻から懸命に胸の高鳴りを抑えていた。思えば、菊栄と笄について話したのは、昨年の閏《うるう》四月のことだ。後ろ挿しにした簪は、落ちても気づき難《にく》い、というのが発端だった。

――ああ、けど、それは面白いかも知れまへん。もうちょっと考えてみまひょ

菊栄はあれからずっと、これを考え続けていたのだろう。

髪形にもよるが、女の髪に長く留《とど》まるのは、簪よりも櫛よりも笄であった。髪を巻きつけて結い上げるのが目的なので、四角い棒状のものが殆《ほとん》どだ。懐《ふところ》豊かな女の持つ笄は、漆塗《うるしぬ》りに金蒔絵《きんまきえ》を施されたものや、鼈甲や硝子《ガラス》で拵《こしら》えたものなどがあるが、

形自体はあまり変わらない。

両端にかけて広がりがあれば使い易《やす》いし、紋様があれば楽しい。

感嘆の吐息を洩《も》らす幸に、しかし、菊栄はまだまだ、とでも言いたげに、小さく頭を振った。

「木製で、塗りも施さん、素朴な笄にしとおます。贅《ぜい》を尽くしたものとは違う、誰《だれ》にも手軽に買《こ》うてもらえるものにしとおます」

菊栄の言葉を受けて、和三郎がぽんと胸を叩《たた》く。

「これを形にする木彫師を探せってことですね。ようござんすよ、指物師の繋《つな》がりを利用すりゃあ、腕の確かな木彫師を見つけられるだろうから」

「そうやないんだす」

頭を振ってきっぱりと打ち消したあと、菊栄は密《ひそ》やかな語勢で告げる。

「何遍も試みを重ねて、『これぞ』と思う品にしたいんだす。時も根気も要る上、売り出しまでに万が一にも外に洩れたら困ります。誰にでもお願いできることと違いますよって、私は、和三郎さんに試作をお願いしとおます」

げっ、と妙な声が指物師の口から洩れた。

朝夕の冷え込みが削《そ》がれ、大川の土手が若草で覆われ始めた。桐《きり》の花の芳《かぐわ》しい香りが漂い、風に揺れる柳の新芽の初々しさに、目を奪われる。

気づけば、明日は上巳《じょうし》の節句。雛《ひな》人形市も今日まで、という朝のことだ。

「これは、何とまぁ」

新たに船荷で届いた反物を検めていた佐助が、不意に感嘆の声を洩《の》らした。

お竹と賢輔が覗き込んで、軽く息を呑む。どれ、と幸は佐助の隣りに座り直して、解かれた反物を眺める。

丹後縮緬《たんごちりめん》の地に、橘《たちばな》の花枝と果実、そして蝶《ちょう》。優しい色合いの友禅染《ゆうぜんぞ》めだった。

橘は常世《とこよ》の国の樹木とされ、その実は何時《いつ》までも芳しく香り続けるため、不老長寿を表す。また蝶は変容を重ねることから永遠、あるいは立身出世を意味すると言われる。何とも縁起の良い品に違いなかった。

彩《いろどり》豊かで美しい友禅染めは、そこにあるだけで辺りを明るく、華やかにする。

「婚礼の装束に相応《ふさわ》しおますなぁ。なぁ、お竹どん」

佐助に言われて、お竹も深く頷いた。

「嫁入りに持たせたい、と思わはる親御さんも居ってだすやろ」

丸七年の間、呉服商いから遠ざかっていたため、こうして絹織を検めるのが皆、幸せでならない。仕入れ店の巴屋が、巻き返しを図る江戸本店のために、品揃えにことさら力を入れているのがよくわかる。

橘と蝶の友禅染めの仕入れ値は、銀百三十匁《もんめ》。品物の値打ちからすれば、かなりの掘り出し物だった。

「巴屋さんの目利きねぇ」

初荷以降、呉服切手の影響もあって、客層の幅が随分と広がった。こうしたものを求めるひとも必ず居るだろう。

「どないなお客さんに、お買い上げ頂けますやろか」

楽しみだすなぁ、とお竹は声を弾ませた。

小紋染《こもんぞ》めは元来、武士のもの。麻の裃《かみしも》に使用される染物であった。裃であるから、女人には無縁。また、身分の高い女は、厚手の生地にたっぷりと刺《し》繍《しゅう》を施したものを好むため、縮緬地の小紋染めには殆ど興味を示さない。少なくとも、七年前は確かにそうであった。

それに、武家の奥方や息女が店前現銀売《たなさきげんぎんう》りの店を訪れることはなく、その傾向はおそらく変わらない、と思われた。

「『家内安全』三十反、それに呉服切手十枚でおます」

風呂敷三枚に分けて包んだものを、賢輔は座敷に置く。切手十枚は、朱塗りの切手盆に載せて差しだした。

用人《ようにん》と思《おぼ》しき初老の侍は、うむ、と頷いて、懐の紙入れにまず切手を納めた。

「反物は重うおますよって、こちらでお屋敷の方へお届けさせて頂きましょうか」

支配人の申し出を、侍は「良い。このまま持ち帰る」と、あっさり拒んで、従者に風呂敷包みを託して去った。

「最近、あないな（ああいう風な）お武家さまが多おますなぁ」

店の表で駕籠《かご》を見送って、佐助が呟《つぶや》いた。家内安全の反物や呉服切手を、まとめて買い上げると、駕籠に載せたり、従者に負わせたりして持ち帰る。決して、こちらに届けさせたりしないのだ。

「何処《どこ》のご家中《かちゅう》か、こちらに知られたくないのでしょう」

大名など身分の高い武家には、必ず出入りの呉服商が居て、屋敷商いをしている。何処の家中か知った上で関《かか》われば、顧客を奪った、と言われかねない。以前、坂本町の呉服仲間に属していた頃《ころ》には、それで揉《も》めたことがあった。むしろ、家名が知れない方が、互いに厄介事が少ないともいえる。

それにしても、と幸は不思議に思う。

家内安全の小紋染めにしても、呉服切手にしても、当初はまとめて買う者は少なかった。吉原の花鳥楼の使いが、金五十両で躊躇《ためら》いもなく呉服切手三十枚を買ったのが最初だった。しかし、弥生に入ってから、家内安全の小紋染めを二十反、三十反、とまとめて求める者が現れた。

呉服切手は贈答用だとして、あれだけの反物を一体、どうするのだろうか。武家の奥方や息女が、小紋染めを小袖に仕立てて纏《まと》うとは思われない。巾着《きんちゃく》などの小物か、埃除《ほこりよ》けでも作るのだろうか。それでも三十反など、使いきれるものではなかろうに。

店主の疑問に答えてくれそうな人物が、丁度今、二階座敷に居る。あとを佐助に頼み、幸は階段を軽やかに上った。

「反物をまとめて三十反、ですか」

話を聞き終えて、志乃《しの》は針を針刺しに休め、じっと考え込んだ。

藍染め浴衣地の仕立てを、五鈴屋の二階座敷で請け負っているのだが、今はその時期ではない。どうしても断り切れないものだけ、もと御物師《おものし》の志乃に頼んでいた。さる御大家に仕えて、仕立ての一切を引き受けていた志乃は、武家の装束《しょうぞく》についての知識が豊富で、常に幸たちを導いてくれていた。

「一度に仕立てるとしたら、襦袢《じゅばん》でしょうか。長着と違って汚れやすいし、替えは幾らでも要りますから」

家内安全を願うのは、身分を問わず皆同じ。ただ、体面を重んじる武家の女ならば、小紋染めを表着にはしない。身守りとして肌近くに着るのではないか。

「昔は身分の高い女には、肌着に至るまで厳しい決まりがあったんですよ。緋《ひ》縮緬か紫縮緬を用いるだの、半身にして袷《あわせ》に仕立てるだの。けれど、襦袢姿を人前に晒《さら》すなんてこと、まず、ありませんからね。武家の心得には背くでしょうが、要するに、外から見えなければ良いんですよ。家内安全の小紋染めを襦袢に仕立てたとして、白い半襟でも付けてしまえば済むことです」

せめて、それくらいは許されて良いんじゃないですか、と志乃は笑う。

「当たらずとも遠からずだと思いますがねぇ。肌に付けるもので、暑さ寒さを凌《しの》ぎたいのは、身分を問わず、誰でも一緒ですから」

志乃の言葉に、なるほど確かに、と幸は感心しきりだった。

「今ひとつ、教えてくださいな。浪士のご家族を除いて、武家の奥方さまやご息女さまが私どものような店へ足を運ばれる、ということはあるのでしょうか」

「奥方というくらいですからね、大抵は屋敷内でことを済ませて、奥から出てらっしゃいませんよ。ただし、寺社参りを口実に、お忍びで、というのはあるでしょう。それに」

憚《はばか》るように周囲を見回して、志乃は声を低める。

「一万石以上がお大名、それ以下で、公方《くぼう》さまに御目見えできる者がお旗本、できない者が御家人なので、お旗本は町人から見れば大変な御身分ですよ。けれど、お旗本だから裕福かといえば、とんでもない。家禄《かろく》と言って、石だったり俵だったり、ややこしいんですが、主君から頂戴《ちょうだい》する俸禄のことです。中には、それが五十俵に満たない殿さまだっておいでなんです」

受け取るのは玄米で、換金せねば暮らせない。一年が十三月ある年も実入りは同じだから、やりくりに苦労する。百石取りでも充分苦しいのに、五十俵に届かなければ、武家としての体面を整えることさえ難しい。

「拝領家敷というのをお持ちのところも多いのですが、ひとに貸したり、交換したりして、足らずの分を埋めておられる、と聞いています。下男、下女は一人くらい居るでしょう。けれど、あとはどうですか。そうしたところの奥さまたちは、目立たぬようにご自身で買い物なさると思いますよ。出入りの呉服商などいるはずもないでしょうし。五鈴屋には、太物を専《もっぱ》らとしていた頃よりも、足を運び易いんじゃありませんかねぇ」

じきに、そういうかたたちが増えますよ、と志乃は言って、針に手を伸ばした。

「昼餉時だし、少しは落ち着いた頃かと思ったんですけど」

次の間から表座敷を覗いて、お才が申し訳なさそうに言う。

常ならば客足の止《や》む頃合いのはずが、侍女と思しき娘や、浴衣地を買い求めにきたおかみさんたち、それにおそらくは志乃の話していた倹《つま》しい武家の奥さまたちで、店の間は大いに賑《にぎ》わっている。

「お武家さまが増えましたねぇ。帯結び指南で、浪士の娘さんと御一緒することは度々ありましたけど」

武家の女が店前で買い物をするなど、少し前までは殆ど見なかったのに、とお才は吐息交じりに言う。

「何でも変わっていくものなんですね。呉服切手や家内安全の柄に、それだけ力があることの証《あかし》でもあるんでしょう。お武家さまと一緒ってのは、ちょいと気が引けますけどね」

最後のひと言が余計だった、と思ったのか、お才は慌てて、

「色んなひとにこうして五鈴屋に来てもらえるのは嬉《うれ》しいですよ。そうですとも」

と、早口で付け加えた。

今年の勧進大相撲《かんじんおおずもう》の春場所が卯月にずれ込んだため、型付と染めを請け負う力造も、余裕をもって作業を進められている、との由。十五日には引き渡せる、との伝言に、幸は安堵《あんど》の胸を撫で下ろす。

暇乞《いとまご》いをする染物師《そめものし》の女房に、幸は、

「広小路《ひろこうじ》まで、送らせてくださいな」

と、請うた。

あとを佐助たちに託して、幸はお才と連れ立って店を出る。麗《うら》らかな陽射《ひざ》しは既に初夏を宿し、綿入れが重く思われた。

「ついこの間、年が明けたと思ったら、穀雨《こくう》も過ぎてしまって。歳《とし》を取ると月日が経《た》つのが早い、って言いますけどねぇ、もう驚くばかりです」

本当に嫌になっちまう、とお才はくよくよと頭を振った。

昨年の穀雨は春場所と重なり、雨に見舞われて大変な思いをした。あれからもう一年になる。幸もまた、歳月が光陰の矢であることを噛《か》み締める。

「二代目吉之丞の『鷺娘《さぎむすめ》』、あれから一年経っても、未《いま》だに名舞台だった、という話を聞きます。歌舞伎《かぶき》とはまるで縁のない私の耳にも届くくらいですから、よっぽどですよ」

お才もまた、一年前のことを思い出したのだろう。

「それに比べて、何処その店の白綸子《しろりんず》なんざ、今や誰の口の端にもかかりゃしない。忘れられるのが早過ぎて、『お気の毒、蠅《はえ》の頭』さ」

江戸っ子が好んで使う言い回しで、からからと、お才は背を反らして笑った。

誰かの口から、不意に日本橋音羽屋や結の話題が出ても、心が揺らぐことも翳《かげ》ることもなくなっていた。あちらが五鈴屋を快く思っておらず、何かを仕掛けてくることは充分考えられるのだが、最早《もはや》、血縁を理由に気持ちを縛られることもないだろう。歳を重ねて一層、図太くなったと思う。

木戸の前で見送りを辞したお才は、何か思い出した体《てい》で、幸の方へ向き直った。

「夕べ、久しぶりに和三郎が顔を見せに来たんです。何か難しい仕事を頼まれたようで、悩んでいるのか、あんまり元気じゃないんですよ。良くも悪くも職人気質《かたぎ》で、手を抜くことも、息抜きすることも苦手なんでねぇ」

何とか乗り越えてくれりゃあ良いんですが、と弟思いの姉の顔を覗かせた。

お才と別れて、五鈴屋に戻った幸を、大吉が慌てて出迎える。

「ご寮《りょん》さん、お旗本の本田《ほんだ》家のご用人のかたがお見えだす」

佐助が奥座敷で対応している、と聞いて、幸は奥へと急いだ。

客間として用いている座敷では、五十がらみの武士が店主の帰りを今か、今かと待ちかねていた。継裃《つぎかみしも》姿で、肩衣《かたぎぬ》の麻地は幾分、色が抜けている。幸が五鈴屋江戸本店店主であることを確かめてから、男は本田家に仕える用人、今井《いまい》籐七郎《とうしちろう》と名乗った。

「『多い』方の本多ではない、田畑の『田』の本田である。決して間違うてはならぬ」

用人はまず、主従に念を押した。

「先般、当家の奥さまが姫《ひい》さまのために、この店で友禅染めを買い求められた。橘と蝶の吉兆紋様で、まことにめでたきものであった」

刹那《せつな》、表座敷で検めた、色鮮やかな友禅染めが浮かぶ。京の仕入れ店、巴屋の目利きの件《くだん》の一反に違いなかった。

「お買い上げ賜《たまわ》り、まことにありがとうございます」

懇篤《こんとく》に謝意を告げる店主に、うむ、と籐七郎は鷹揚《おうよう》に頷く。

「今秋、輿入《こしい》れをされる姫さまの、婚礼衣装として仕立てることになっておる」

幸は思わず、傍らの佐助と晴れやかな笑みを交わした。

屋敷売りや見世物《みせもの》商いとは異なり、店前現銀売りでは、お客ひとりひとりについて把握できるわけではない。件の友禅染めも、何処の誰に買い求められたのか、本来ならば知らぬままであった。

「何よりのお知らせ、この上なく嬉しく、有り難く存じます」

婚約を寿ぎ、輿入れの恙《つつが》なきことを願って、主従は用人に深々と一礼する。

五鈴屋の対応に今井籐七郎は幾度も頷いたあと、徐《おもむろ》に切りだした。

「当家姫君の輿入れに際し、嫁荷を整えねばならぬ。ついては、五鈴屋に呉服など仕度を任せたい。今日はその相談に参ったのだ」

慶事の相談にしては、些《いささ》か、声と顔つきに苦渋が滲《にじ》む。

――お旗本だから裕福かといえば、とんでもない

――中には、それが五十俵に満たない殿さまだっておいでなんです

志乃の言葉を思い返し、幸は傾聴の構えを示した。

本田家は由緒ある旗本の家柄ながら、家禄五十俵で無役。

この度は、輿入れのために用立てたもののうち、金百両を衣裳代に充てる心づもりである。ついては、慎ましくとも恥をかかぬよう、嫁荷としての反物を揃えてほしい。

暖簾《のれん》を終《しま》ったあと、佐助の口から皆に本田家の要望が伝えられると、表座敷は何と

も妙な雰囲気になった。

「石やら俵やら、お武家さんの家計は、私にはさっぱりわかりまへん」

哀《かな》しげに頭を振って、豆七はこう続けた。

「お旗本のお姫さまの婚礼の注文を受けるやて、確かに誉《ほまれ》やと思います。ただ、金百両て、太物なら途方もない額なんだすけど、嫁入り仕度にしては少ないようにも思いますな」

「小紋染めと同程度の品なら、六十反、ご用意させて頂けます。慎ましく、いうご要望に添えるんやないかと思います」

豆七の言い分に、賢輔が控えめに抗《あらが》った。

もとは近江屋の奉公人だった壮太が、「そない詳しいわけでもないんですが」と断った上で、思案しつつ話し始める。

「お武家さまの嫁入りは相当な物入りや、と聞いてます。御片附金いうて、大坂で言う敷銀のようなものを持参せななりません。輿入れのためには人手も金銀も要ります。嫁荷かて、道具類も用意せんとならん。衣裳だけで百両いうんは、えらい気張らはった、と思います」

手代たちの遣り取りを黙って聞いていた小頭役《こがしらやく》が、

「江戸店にとって、嫁荷のお話は初めてのこと。ほんに嬉しいて、ありがたいことでおますなぁ」

と、しんみり洩らした。

そのひと言に、座敷の迷いが拭《ぬぐ》われていく。

創業したあと、呉服商いを絶たれるまでの間でさえ、嫁入りの荷物を求められることがなかった。七年の空白を経て舞い込んだ初めての依頼である。お竹の言う通り、嬉しく、ありがたいことに違いなかった。

幸がまだ女衆《おなごし》だった頃、大坂に不況の嵐《あらし》が吹きすさび、さらに四代目店主の放蕩《ほうとう》によって五鈴屋の商いが風前の灯火《ともしび》だったことがある。その危機を救ったのは、惣次の取ってくる婚礼品の注文だった。可愛《かわい》い娘の婚礼のために、金銀を惜しまぬ商家によって、五鈴屋は何とか持ち堪《こた》えられたのだ。

思えば、当時の五鈴屋は、菊栄の離縁に伴って紅屋に返す敷銀三十五両を用意できず、仲間から借りるしかなかった。

商いで金銀を得る商家と、米で禄を得る武家。事情も状況も異なるけれど、本田家にとって、金百両がどれほど大金か。ましてやそれ以上となれば、工面するのにどれほど苦慮しただろうか。幸には、あの頃の五鈴屋と重なってならなかった。

「かつて五鈴屋が受けた注文とは趣が異なるけれど、嫁ぐ娘の幸せを願う親の気持ちに、商家も武家もないのでは、と思います。その想《おも》いに応えるべく、店をあげて取り組みます」

幸の言葉に、皆は「へぇ」と声を揃える。

「祝言の日取りは伏せておられますが、五鈴屋が本田家に反物を納めるのは、葉月《はづき》二十三日、天赦日です。半年を切っているので、早めに大坂本店に伝えて、巴屋に嫁荷に相応しい品の手配を頼みましょう。佐助どん、お願いしますよ」

店主の命を受け、支配人は「すぐに文《ふみ》を送ります」と力強く応じるのだった。

神田明神の境内では、既に相撲小屋の普請が始まっていた。流石《さすが》に、浅草までその槌音は届かないが、誰もが完成を待ち望む。昨年は思いがけず冬場所が中止になったため、一年ぶりの勧進大相撲の開催である。

取組の他に待たれるのが、浅草で売りだされる力士の名入りの浴衣地であった。弥生十五日、勧進大相撲所縁《ゆかり》の藍染め浴衣地が納められた。幕内十六人の名入りのものと、手形柄のもの、合わせて十七種である。

会所の座敷に広げられた浴衣地を前に、浅草呉服太物仲間は欣喜雀躍《きんきじゃくやく》した。

「やっと白川《しらかわ》の浴衣地の登場ですなぁ。白川贔屓は、泣いて喜ぶでしょう」

「荒滝《あらたき》、荒磯《あらいそ》、荒鷲《あらわし》、としこ名は似ているが、反物の味わいは随分と違う」

親和文字をもとに、くっきりと太く鮮やかな白抜きの藍染め。名前ごとに図案が異なり、眺めているだけで心が躍る。

番付表はまだ伏せられているが、前回、幕下だった白川と越《こし》ノ海《うみ》が幕入りを果たしている。公になれば、大騒ぎになるに違いない。ことに白川贔屓は以前から多いため、今回は、数を増やして備えている。

「この度も、多くのひとに喜んで頂けるでしょう」

広げられた反物を愛でつつ、月行事《がちぎょうじ》はしんみりした語調で続ける。

「呉服商いには呉服商いの、太物商いには太物商いの、それぞれの醍醐味がある。両方を扱える、というのは何よりありがたい」

想いの籠った月行事のひと言に、一同は深く頷いた。

「呉服切手のお陰で、太物と絹織の垣根が低くなったように思います。家内安全の小紋染めを引き換えに来られたかたが、浴衣地を買っていかれることも多い」

「流石に、お武家さまが流行《はや》りを追って力士の名入りの浴衣地をお求めになることはないが、吉兆紋の藍染めや、木綿の白生地などはよく一緒に求められる」

家内安全の小紋染めの価、銀百匁。各店ではそれが最も上等の品で、大半の絹織がその半値以下だ。日本橋などの値付けからすると、実に手頃で買い求め易い。

また、浴衣地と田舎絹の値段にもさほど大きな開きがないため、浴衣地目当ての客が紬を買っていくこともあれば、その逆もある。呉服と太物、両方商っていればこそ、工夫のし甲斐《がい》もあった。

「京に仕入れ店を持つ五鈴屋さんは、我らとはまた違う品揃えで、お武家さまにも大変な人気のようですね。店の表に駕籠や乗物が並ぶのを見かけます」

恵比寿屋がにこやかに幸を見る。

幸は「お陰様でございます」とだけ応じて、辞儀をする。本田家から依頼された嫁荷のことは、無論、伏せてあった。

他の店主たちも、うんうん、と頷きつつ、恵比寿屋の話に耳を傾けていた。

「吉原廓《くるわ》と大名家、江戸の呉服商が大店に育つために外せないのが、この二つです。ほかに大奥というのがありますが、別格ですからね。双方のうち、お武家は何かと縛りが大きいが、吉原は違う。日本橋の呉服商は吉原廓に食い込むため、日夜しのぎを削る、と聞き及びます」

この辺りは吉原遊里への通り道で、遊女の機嫌取りのため、絹織を買い求める男も多い。だが、同じ吉原を相手にするなら、廓を顧客に持つ方が商機は遥《はる》かに大きい。

「先達《せんだつ》ての衣裳競《いしょうくら》べは、花鳥楼の勇み足でしたが、五鈴屋さんなら扇屋《おうぎや》や大文字屋《だいもんじや》などの大見世を贔屓につけることも夢ではないでしょう」

「恵比寿屋さん、それくらいで止めておきなさい」

黙って話を聞いていた河内屋が、堪えきれぬ体で笑いだした。

「ほかの店の手立てを考えている場合ではないですよ。あなたの代で、恵比寿屋をさらに大きくせねばなりますまいて」

長老に諭されて、恵比寿屋は頭を掻《か》く。

「五鈴屋さんの品揃えには、逆立ちしても敵《かな》いません。吉原に食い込むことは我らには無理でも、五鈴屋さんになら、その目がある。ついつい、夢を託したくなるのです。我らの仲間から、江戸一番の大店が生まれるなら、これほど誇らしいことはないですから」

恵比寿屋の本音に、周囲からほろほろと苦笑が洩れる。どう応えて良いものかわからず、幸は畳に目を落とした。

「大名家はともかく、廓を商いの相手に、と言われても、女の身の五鈴屋さんは戸惑うばかりだ。この話はこれまでにしましょう」

唇を引き結ぶ幸を気遣ってか、月行事は話題を変えたのだった。

弥生もあと四日を残すのみとなった。

この時季、江戸中が待ちわびるものが、ふたつある。ひとつは初鰹《はつがつお》で、堪能《たんのう》できるのはごく一握りの者だけだ。今ひとつは、誰にも等しく訪れる音であった。

きょっきょ

きょきょきょきょ

不意に聞こえてきた鳴き声に、道行くひとは足を止め、耳の後ろに開いた手を添えて「確かにそうか」と聞き入る。

てっぺん　かけたか

てっぺん　かけたか

はっきりと聞き取れて、見知らぬ者同士、嬉しそうに眼差《まなざ》しを交わす。鶯《うぐいす》と違って、初鳴きから名人なのは、時鳥《ほととぎす》であった。

昨日は立夏、律儀に時鳥が夏を連れてきたようで、誰の足取りも軽くなる。分けても、たったたっ、と弾む足取りで広小路を駆けるのは、飛脚であった。

広小路から続く通り、九間ほどの間口の店の表を、奉公人が竹箒《たけぼうき》で掃《は》き清めている。

その前掛けに染められた屋号を認めて、飛脚は一層、足を速めた。

合掌の手を解いて、幸は身体ごと襖の方へ向き直る。

「今津村?」

「今津村から、荷が届いたのですか?」

その日は四代目徳兵衛こと豊作《ほうさく》の月忌であった。風が生まれて、線香から立ち上る煙が障子の方へと流れていく。

へぇ、と大吉は応じて、傍らに置いていた広盆を店主の方へと慎重に差し出した。

「弥右衛門先生からのお届け物のようだす」

弥右衛門先生、と幸は懐かしい名を繰り返す。手を入れる前の五鈴屋の板の間で、筆を手にした弥右衛門の姿が、脳裡《のうり》に浮かんだ。

大吉を下がらせたあと、幸は広盆を引き寄せる。

朱色の組紐《くみひも》を掛けた、黒塗りの細長い箱。文ではなく、こうした荷物を飛脚に託せば、並便であっても、銀十匁近くかかる。一体、何を送ってくれたのだろう。

亡き兄、雅由の朋友《ほうゆう》で、五鈴屋が絶望の淵《ふち》に沈んでいた時、「菜根譚」の一節を墨書して、励ましてくれたひと。

慈しむ手つきで紐を解き、蓋《ふた》を取れば、油紙の包みが現れる。濡《ぬ》れることを恐れて何重にも厳重に巻かれた油紙を、慎重に外す。

現れたのは、掛け軸であった。別に文も添えられている。畳に置いて、ゆっくりと広げれば、確かに弥右衛門の書だ。

未有根不植　而枝葉榮茂者

十一の漢字を眺め、もしや「菜根譚」の中の一節ではないか、と幸は思う。

遠い昔、明《みん》という異国で刊行された書物で、まだ和刻本になっていない。しかし、陰に陽に、五鈴屋を支え励ますのは、弥右衛門から教わった「菜根譚」であった。

謎解《なぞと》きを求めて、切紙を繋いだ文を手に取って開く。

文には、五鈴屋が再び呉服を商えることへの寿《ことほ》ぎとともに、掛け軸に書かれた言葉についての説明が認《したた》められていた。やはり、「菜根譚」が出典であった。

徳は事業の基《もとい》なり。未《いま》だ基の固からずして、棟宇《とうう》の堅久なるものはあらず。心は後裔《こうえい》の根なり。未だ根の植《た》たずして、枝葉の栄茂するものはあらず――「菜根譚」にそう記されている、との由。

郷里に学び舎《や》を開いたが、後の世に託すために、まずは大地に根をしっかりと張り、幹を太くすることを大事に考えている。商いの道も同じではなかろうか、と記されていた。

弥右衛門の文に、雅由の面影が重なる。

兄が生きていれば、おそらく、同じ言葉をかけてくれていたのではあるまいか、と。

掛け軸は板の間に飾ろう、これまでの弥右衛門の書と並べて五鈴屋の指針としよう。

感謝の思いで、文を畳みかけて、折り山が残っていることに気づいた。追書《おって》きが加えられている。「追啓」の文字のあとに書き足されたものを読んで、幸は首を傾《かし》げた。

「ご寮さん、宜しおますか」

廊下から佐助の声がして、襖《ふすま》が控えめに開けられる。

店主の許しを得ると、売帳を手にした支配人が入室した。用件を切りだす前に、佐助は、店主が何やら考え込んでいることに気づく。幸の手中の文に目を向けて、

「何ぞ、おましたか？」

と、尋ねた。

「弥右衛門先生から届いた文の追書きに、今年の暦について、妙なことが記されているのです」

前回、幸から弥右衛門に送った文に、珍しかろうと思って江戸暦を添えておいた。

「弥右衛門先生の学び舎には、天文学に詳しいかたが居られて、今年の日食を予想さ

れているとか」

店主の言葉に、日食だすか、と佐助も不思議そうに繰り返す。

「お天道さんが欠ける天変地異は、必ず暦に載るはずだす。けど、今年の暦には
……」

気になるのか、佐助は中座を詫《わ》びて、今年の暦を取りに行った。

日中に突然、太陽が欠けて、辺りが薄暗くなる。暫《しばら》くすると、またもとに戻る。

「日食」とも「日蝕」とも書くが、なるほど、と思う字の組み合わせであった。予《あらかじ》め、暦にその日時が明記されているため、誰も戸惑うことはない。よろず忌むべき日として扱われるが、珍しさゆえに内心、待つ者も多い。

今津に送ったのと同じ江戸暦を手に戻った佐助は、それを捲《めく》りながら幸に問うた。

「今年の、何時頃だすのやろか」

「長月朔日《ながつきついたち》の辰《たつ》の刻、と文には記されています」

長月朔日、と佐助は繰り返し、指でその日を撫でるように確かめる。幸も覗き込んで検めたが、特段、記載はなかった。

「火事のあった宝暦十年の暦には、確か、皐月朔日の日食が書かれてました」

記憶の底を辿《たど》るように、佐助は思案顔で続ける。

「暦に『日帯そく』と記されていた通り、夕暮れ時に欠け始めて、そのまま沈んだよって、『ようここまでわかるもんや』と感服したんだす。今年の暦に書かれてへん以上は、取り越し苦労のようにも思います」

そうね、と幸は頷いた。

「弥右衛門先生も、『江戸暦に記載がないので、心の隅にでも留めておくように』とだけ書かれていますから、あまり気にせずにおきましょう」

自身に説くように言って、幸は弥右衛門の文を丁重に折り畳んだ。

第八章　有為《うい》

荒滝にはぁ、大山《おおやま》ぁ
雪見山にはぁ、八《や》ツ橋《はし》じゃぞえぇ
どんどーん、どどどんどーん、と独特の節回しの太鼓の音とともに、謡《うた》うように力士の名が読み上げられる。

明日の勧進大相撲《かんじんおおずもう》の開催を知らせる「浅草組」による触れ太鼓であった。

「どうやら今年は雨の心配がなさそうだ」

触れ太鼓を見送って、和三郎が晴れ晴れと空を仰ぐ。

立夏から九日過ぎて、天は隅々まで晴れ渡っていた。幸も和三郎を真似《まね》て、足を止め、上天気に目を細める。

五鈴屋に菊栄を訪ねてきた指物師《さしものし》だが、入れ違いになってしまった。せっかくだから、と和三郎を誘って、触れ太鼓を見物するために店を出た幸であった。

広小路《ひろこうじ》に続く表通りは、触れ太鼓が去ったあとも、浅草寺参りの老若男女で賑《にぎ》わう。参拝客を目当てに、屋台見世《やたいみせ》が数多く出ていた。

広小路の木戸の手前、昼餉《ひるげ》時も近いからか、人が列をなす屋台が在る。掛け提灯《ちょうちん》には「江戸前」の墨書、醤油《しょうゆ》の焦げる、良い匂《にお》いが辺りに漂っていた。

目を凝らせば、傍らの七輪《しちりん》で、串刺《くしざ》しにした何かを炙《あぶ》っている。

幸に釣られて、和三郎も足を止め、屋台に目を向けた。

「ああ、あれは鰻《うなぎ》だ、鰻の蒲焼《かばやき》ですよ」

御蔵前辺りで生きた鰻を売っているのを目にしたことはあるが、蒲焼、というものに馴染《なじ》みがない。

はて、と首を傾《かし》げる幸に、指物師は、

「捌《さば》いた鰻を一度蒸して、たれに浸《つ》けてから、ああして焼いて売るんです」

かなり前から出回っているのだが、今年になって急に人気が出た、という。

「辻売《つじう》りなんで安いし、とにかく旨《うま》い。私の好物なんでさぁ。『江戸前』なんて名乗る屋台が、ここ最近、次々に現れてるようで」

「そうなんですか、知りませんでした」

今一度、鼻からすっと息を吸う。香ばしい匂いが何とも悩ましい。

大火のあと暫《しばら》くは、誰《だれ》もが皆、生きていくだけで精一杯だった。食べるものに流行《はや》りが生まれるのは、それだけ平穏になった証《あかし》でもある。

大坂の商家の食は、店の大小を問わず、倹《つま》しい。江戸に出てきて食の大切さを知り、店での食事を見直すようになったが、流行りのものを口にすることはまずなかった。

「良いことを教わりました。勧進大相撲が終わって、力士所縁《ゆかり》の浴衣地《ゆかたじ》商いが落ち着いたら、それを口実に皆で頂くことにします」

幸の提案に、「そいつぁ良い」と、和三郎は喜んだ。その頬《ほお》が少しこけて見える。

菊栄に頼まれた笄《こうがい》の試作に、随分と難儀していた和三郎だった。やっと試みの品の一作目を作り上げて、自ら届けに、五鈴屋を訪れたのだ。

「お預かりした品、菊栄さまが戻られたら、間違いなくお渡しします」

「手数をかけて、申し訳ない。まずは見てもらって、どこをどうするか、また改めて聞かせてもらいます」

そんな遣《や》り取《と》りをして、雷門《かみなりもん》の前で別れる。

店の方へと歩きだして、幸は何気なく振り返った。本堂の方に向かって、和三郎が手を合わせていた。

艶《つや》やかな木肌は、柘植《つげ》ならではのもの。

真ん中から両端にかけて広がり、亀甲《きっこう》の彫り物が巧みに施されている。棒状の品に慣れている者には、その正体はなかなか摑《つか》めないだろう。

「聞いていた通り、和三郎さんの腕は確かだすなぁ」

届けられた試みの笄に見入って、菊栄が吐息をついた。

「ただ、私の図案があきません。両側に広がり過ぎて、これやと悪い方に目立ってしまう。亀甲文も感心せんのだす」

幸も見ますか、と菊栄は手中の笄を差し出した。

両手で受け取って、じっくりと見入る。

もとより肌理《きめ》の細かな柘植ではあるが、和三郎の手で丹念に仕上げられ、優しい手触りだ。ただ、三味線《しゃみせん》の撥《ばち》を思わせる両端の広がりは、髪を結い難いかも知れない。

率直な感想を添えて笄を戻せば、そうだすのや、と菊栄は眉根《まゆね》を寄せた。

「笄を、髪結いの道具と見るか、飾りの方へ寄せるか、悩ましいとこだすな。和三郎さんには申し訳ないことだすが、まだまだ長いこと、試作に付き合うて頂くことになりますやろ」

笄を箱に入れ、手文庫に納めると、菊栄は「ああ、せや」と呟《つぶや》いた。傍らの文箱《ふばこ》を引き寄せて、一枚の紙を取りだし、畳へ置いた。

「開いてみとくれやす、幸」

三つ折りにした紙を、幸の方へと滑らせる。

「随分前に話していた、私の店の屋号だす。散々悩んで、結局これにしました」

幸は紙を取り上げると、わくわくと胸を弾ませて開いた。

「これは……」

中を確かめて、幸は戸惑いを隠せない。

書かれていた文字は「菊栄」。菊栄の名前に他ならなかった。

幸の様子に、菊栄は声を立てて笑いだす。

「『きくえ』と読むのと違いますのや。『きくえい』と読んどくれやす」

菊栄は「く」の音を殊更《ことさら》に強く発してみせた。

きくえい、きくえい、と繰り返して、幸は「なるほど」と感嘆する。

「座りも響きも良い、とても良い屋号だと思います」

おおきに、と菊栄はぎゅっと目を細めた。

「名前には、親の想《おも》いが籠《こも》ってますやろ。私のことも店のことも、ふた親に、ずっと守ってもらえますよってに」

近々、小間物仲間にも届け出て、屋号改めをするつもりだ、とのこと。

「菊栄さまには、本当に励まされます」

つくづくと言う幸に、「同じ言葉を返しますで」と、菊栄は微笑《ほほえ》んだ。そして、面持ちを改めると、こう続けた。

「来年のうちには、笄の商いを形にしたい、と思うてます。勧進大相撲の頃《ころ》に合わせて、売り出せたら宜《よろ》しおますなぁ。女子は相撲を観《み》られへんよって、代わりに笄で胸弾む思いをしてもらえるように」


卯月五日、勧進大相撲春場所は初日を迎えた。

櫓《やぐら》太鼓の鳴り響く中、男たちは、神田明神の相撲小屋を目指す。

今日ばかりは、浅草呉服太物仲間のどの店でも、呉服を求めるお客は殆《ほとん》ど居ない。

日中は亭主の代わりにおかみさんたちが、取組の終わる暮れ六つを過ぎれば男たちが、力士の名入りの藍染《あいぞ》めを買うために店へと詰めかけた。昨年の冬場所が飛んだことへの鬱積《うっせき》もあって、浴衣地は飛ぶように売れていく。

ことに、幕下から幕内に躍り出た白川の人気が凄《すさ》まじい。初日には置塩川《おしおがわ》、二日目は礒碇《いそいかり》、二名の幕内力士を打《う》っ棄《ちゃ》りで負かしたことから、殆どのお客がこれを求める。

それを見越して、白川の分だけ数多く備えておいたのは、浅草呉服太物仲間の先見の明に違いなかった。三日後からは荒滝と越ノ海《こしうみ》とが目覚ましい活躍を見せて、両名の浴衣も大人気となった。また、二段目の甲山《かぶとやま》は八場所全勝を果たして、冬場所への期待を大いに盛り上げた。

昨年の春場所と異なり、今場所は一度も雨に降られることなく、江戸中を熱狂させて、卯月十二日に八日間の興行を終えたのだった。

遠い昔、兄の雅由から一度だけ、先祖の話を聞いたことがあった。

太閤秀吉《たいこうひでよし》のもと、幸たちの曽祖父《そうそふ》にあたる人物は、武庫川《むこがわ》の治水普請に携わっていた。のちに戦で豊臣《とよとみ》勢が惨敗したため、曽祖父は刀を捨て、津門《つと》村で読み書きを教えて生きる道を選んだという。

津門村で育つ間も、天満で暮らすようになってからも、武家は遠く、出自について思うことなど一切なかった。江戸へ出て、武家が身近なものとなってから、度々、思案を巡らすようになっていた。

武士の系譜を誉《ほまれ》に思う、というのではない。

——侍が刀を捨てて身ひとつで生きねばならぬとしたら、最も必要なのは何か。そ

れはおそらく知恵ではなかったか、と
兄のひと言に集約されている通り、生きにくい世を知恵で乗り切った、その一事こそが尊い。

そんな由無《よし》し事を思いながら、幸は日照りの道を歩いていた。前を歩く佐助の足もとに短い影が添う。

通りの片側には、大名家下屋敷の白漆喰《しろしっくい》の土塀が延々と続く。主《あるじ》は上屋敷に住まわれると聞くが、下屋敷でさえこれなら、本邸はどれほどだろうか。幸はつい、先ほど訪ねた本田家を思い返した。

場所は下谷《したや》、広さは百坪ほどだろうか。お旗本の住まいとしては随分と慎ましい佇《たたず》まいだった。それまで居住していた拝領屋敷が広すぎたため、さる旗本の屋敷と交換して、移り住んだのだという。娘の嫁入りに必要な資金は、その相対替《あいたいがえ》によって捻出《ねんしゅつ》されたのだろう。先祖代々の屋敷を手放す、というのは何とも切ない決断だったのではなかろうか。

五鈴屋の帯結び指南に通う者の中には、浪士の娘や女房が幾人も居る。その誰もが裏店《うらだな》に住み、倹しい暮らしに耐えている。一家で働くのが当たり前で、そうしなければ家計を維持することが難しかった。

町家の暮らしがそれぞれであるように、武家だからと一括《くく》りにできるものではなく、暮らし向きの相違は甚《はなは》だしい。同じものが同じように求められるわけではないから、商いは難しい。だが、同時に知恵の絞り甲斐《がい》もある。先刻、面談を許された本田家の奥方と息女の幸せそうな様子を、幸は想った。

「ご寮《りょん》さん」

佐助が立ち止まり、幸を振り返った。その額から汗が滴り落ちている。

「このところ晴天が続いてますし、航路もきっと穏やかだすやろ。今月のうちには、本田さまご注文の船荷も届きます。そしたら、一段落だすなあ」

本田家ではすでに結納の儀も済み、嫁ぎ先へは嫁荷の目録が渡っている。あとは、輿入れ前に使者を立て、品々を納めれば良い。

五鈴屋に申し渡された搬入の日限は、葉月二十三日。ひと月近い余裕を残して、五鈴屋の蔵に品物が揃う。華美ではなく、品があり、かつ頃合いの値のもの、との五鈴屋の要望を聞き入れて、仕入れ店の巴屋が揃えたものだ。

「これを機に、嫁荷をお任せ頂ける機会も増えるかも知れません。黒綸子《くろりんず》地に金糸銀糸の刺繡《ししゅう》の菊花、帯は緯錦《ぬきにしき》――何時《いつ》か、そないな婚礼装束《しょうぞく》をご用意させて頂く日が来たら、ありがたいことだす」

かつて、天満菅原町の五鈴屋で引き受けた、豪奢《ごうしゃ》な婚礼装束を重ねてのことなのだろう。

何が求められ、どう応じるのか。案じる心と、高ぶる心が交錯する。幸はそっと手を頭にやり、髪に挿した笄に触れた。柘植《つげ》の優しい手触りを慈しむ。

金銀細工の簪《かんざし》から、買い求め易い笄へ——商う品の幅を広げようとする菊栄の心意気を想《おも》えば、自然、背筋が伸びる。

婚礼の装束であるなら、どのような依頼であっても、嫁ぐ娘に幸多かれ、との祈りの籠る仕度をさせてもらう。それこそが、「買《こ》うての幸い」であり、同時に「売っての幸せ」に違いなかろう。幸はそう自身に言い聞かせた。

今年に入って七度目となる帯結び指南は、処暑《しょしょ》と重なった。

この日までに中元を贈り合うのが習いであったため、五鈴屋の表座敷は、呉服切手の追加を求める武士で大層賑わっていた。

おかみさんたちは土間からその様子を見て、「邪魔じゃないのかねぇ」と気に病む。遠慮して引き返そうとするおかみさんたちに、幸が「お待ちしてました」と声をかけた。

初めてのひとが多いのだが、中にひとり、見覚えのある顔を認めて、あら、と幸は口もとを綻《ほころ》ばせる。

吉原に出稽古《でげいこ》に通う三味線《しゃみせん》の師匠《ししょう》、お勢だった。帯結び指南に現れるのは、およそ一年ぶりかと思われた。

「女将《おかみ》さん、その節はありがとうございました。お礼に伺おう伺おう、と思いながら、忙しさにかまけて時が経《た》ってしまって」

堪忍してくださいね、とお勢は幸を拝んでみせる。指の方も支障ないと聞いて、幸はほっと緩んだ息を吐いた。

次の間では、助っ人のお才を傍らに、お竹が早速と帯結び指南を始める。

「来月は八幡《はちまん》さまの祭礼やさかい、袴《はかま》に使われる帯結び、手軽に結べて解け難い、けんど、きちんとして見える帯結びをお教えしまひょ」

指南役の台詞《せりふ》に、おかみさんたちの間から、華やいだ歓声が起こった。

結び目はあくまで固く、両端は下がらずにぴんと伸びたまま。後ろから見ると、翼を広げた鳥にも似る。一刻《とき》ほどすれば、女たちは背中の小さな翼を互いに見せ合った。

「何も買わないで厚かましい、とは思うけど、こういうのを教えてもらえるから、つい、来ちまうんだよね」

「よくわかるよ。座敷の客を見たら、私なんぞは場違いにもほどがあるもの。でも、ついつい甘えちまうんだよねぇ」

おかみさんたちの遣《や》り取《と》りに、お竹が、

「そない寂しいこと、言わんでおくれやす。帯結び指南で皆さんにお会いできるんが、私らは嬉《うれ》しおますのや。この年寄りの楽しみを、取り上げんといておくなはれ」

と、朗らかに応じた。

満ち足りた表情で、翼を背負って帰っていく女たちを、幸は土間で見送る。最後のひとりは、お勢だった。

「この結び方、吉原の弟子に教えてやっても、構いませんか。きっと喜ぶと思うんですよ」

「もちろんです」

三味線の師匠の願いに応じつつも、幸は内心、吉原廓《くるわ》で教えるなら、もっと華やかな帯結びの方が喜ばれるのではないか、とも思っていた。

それを察したのか、相手は幸の眼《め》を見つめ、

「女将さん、覚えておいででしょうか。年季が明けても吉原を去らず、芸で身を立てたい、と願う遊女の話を」

と、切りだした。

「ええ、よく覚えています」

近年の吉原廓では珍しく、三味線や歌、踊りに秀でた遊女で、年季明けのあとは芸一本で生きていきたい、と願っているという。昨夏、お勢から聞かされた話は、遊女の志とともに、幸の胸に刻まれていた。

幸の首肯に、お勢は声を落として続ける。

「扇屋の歌扇《かせん》という妓《こ》なんですよ」

吉原には「芸者」あるいは「幇間《ほうかん》」と呼ばれる者が居て、座持ちを良くし、宴《うたげ》を盛り上げるために欠かせない。鳴り物や歌舞などの芸に秀でるが、あくまで男に限られる。ところが歌扇は「女芸者」として座敷に出ることを望んでいた。

「三味線も歌も踊りも達者な上に、気風《きっぷ》も良くてねぇ。芸者衆からは随分な嫌がらせをされてますし、未《いま》だに女郎扱いをされちゃあいるんですが、面白がって座敷に呼ぶお客が現れるようになりました」

その歌扇に、今回の帯結びを教えたい、とのこと。

幸自身は廓の内実に明るくないが、少なくとも大坂では、銀駒《ぎんこま》を始め芸事一筋で身を立てる女が居た。だが、江戸では随分と事情が異なる。男にしか認められない「芸者」の道を、最初に切り拓《ひら》こうとする歌扇に、幸は心惹《ひ》かれてならなかった。

「では、何かもっと良い帯結びがあれば、お教えできるようにしましょう」

そういう形で応援できれば、と幸は相手に伝えるのだった。


立春《りっしゅん》から数えて二百十日めは、古くから厄日とされている。

この日は野分《のわき》に襲われることが多く、丁度、稲の開花の時季でもあり、百姓にとっては油断がならなかった。浅草呉服太物仲間が、恵比寿屋の求めに従って、急遽《きゅうきょ》、寄合《よりあい》を開くことになったのは、まさに二百十日の朝であった。

「あまり良くない知らせです」

障子《しょうじ》越し、容赦のない雨音が続き、稲光で度々、外が青白く光る。恵比寿屋は、憂いを滲《にじ》ませて、座敷の仲間たちを見た。

「実は、日本橋音羽屋が、呉服切手を扱うことを決めたそうです。浅草呉服太物仲間の名を騙《かた》るわけではなく、日本橋音羽屋として呉服切手を売る、ということです。刷り仕事を請け負った者から洩《も》れたようで、刷師繋《つな》がりで私の耳に入りました。まず、間違いないかと」

恵比寿屋から齎《もたら》された凶報に、一同は険しい顔つきになる。

本両替商音羽屋忠兵衛の女房で、幸の実妹の結が店主を務める呉服太物商、日本橋音羽屋。確たる証があるわけではないが、染物師《そめものし》に鼻薬を嗅《か》がせて両面糊置《のりお》きの技法を盗んだのも、繰綿《くりわた》買い占めに絡んだのも日本橋音羽屋、否、実際に陰で糸を引いているのは、亭主の忠兵衛だろうと思われた。

「何とまぁ、恥知らずなことだ」

和泉屋が吐き捨てた。

和泉屋はお抱えの染物師により、糊置きの技法を洩らされた、という事情もあり、日本橋音羽屋の遣り口には、もとより怒り心頭だった。

饅頭《まんじゆう》切手にせよ、酒切手にせよ、紛い物が現れている。浅草呉服太物仲間では、偽物が出回らぬよう、紙や刷りに充分な工夫を施していた。いずれ、呉服切手という制度が真似《まね》られることはあるだろう、とは思っていたが……。

恵比寿屋さん、と幸は同業の店主を呼び、にじり寄る。

「お尋ねします、呉服切手は何処《どこ》かと組んでのものでしょうか。どういう内容のものか、わかる範囲で教えて頂けますでしょうか」

五鈴屋江戸《えど》本店《ほんだな》店主と、日本橋音羽屋店主が、血を分けた姉妹であることは周知の事実だった。

その心中を慮《おもんぱか》ってか、恵比寿屋は束の間《つかま》、目を伏せ、顔を上げると幸の眼を見た。

「他店と組んでのものではなく、日本橋音羽屋のみで通用する切手だそうです。額面は、銀二百匁《もんめ》。銀二百匁までなら好きな品と交換できる、と聞きました」

銀二百匁、とあちこちで驚きの声が上がる。こちらの倍、それも、好みの反物《たんもの》と引き換えられる、というのだ。好きな品物を選べる、というのは買い物の醍醐味《だいごみ》でもある。その意味で「してやられた」との思いが、確かにあった。

「こちらは、色違いを選べはしますが、家内安全の小紋染めだけです。いずれは、店ごとに何か特徴のあるものを、と皆で知恵を出し合っていたところでした。よもや、こんな形で先を越されるとは」

松見屋が、心底口惜《くや》しげに呻《うめ》いた。

昨年まで馬喰町の呉服仲間に属していた丸屋が、怪訝《けげん》そうに首を傾《かし》げる。

「三年前の大火のあと、値を引き上げた呉服商が殆どでした。日本橋音羽屋さんも、再建のあと、ほぼ全《すべ》ての品を値上げされたはず。確か、自慢の十二支の小紋染めも、一反銀百匁が、百五十匁に改められたはずです」

丸屋のひと言に、皆が一様に考え込んだ。

額面との差額はどうするのか。

釣銭を出すのか、それとも太物などを足して、二百匁に達するようにするのか。

皆の視線が、呉服切手を最初に提案した幸へと注がれる。

自分ならどうするだろうか、と思案しつつ、幸は唇を解いた。

「おそらく、切手の表に、釣銭は出ない旨《むね》の但し書きが加えられるのではないでしょうか」

差額の返金に応じるのは手間だし、間違いも生じやすい。避けられるに越したことはない。だが、買い手の気持ちを考えれば、そう簡単には踏み切れないものだ。だからこそ、差額を生じさせない、というのは浅草呉服太物仲間の呉服切手の肝でもあった。

日本橋音羽屋は、しかし、そうは考えないのではなかろうか。切手を贈られた者は、自らの懐を痛めた訳ではないから、差額の放棄は大した問題ではない――忠兵衛ならば、そう判断したのではないか。

「逆に、買い物の総額が二百匁を超える場合は、切手を持参した者に負担させる。つまり、二百匁に足らずとも、また二百匁を超えても、日本橋音羽屋の儲《もう》けになる仕組みかと存じます。そこには、お客に対する『信』は一切ないように思われます」

五鈴屋江戸本店店主の意見に、恵比寿屋が深く頷いた。

仲間たちの間に、苦々しくてならない、という雰囲気が溢《あふ》れる。やれやれ、とでも言いたげに、河内屋が頭を振った。

「帳尻《ちょうじり》を合わせるような買い物を強いられたのでは、切手を贈られる側は堪《たま》ったものではない。贈る側とて、日本橋音羽屋の遣り口は、決して快いものではない。世間にしても、呉服切手とはそのようなものか、と思い込んでしまう。贈る側も贈られた側も、おまけに世間にも悪い。『三方よし』ならぬ『三方悪《あ》し』だ」

長老のひと言に、座が僅《わず》かに緩む。

結局、日本橋音羽屋の呉服切手に関しては、一切、気遣い無用となった。


日中の暑さは逃れようもないほどに厳しいのだが、寝苦しさからは解放され、夜明けになれば、草や葉に、透き通った丸い露珠《つゆだま》が置かれるようになった。

そのひとが五鈴屋を訪れたのは、そんな白露《はくろ》の早朝であった。

薄墨の長着に、銀鼠《ぎんねず》の帯を巻いた立ち姿。歳《とし》を重ね、なおも不思議な色香を纏《まと》う客人に、主従は喜色満面となる。

いち早く土間へ下り、幸は相手に駆け寄った。

「菊次郎さま」

「七代目、久しいのぉ」

菊次郎が五鈴屋の暖簾《のれん》を潜《くぐ》るのは、呉服商いを再開してから初めてであった。

店開《たなあ》け前、仕度途中の座敷を、女形はぐるりと見渡した。

「今まで太物だけの店前も好ましいと思うたが、こうやって眺めたなら、太物と呉服、両方揃ってこその五鈴屋やったんやなぁ」

ほんに宜しいおましたな、と菊次郎は幸に笑みを向けた。

三度、芝居小屋が焼けて、消沈した菊次郎を知る身。店まで顔を見せてもらえたことが、ありがたくてならなかった。

なかなか言葉が出てこない幸に、菊次郎は優しく告げる。

「あんさんに相談したいことがおましてな。店開け前に済まんことやけれど」

そうした申し出は初めてだった。相談とは何だろうか、と戸惑いつつも、

「奥座敷の方が落ち着いて伺えます。どうぞ、こちらへ」

と、先に立って客人を奥へと誘った。

「相談いうんは、ほかでもない、吉次のことだす」

襖《ふすま》が閉じられるや否や、菊次郎は前置き無しに切りだした。

「鷺娘の出来が良すぎたせいか、あれに『純白』の色がついてしもうた」

役者に色が与えられるのは、悪いことではない。ただ、若いうちは良いとして、「純白」では先々、当人が息苦しい思いをするだろう。

「何色にでも染まる白は、役者にとっては願ってもない色やが、いずれ吉次の色、吉次にしか出せん色が必ず要る」

弟子への想いを滲ませて、師匠は言う。

純白をずっと求められ続けるのは息苦しい、というのは「そうかも知れない」と思う。だが、果たして、何をどうするのか、相談事の内容を幸は摑みかねていた。

幸の困惑を察して、菊次郎はほろ苦く笑う。膝《ひざ》を進めてにじり寄ると、女形は店主の方へと身を傾けた。

「五鈴屋お抱えの染物師に、引き合わせてほしい。最初に小紋染めを手がけた男、富《とみ》五郎《ごろう》の纏うた江戸紫《えどむらさき》、あの色を染めた男に」

力造さんに、と小さく応じて、幸は相手の双眸《そうぼう》を見つめる。まだ、菊次郎の意図を酌みかねる。

「色を作ってもらいますのや。まだ世の中にない、吉次に相応《ふさわ》しい色を」

女形の言葉の意味をじっと考えていた幸は、ほどなく「あっ」と声を洩らす。

友禅染めのような技を持ちえない江戸の染物師たちは、奢侈《しゃし》禁止令のあと、「四十八茶、百鼠」と呼ばれるほど多彩な色を生みだした——そんな話を、近江屋の支配人久助と、染物師の力造、両者から聞いていた。

なるほど、今ある色ではなく、新たな吉次の色を作るのか。

吉弥《きちや》結びに水木《みずき》結び、市松《いちまつ》紋様に小六《ころく》染め。帯の結び方や反物の紋様に、所縁《ゆかり》の歌舞伎《ぶき》役者の名がつけられて流行ることはあれど、未《いま》だ、役者由来の色を知らない。

もしも、そんな色が生まれたなら……。

「今からご案内させて頂きます」

時が惜しい、と幸は急いで立ち上がった。

ちょん、ぎーい

ぎーいっ、ちょん

廊下に置かれた瓦灯《かとう》の陰から、きりぎりすの鳴き声がする。機織《はたおる》虫の異名の通り、こんな夜更けに誰かが機を織っているのか、と思うほど、賑やかな音だ。

襖を隔てた奥座敷では、先刻から虫の音に紛れて、密《ひそ》やかな話し声が続いていた。

「ほな、力造さんは菊次郎さんの頼み、受けはったんだすなぁ」

感嘆のあと、ただ、と菊栄は声を低める。

「奢侈禁止令のあと、仰山の色が生まれて、出尽くしてしもうたようにも思うんだす。新しい色を作るとなると、時がかかるんと違うやろか」

友の懸念に、ええ、と幸は頷いた。

「何年かかっても良い、と菊次郎さんは仰《おつしや》っていました。力造さんも、だからこそ引き受けられたんだと思います」

産声を上げるまでにたとえ何年かかったとしても、その色が二代目吉之丞の色として後世に受け継がれるならば、甲斐がある。菊次郎も力造も、その一心に違いない。

幸の話を聞き終えて、「ほうか」と、菊栄は短く息を吐いた。

「つくづく思うんだすが、身分や金銀に飽かして役者の囲い込みを図るんは、ほんに愚かだす。真に役者を支えるんは、己の欲得を押し付けることなしに、ただ役者の作り上げる舞台を好んで芝居小屋に通う、名もない観客と違いますやろか」

それに、と菊栄は柔らかに続ける。

「そういうお客さんは、健気《けなげ》なんだす。吉次さんの色が生まれたなら、真っ先にその色を身につけたい、と願わはる。襦袢《じゆばん》、長着、帯、袱紗《ふくさ》、手拭《てぬぐ》いに巾着《きんちやく》に手絡《てがら》。色を纏うことで、二代目吉之丞を応援しようとしはります。そこから吉次さんの色が世の中に広まっていく。ほんに、夢のある話だす」

五鈴屋の呉服太物、「菊栄《きくえい》」の簪と笄、それに二代目吉之丞の色。のちの世に伝えられるとしたなら、こんなに嬉しいことはない。

菊栄の台詞に相槌《あいづち》を打つ代わりに、幸は深く首肯して賛意を示した。

隙間風《すきまかぜ》が瓦灯の火を揺らしたのか、不意に虫の音が止《や》んだ。

廊下の方へ目を向けて、菊栄は少しの間、口を噤《つぐ》んだ。逡巡《しゅんじゅん》の末、幸に視線を戻す。

「今日、屋敷回りのあとで井筒屋へ寄って、惣ぼんと会うたんだす。これは惣ぼんさんから聞いた話だすが、あまり気持ちのええもんやないよって、幸の耳には入れんつもりだした。ほかでもない、日本橋音羽屋のことだす」

よもや、二百十日の寄合《よりあい》に次いで、またもその名を耳にするとは思わなかった。だが、大抵の話なら動じぬ強さが、今の幸にはある。

「吉次さんの鷺娘で売りだした、舶来の白綸子がおましたやろ。あれが抜買《ぬけがい》やないか、て噂が流れてるそうだす」

抜買とは、密貿易によって得られた品を買い上げることで、露見すれば死罪を免れない。

それは、と幸は落ち着いて応える。

「それは、まずないと思います。音羽屋忠兵衛はもとは呉服商の奉公人、そこまでして危ない橋を渡るほど、愚かではないでしょう」

「惣ぼんも同じように言うてはりました。私もそうやと思う。ただ、そないな噂が出るには、根深い理由がおますのや。日本橋音羽屋は、あの白綸子をお武家相手に売り伸ばさはった。しかも、婚礼装束に的を絞って。それはまぁ、知恵と言えんこともないんだすが、お抱えの呉服商を蔑《ないがし》ろにする遣り口に、同業の不満は募る一方なんだす。それが根も葉もない噂に繋がるんだすやろな」

これまで五鈴屋に関して、それこそ根も葉もない噂を流し、中傷の種を蒔《ま》いたのは、誰だったか。廻《めぐ》り廻って、それが己に跳ね返ったのではないか——菊栄は静かに指摘して、こう結んだ。

「幸のことや、同情もせん代わりに、溜飲《りゅういん》を下げることもないだすやろ。せやさかい、耳に入れさせてもらいました」

五鈴屋が本田家の用人《ようにん》、今井籐七郎の不意の訪問を受けたのは、幸が菊栄から日本橋音羽屋に関しての噂話を聞いた、その翌日のことだった。

「明日、明後日《あさって》のうちに船荷が届くかと存じます。全て予定通りですので、どうぞご安心くださいませ」

店開け前、奥座敷に通された籐七郎は、主の言葉に「左様か」と、ほっとした体で頷いた。

「では、まだ荷はここにない、ということでござるな」

船荷がまだ届いていない、という事実に念を押してから、籐七郎は徐《おもむろ》に畳に掌《てのひら》をついた。

「当家より依頼の嫁荷について、まことに申し訳ないが、遠慮を願いたい。この通り、お詫《わ》び申す」

江戸と大坂、往復の船荷代は当家で持たせて頂くゆえ、と用人は上ずった声で言って、深々と頭を下げた。

幸は唇を真一文字に引き結ぶ。慶《よろこ》び事のため、忌み言葉を避けているのだろうが、遠慮とは、即《すなわ》ち取り消しの意味に違いなかった。

そ、それは、と佐助が狼狽《うろた》えて、腰を浮かせる。

「何ぞ、こちらに不手際がおましたか。訳を、訳を教えとくなはれ」

嫁ぎゆく姫君のため、店をあげて、心を尽くして品選びをした。手配を済ませ、今にも荷が届く、という段になって「なかったもの」とされるとは思いもしない。

「その方らには、何の落ち度もない」

頭を下げたまま、籐七郎は続ける。

「浮世の義理で、他店に任せざるを得なくなった。当家としては致し方のないことゆえ、堪《こら》えて頂かねばならぬ」

心底辛《つら》そうに、用人は声を絞りだした。

そんな、と佐助が絶句している。

五鈴屋江戸本店にとって、初めて任された嫁荷である。花嫁の幸せと嫁ぎ先の繁栄を願い、仕入れ店の巴屋には、染めや柄にも細かな注文をつけた。文《ふみ》だけでなく、見《み》本帖《ほんちょう》の遣り取りも重ねた。支配人にしてみれば、ぬかりなく手筈《てはず》を整えてきたはずが、今さら白紙に戻せ、と言われて納得できる道理もない。ただ、武家相手に商人が不服を口にすることなど、出来るはずもなかった。

同じく畳に手を置いて、幸は静かに尋ねる。

「他店とは、日本橋音羽屋でしょうか」

「それは……」

よもや相手の口からその名が出るとは思わなかったのだろう。用人は言葉に詰まり、項垂《うなだ》れる。それこそが確かな返答であった。

――お抱えの呉服商を蔑ろにする遣り口に、同業の不満は募る一方なんだす先達て聞いた、菊栄の話が思い起こされる。怒りよりも戸惑いよりも、家禄五十俵の旗本の嫁荷にまで割り込むのか、との驚きの方が優った。なるほど、これでは同業の恨みを買うだろう。

仕入れ店の目利きを奥方も息女も大層喜び、反物が納まる日を心待ちにしていたはずではなかったか。それでも呉服商を替える、というのは余程の「浮世の義理」。迎える側には、結納の儀により目録が渡されている。記載された反物を実際に納めるのが五鈴屋であろうが、日本橋音羽屋であろうが、先方にとってはあまり重要ではないのだ。

また、五鈴屋が揃えた呉服たちは、大坂本店に戻さずとも、店前に置けばきっと求めるひとが居る。五鈴屋が蒙《こうむ》る損は抑え込むことができるに違いない。気持ちの面は別として、取り消しによる傷は小さくできる。幸はそう判断して、本田家用人へと向かった。

「本田さまとは、一反の友禅をきっかけにご縁を賜《たまわ》りました。姫君さまのお輿入《こしい》れに水を差すことがあってはなりません。遠慮の由、承知いたしました」

「ありがたい」

用人は安堵《あんど》を滲ませて「かたじけない」と前よりも一層、深く頭を下げた。

店主の判断に奉公人が否やを唱えるなど、許されるはずもない。わなわなと身を震わせて、佐助は懸命に動揺を堪えている。

支配人の心情を慮りつつも、幸は用人へと向き直った。

「ただ、気がかりがひとつ、ございます」

気がかり、と繰り返し、相手は顔を上げて五鈴屋店主を見た。

「何なりと申されよ」

「日限は、葉月二十三日のままでしょうか。もしそうなら、既にひと月を切っております」

皆まで言わず、幸はそこで言葉を止めた。それだけの日数で充分な品ぞろえが叶《かな》うのか、という幸の疑問を、籐七郎は酌んだに違いない。

「大事ない、日限は葉月二十八日に延ばした。晦日《みそか》は黒日《くろび》ゆえ、その前日としたのだ。五日ほど余裕が生まれたので、輿入れには間に合う」

武家の習いか、あるいは五鈴屋にそこまでの信がないのか、幸たちは呉服を納める日限を言い渡されただけで、祝言の日取りを明かされていない。だが、用人の口振りから、そう長い時が残されているわけではないことが読み取れる。

気にせずとも良い、と自身に言い聞かせつつ、しかし、ざわざわと胸が騒ぎだすのを、幸は止められない。

「差支えなければ、ご教示くださいませ。お輿入れは、長月早々ということなのでしょうか」

問いながら、幸は知らず知らず、膝に置いた掌で紬地《つむぎじ》をぐっと摑んでいた。

売買の関《かか》わりがなくなるはずが、何故、五鈴屋はそれを知りたがるのか。用人として思う所はあるのだろうが、

「遠慮を快く受け入れてもろうたゆえ、私の判断で教えるが、決して外へ洩らさぬように」

と、五鈴屋の主従に念を押した。

「長月朔日《ついたち》。朔日はめでたき日、しかも神吉日《かみよしにち》でもあり、この日に相なった」

長月朔日、と幸は小さく繰り返す。

気にかける必要などないのかも知れない。けれど、万一、そう、万が一……。

店主の黙考を奇異に思ったのか、傍らに控えていた支配人が同じく「長月朔日」と考え込む。ほどなく、ああ、と短く声を発した。

「長月朔日、て……ご寮さん、もしや、弥右衛門先生の」

店主の方へと身を乗りだす支配人に、幸は無言のまま、ゆっくりと頷いてみせた。

主従の様子に不穏なものを感じたのだろう、籐七郎は不審そうに問い質《ただ》す。

「結納の儀も祝言も、暦《こよみ》の吉日に則り、両家で吟味して日を決めたもの。輿入れが長月朔日では、何か差し障りでもあると申すのか」

用人からの詰問に、どう答えたものか、と幸は唇を引き結んで、じっと思案する。

店主の無言に不安を掻《か》き立てられてか、籐七郎は袴《はかま》の前紐《まえひも》から扇子を引き抜くと、忙《せわ》しなく、開いたり閉じたりを繰り返した。

「早う答えよ。長月朔日では何とする」

急《せ》かされて漸《ようや》く、幸は腹を決めた。

「その日は、もしや、日食が起きるやも知れません」

何、日食、と用人は意外そうな面持ちを幸に向ける。

「日食とは、陽《ひ》の光が大地に射《さ》さなくなる、あれのことか。大悪日とされる、あの」

日は月の上にあり、月は日の下にある。両者が重なる時、月に隔てられて、日は欠けて暗くなる――日食はそのように説かれるが、理屈は今ひとつ、よくわからない。

ただ、天赦日が最吉日なら、日食はその逆、何事も忌むべし、とされていた。

「左様でございます、その日食でございます」

「馬鹿を申せ」

用人は畳を強く叩《たた》き、怒声を上げた。

「日食ならば、必ず暦に記される。今年の暦の何処《どこ》に、そのようなことが書かれておった」

「記載はございません。ただ、天文の知識のあるかたたちの間で、そのような話が出ているのでございます」

店主の返答に、何と、と籐七郎は憤怒で顔を朱に染める。

「天文を専《もっぱ》らの職とするわけでもない者たちの戯言《ざれごと》ではないか。それとも、公儀の天《てん》文方《もんかた》が見落としたとでも申すのか。おかみを愚弄《ぐろう》するに近い物言いと心得よ」

息も継がずに捲《ま》くし立て、籐七郎は立ち上がった。主従を睨《にら》みつけると、

「当家への腹いせであろうが、全くもって許し難い。二度と関わらぬ」

と吐き捨てて、見送る隙も与えずに去った。

土間に佇み、主従は用人の去ったあとの戸口を眺める。

佐助は、あれで、と掠《かす》れた声を洩らした。

「あれで、ほんまに宜《よろ》しおましたんやろか」

もしも日食が起こらなければ、用人の言う通り、五鈴屋の戯言で終わる。遣り切れなさが、支配人の声に滲む。

日食の予測がどうやってなされるのか、幸も不知であった。しかし、弥右衛門がわざわざ追書《おって》に記した、という事実はとても重い。

「日食が起きなければ、それはそれで良い。戯言だと責められても、一向に構いません。仮に店の評判が落ちたとしても、一時のことです」

明瞭《めいりよう》な語調で言って、店主は視線を戸口から支配人へと移す。

「輿入れは、両家にとって重要な慶事、万が一にも、不吉の兆しがあってはならないのです。知っていて告げないことの方が不実ですし、暖簾の信用にも関わります」

店主の言葉を聞き終えて、佐助は暫く、ぐっと唇を嚙み締めて耐えていた。

籐七郎の言う「浮世の義理」に、音羽屋忠兵衛が絡むことは間違いない。

例えば、音羽屋が大名に取り入り、本田家に対して日本橋音羽屋を推すように仕向けたとしたらどうか。家禄五十俵、無役の旗本が、大名の薦めを無視できる道理もないのではないか。

「またしても、あのおひとだすのやな」

結の名を出さぬままに、佐助は呻《うめ》く。

「何で、あないなひとになってしまわはったんだすやろか……ほんに何で……」

佐助の問いかけに対する答えを、幸は持たない。

――どない足掻《あが》いたかて、姉さんには敵《かな》わへん。そんなひとの傍《そば》で生きなあかん息苦しさ、姉さんには生涯、わからへんと思います
祝言の日の花嫁の台詞《せりふ》を、妹の口から発せられた言葉を、幸は思い返す。

母の房が亡くなり、結を津門村から天満菅原町の五鈴屋に引き取った。その時から姉妹の間の歯車は軋《きし》み、狂い始めたのかも知れない。持って生まれた気質の違いもあるが、ともに暮らした歳月の中で育《はぐく》まれた因縁《いんねん》が、今の事態に至ったのだろう。因縁であるなら、逆らわず、嘆かず、淡々と受け止めるだけだ。

土間の向こうで、青みがかった緑色の暖簾を手にした長次と大吉が、こちらの様子を気にしている。そろそろ店開けの刻限だった。

佐助どん、と幸は支配人を促し、表座敷へと向かう。開け放った戸口に、早くもお客の待つ姿があった。

第九章　不注年暦

四季の廻《めぐ》りを、ひとびとは肌で知る。

夏至や冬至、春分や秋分は、日脚の伸びや陽射《ひざ》しの角度で、あらかた予測がつく。

だが、その年の大の月と小の月がいつか、閏月《うるう》があるのか、あるとして、いつなのかは、暦《こよみ》を見るまでは、皆目わからない。つまり、暮らしの中に、暦は欠かせないものだ。

「綴暦《とじごよみ》て、色んなことが載ってて楽しおますなぁ」

朝餉《あさげ》の仕度を終えたお梅が、板の間の上り口に腰を掛けて、江戸暦を眺めている。

柱にも「柱暦」と呼ばれる一枚刷りの暦が貼《は》ってあるのだが、そちらだと大小の月と閏月しかわからない。

「葉月晦日《みそか》、ああ、今日は黒日なんだすか」

指で今日の日付を押さえて、お梅は哀《かな》しげに洩《も》らす。

「お梅どん、そないなとこで油売ってんと、早うお膳《ぜん》を並べなはれ」

土間伝いに台所を覗《のぞ》いて、お竹がお梅を叱《しか》りつけた。しかし、へぇ、と生返事をしたものの、お梅の眼《め》はまだ暦を追っている。

「今朝がた、小梅と小夏にお布団に粗相されたんも、うちのひとと口喧嘩《くちげんか》したんも、黒日やったからなんだすなぁ」

黒日とは、万事において悪く、無理を通せば命を落としかねない、とされる日をいう。注意を促すため、一目でわかるよう、暦に黒い丸印が記されている。

「お梅どん、梅松さんと口喧嘩したんだすか」

幸と一緒に板の間へ移って、菊栄が笑いながら尋ねる。

「口の重い梅松さんと、お喋《しゃべ》りのお梅どんが、一体、どないなことで遣《や》り合うんだすやろか」

「糊《のり》の利いた洗濯物は気持ちええよって、私は手拭《てぬぐ》いにもきちんと糊付けしますのや。せやのに、その手拭いで顔を拭《ふ》いたら瞼《まぶた》に刺さって怪我《けが》したとか、畳む度に力が要って手ぇが疲れるとか、うちのひとは、いちいち言うことが大袈裟《おおげさ》なんだす」

亭主との口論を思い出したのか、お梅は悔しそうに口を尖《とが》らせる。

「お梅どんが拗《す》ねるんも、無理おまへんなぁ。あの糊付けは、お梅どんだけの技だすよって」

自分で言っておいて菊栄は笑い転げ、遣り取りを聞いていたお竹はお竹で、

「糊が勿体《もったい》ないて、いつも言うてますやろ」

と、眉間《みけん》に皺《しわ》を寄せる。

奉公人たちが朝餉を取るために、順次、板の間に集まっていた。お梅の黒日でひとしきり笑ったあと、豆七が、

「けど、今日が黒日やったら、明日はええ一日になりますで。きっとそうだす」

と、ひとりで合点してみせた。

佐助が目立たぬように幸を見る。幸もまた、微《かす》かに頷《うなず》いてみせた。

明日、長月朔日《ついたち》に日食があるかも知れない。弥右衛門から知らされた件については、幸と佐助の間だけで留《と》めて、他の者には洩らしていない。

本田家の嫁荷の話が壊れたことで、皆、「何かある」と思ってはいるだろう。しかし、店主と支配人から「日を改めて、詳細に話す」と伝えられているため、誰《だれ》もそれに触れない。徒《いたずら》に皆を動揺させぬため、今夜、暖簾《のれん》を終《しま》ったあと、幸の口から伝えることになっていた。

「お梅どん、余所見《よそみ》しながらご飯装うんは止《や》めなはれ。ほんに、ええ加減にしよし」

まだ暦に気を取られているお梅を叱責《しっせき》し、お竹は、手を伸ばして暦を閉じる。

「明日は長月朔日で、着物が袷《あわせ》になりますのや。今日中にせなならんことが山積みだすのやで。ちゃっちゃと動きなはれ」

お竹に雷を落とされて、ひゃっとお梅は肩を竦《すく》めた。

「単衣《ひとえ》が今日までいうんは、名残惜しいことですなぁ。私は太いよって、裏がついた着物はまだ暑うて暑うて」

太短い体形の長次が言えば、痩《や》せて長身の壮太が、

「身体《からだ》つきのせいばかりと違う、今年は何時《いつ》までも暑いよって」

と、宥《なだ》めた。

板の間に集った皆が、壮太のひと言に「確かに」とばかり頷いている。

暦の上では、今日は寒露《かんろ》。例年ならばそろそろ綿入れが恋しくなる時季だった。だが、ここ最近、早朝や深夜は冷えるものの、陽のあるうちは動けば汗ばむ日が続いていた。

「こないな年は、いきなり寒さが来ますよって、気を付けななりませんなぁ」

お梅は言って、やっと杓文字《しゃもじ》を持ち直して、飯茶碗《めしぢゃわん》にご飯を装い始めた。

きーい、きききききき

きぃきぃ、きききききき

百舌鳥《もず》の高鳴きが、未明の静寂を破る。

寝床で目を閉じていた幸は、けたたましい鳴き声に驚き、はっと双眸《そうぼう》を見開いた。障子《しょうじ》の向こう側が僅《わず》かに色を孕《はら》み、夜明けが近いことを知らせる。

少し前まで寝返りばかり打っていた菊栄が、幸、と小さな声で呼んだ。

「起きてはりますか」

「ええ、菊栄さま」

幸の返事に、菊栄が起き上がる気配がした。幸もまた夜着を退《の》けて、上体を起こす。互いに膝行《しっこう》し、衝立《ついたて》の脇《わき》で向かい合うのだが、相手の表情までは定かではなかった。

「日食が起きるか否か、気になって寝てられへんのだす」

菊栄は悩ましげに吐息をつく。

「十八年ほど前、大坂でも日食が見られました。鉄漿粉《おはぐろこ》がよう売れて、紅屋が息を吹き返した頃《ころ》やさかい、よう覚えてますのや」

日食が何故起きるか、理由を正しく理解し、行き届いた説明を出来る者は少ない。

それでも、暦に日食が記載されると、その日を待ちわびるようになる。当時、暦に日食の見られる日付と欠け始める刻《とき》が明記されていたので、紅屋でも皆が楽しみに待っていたという。

「お日ぃさんをじかに見たら、目ぇを傷めてしまう。店の表に床几《しょうぎ》を出して、水を張った盥《たらい》を置いて、水面に日ぃを映して、欠けていく姿を眺めたんだす。短い間なら、そうやって見ても構わへん、と教わりましたのや。予《あらかじ》め日食があるんがわかっていたからこその、お祭り騒ぎだした」

菊栄の話に、幸は深く頷いた。

月の満ち欠けは毎夜のことだが、日が欠け、暫《しばら》くして戻る、というのを目の当たりにするのは稀《まれ》だ。日食が起きるだろう日時を暦が示し、それが的中するからこそ、ひとは暦を信じ、さらには暦を作らせた幕府に信を置く。

万が一、今日、暦にない日食が起きたら、一体どうなるのか。

「辰《たつ》の刻だしたな」

「はい、弥右衛門先生の文には、長月朔日、辰の刻、とありました」

朝五つ（午前八時）から五つ半（午前九時）の間に欠け始める、ということだろう。あと一刻《とき》半（三時間）ほどか。

寝間の沈黙を埋めるように、百舌鳥の高鳴きはまだ続いている。

捨て鐘が三つ、続いて六つ。

浅草寺の境内《けいだい》にある時の鐘が、一日の始まりを告げる。

頭上には、歳星《さいせい》がひと際明るい。明けの明星はまだ見えず、陽も顔を出していないが、紅を差すに似た東天がその在《あ》り処《か》を示して、今日の上天気を約束していた。

半刻ばかり過ぎた頃には、路地からご飯を炊く香りが漂い、広小路《ひろこうじ》へと続く表通りには豆腐や青物の振り売りが行き交う。

「えらく良い天気だな」

「長月だってのに、今日も暑くなりそうだ」

朝焼けも終わり、菫《すみれ》色の空には一片の雲の姿もなく、かっと照り付ける陽射しが眩《まぶ》しい。誰もが空を仰ぎ見て、その美しさに嘆息した。

五鈴屋の表を箒《ほうき》で掃《は》き清めながら、大吉は幾度も幾度も、心配そうに天を眺める。

豆七などは、用もないのに勝手口を出たり入ったりして、佐助に咎《とが》められた。

「ええか、日食のあるなしに関《かか》わらず、いつもと同じように過ごしなはれ」

今朝、店主から命じられた言葉を、支配人は幾度も繰り返す。

早朝から、近江屋と千代友屋、それぞれに使いに出されていた壮太と賢輔も戻り、

「近江屋の支配人が、えらい驚いてはりました」

「千代友屋の旦那《だん》さんとご寮《りよん》さんが、『万が一の時のために、心づもりしておきます』と、感謝しておられました」

と、報告する。

表座敷には小紋《こもん》染めなどの呉服と、藍《あい》染め浴衣地《ゆかたじ》などの太物《ふともの》が撞木《しゆもく》に掛けられ、お客の眼《め》に触れるのを待っている。あとは暖簾《のれん》を出すばかりだ。

「では、今日も気張りましょう」

店主の言葉に、一同は「へぇ」と声を揃《そろ》えた。

朝五つ、最初のお客が現れた時から、異変は始まろうとしていた。

「さっきまであんなに上天気だったのに、何だか急に、空が暗くなり始めたよ」

座敷に上がったお客は、賢輔相手に外を示して、雨になるんだろうかねぇ、と訝《いぶか》しそうに戸口の方を眺めた。長暖簾《ながのれん》の下から覗いていた日照りの地面が、翳《かげ》っている。

「おい、やけに薄暗くねぇか」

「妙だな、明けの明星がまだ見えてるよ」

五つの鐘が名残を留《とど》める田原町の表通りから、そんな遣り取りが聞こえていた。

来月十日に勧進大相撲《かんじんおおずもう》冬場所が予定されていることから、この日、五鈴屋では力士の名入りの浴衣地について、多くのお客から問い合わせを受けていた。

「ご寮さん」

買い物客を送ったあと、賢輔が幸を呼び、長暖簾を捲《まく》ってみせる。

小半刻《こはんとき》（約三十分）のうちに薄暗さは増し、明らかに異変が辺りを覆っていた。汗ばむほどだったはずが、袷でさえ寒い。

一体、何が起ころうとしているのか。誰もが意味もわからず、立ち止まって不安げに空を仰いでいる。

「まさか、天変地異の前触れじゃあるまいな」

誰かが不安を口にした途端、得体の知れぬ恐怖が、ひたひたと波のように押し寄せてきた。我が子を抱えて家を目指す者、浅草寺の本堂に向かって駆けだす者、日を見つめ過ぎたのか、両の手で目を覆って蹲《うずくま》る者。

ひとびとの恐怖が、今にも弾《はじ》けそうになっていた。

日食に違いない。

弥右衛門の文《ふみ》にあった通り、日食が始まったのだ――黙したまま、幸は座敷の方を振り返り、奉公人らに首肯してみせる。小頭役《こがしらやく》や手代《てだい》らは、密《ひそ》かに「了解」の頷きを返し、支配人はお客に中座を詫《わ》びて、座敷から土間へと移った。

「外は随分と騒がしいようだけれど」

「何かあったんだろうか」

座敷の買い物客同士、不安そうに話している。

前触れなく日が欠けていくことほど、恐ろしいものはない。どうすれば、どう伝えれば良いのか。

「幸、桶《おけ》を持ってきましたで」

お梅に手伝わせて、菊栄が半切り桶を運んできた。満々と水が張られている。

幸は、今朝がたの菊栄との遣り取りを思い出して、

「店の前へ置きましょう」

と、促した。

長暖簾の裾《すそ》を竿《さお》に挟んで、賢輔と佐助が通り道を作る。菊栄とお梅は半切り桶を表へ出して、地面に置いた。

揺らぎが落ち着くと、鏡にも似た水面に、昏《くら》い空が映り込んでいた。

「お梅どん、見てみなはれ。お日ぃさんが綺麗《きれい》に欠けてますやろ」

殺気立った雰囲気にそぐわぬ、伸びやかで晴れやかな菊栄の声だった。

幾人かが、何事か、と振り返る。

「いやぁ、ほんまにほんまだすなぁ」

地面に屈《かが》んで、お梅が邪気のない声を上げる。

「お日ぃさんをこないして眺めるんは、生まれて初めてだす。日食て、ほんにお日ぃさんが欠けるんだすなぁ」

日食、というひと言に、周囲は一瞬、静まり返った。

「日食だと」

「今、日食って言ったのか」

見知らぬ者同士が確かめ合い、桶へと引き寄せられていく。忽《たちま》ち、周囲に人垣ができた。

水面に映り込んだ日は、半分に欠けている。

「おかしいじゃねぇか、暦には何にも書いてなかったぞ」

「絡繰《からく》りがあるんじゃねぇのか」

疑う者たちが天水桶《てんすいおけ》を引き摺《ず》って、通りの中ほどに置いた。向かいの店でも、奉公人が五鈴屋を真似《まね》て、桶を出して水を張る。

「水に映ったものでも、お日ぃさんはお日ぃさんだす。長いこと見たら、目ぇ痛めますよって、気ぃつけておくれやす」

見かねたのだろう、医師柳井道善のもとで育てられた大吉が、懸命に声を張った。

五鈴屋の半切り桶でも、天水桶でも、丼《どんぶり》でも鍋《なべ》でも、水に浮いた日は何時《いつ》しか七分近く欠けている。皆が固唾《かたず》を呑《の》んで見守るうち、少しずつ、身幅を広げ始めた。

「おい、膨らんできたぜ」

「ってことは、やっぱり日食なのか」

時の鐘が四つ（午前十時）を告げる頃には、空も明るさを取り戻しつつあった。水面に映った日はぎらぎらと輝き、正視することが叶《かな》わない。

日が欠け、そして満ちる。ある程度、年齢を重ねた者ならば、経験したことのある日食だった。

人垣は解け、やれやれ、という表情で、ひとびとは日常に戻っていく。

「大した騒ぎにならんで、宜《よろ》しおました」

菊栄のひと言を聞いて、安堵《あんど》の余りか、佐助は戸口の柱に手を添えて身体《からだ》を支えた。

中身は大吉の手で打ち水として撒《ま》かれ、桶の方はお梅が奥へと持っていく。

「菊栄さまの機転に、救われました」

戻ろうとする菊栄を呼び止めて、幸は感嘆の息を交えて打ち明ける。

「声高に日食を告げるのではなく、あんな風に誰もが納得する形で伝えるなど、ほかに誰が出来るでしょうか」

違う違う、と菊栄は開いた手を軽く振ってみせた。

「お手柄なんは、私と違う、お梅どんだすよってになぁ。あの時、お梅どんはお芝居《しばい》でも何でもない、心の底から日食を不思議がって、感心してはったんだす。どない天《あまの》邪鬼《じゃく》かて、お梅どんの純朴さに抗《あらが》うことなんぞ出来ませんよってに」

ほんにお梅どんは天下無敵だす、と菊栄は朗らかに笑った。


「お陰で、助かったの何の」

その夜遅く、五鈴屋を訪ねて来た力造が、板の間に通されるなり、早口で言い募る。

「丁度、紺屋《こんや》で染めの相談をしていた時に、あれが起きたんですよ。大層な騒ぎになりましてね。私だって、今朝、お梅さんから耳打ちされてなきゃあ、この世の終わりだと思っちまったかも知れねぇ」

辺りには藍染め液を洗い流す水溜《みずたま》りがあり、そこに欠けた日が映っていたのも、騒動を鎮める一助になったという。

「この界隈《かいわい》だけでも、祝言だの宮参りだの、人生の節目の祝いは取り止め、棟上げ式なんぞも軒並み中止になっちまった。大きな声じゃあ言えねぇが、おかみの御威光もちょいと欠けちまったようですぜ」

とにかく助かりました、と力造は何度も頭を下げて、慌ただしく帰っていった。

勧進大相撲冬場所は来月十日、力造たち染物師《そめものし》も、忙しい最中《さなか》だ。仕事を抜けだして、わざわざ礼を伝えにきたのは、律儀な力造らしい。

手つかずのまま残されている客用の湯飲み茶碗をお盆に移して、お竹が吐息交じりに呟《つぶや》いた。

「本田さまのお姫《ひぃ》さんのお輿入《こしい》れは、どないなりましたのやろ。やっぱり取り止めにしはったんだすやろか」

お気の毒なことだすなぁ、という小頭役《こがしらやく》のひと言に、豆七は口を尖《とが》らせた。

「私は悔しおます。先さまの慶事を思うて日食を伝えたのに、信用してもらえんで」

豆七の憤慨に、長次と壮太も幾度も頷いた。

昨夜のうちに、本田家との事情は店主の口から皆に伝えられている。奉公人たちにとっては、先方を思っての店主の判断が蔑《ないがし》ろにされたことが、何より応《こた》えたのだ。

まあまあ、と皆を宥めたものの、佐助は、どうにも腑《ふ》に落ちない、という表情になった。

「せやけど、今津の弥右衛門先生がご存じやったということは、京にも江戸にも、ご公儀の天文方にご注進するひとかて居ったはずだす。何で耳を貸さはらへんかったんだすやろ」

「どうかしら、その辺りの経緯《いきさつ》はわからないけれど、この度のことは大層な痛手になるでしょうね」

幕府の天文方以外の者に把握できた日食を見落とした、というのは、おかみにとって大きな失態に違いない。また、本田家ばかりではない、さらに格上の、大名家などの慶事に水を注《さ》す結果となれば、大変なことになる。

「責めを負わされるんは、結局、弱い立場の者なんだすやろな」

溜息《ためいき》交じりに、お竹は呟いた。

味醂《みりん》の業《わざ》か、艶《つや》々と照りのある茶色の切り身。よくよく炭火に炙《あぶ》られて、しっかり焦げ目もついている。醤油《しょうゆ》の芳《かぐわ》しい匂《にお》いが鼻をくすぐり、否《いや》が応でも腹が鳴る。

「これ、豆七どん、あんた涎《よだれ》が垂れてますで」

飯碗にご飯を装っていたお竹が、手代を叱った。

豆七は慌てて袖口《そでぐち》で口を押さえ、くぐもった声で応じる。

「堪忍だす。けど、鰻《うなぎ》を食べるんが、私、生まれて初めてだすよって、つい」

豆七だけでなく、佐助に賢輔、長次に壮太、それに大吉も、皆、膳の上の一皿に心を奪われている様子だった。

「背から捌《さば》いた鰻を、一度蒸して、たれに浸《つ》けてから焼いたもので、『蒲焼《かばやき》』というのだそうよ。今年になって、急に人気が出たんだとか」

和三郎からの受け売りを、幸はにこにこと皆に伝える。

春場所の浴衣地商いが落ち着いたら皆に鰻の蒲焼を振舞おう、と思ったはずが、すっかり失念してしまっていた。昨日の日食騒ぎが済んだところで、奉公人たちを労《ねぎら》うために何か、と考えて、漸《ようや》く思い出したのだ。

広小路の屋台見世《やたいみせ》の鰻の蒲焼を、重箱三段分、奮発して買い求め、お梅に一段を持たせて帰した。今頃は梅松と誠二、それに力造一家も舌鼓を打っている頃だろう。

「さぁ、食べましょう」

店主が箸《はし》をつけるのを見て、奉公人たちも一斉に蒲焼へと挑む。

口に入れると、味醂と醬油の甘辛い味。そっと嚙《か》み締めると、皮目も肉も柔らかい。何とも言えない美味《おい》しさだった。

「私、今、極楽に居てますのやろか」

豆七がとろけそうに言い、大吉が頬《ほお》を一杯にしたまま、こくこくと頷いている。粉山椒《こさんしょう》を振ると味わいが変わる、と屋台見世の主《あるじ》から教わった。試してみると、また何とも美味しい。

「これ、屋台見世の持ち帰りやのうて、上等の器に盛って、座敷で振舞うたら、もっとええ値ぇが取れますやろなぁ」

壮太が言えば、

「さいな、一人前二百文くらいはいけるんと違うやろか」

と、長次が応える。

「お梅どんの好きな浅蜊《あさり》、十升分だすがな。何ぼ何でも、法外な」

お竹の喩《たと》えに、座敷がわっと沸いた。

日食騒動も無事に収まり、こうして皆で夕餉《ゆうげ》を取るひと時が、何よりもありがたい。五鈴屋の板の間には、良い匂いと旺盛《おうせい》な食欲とが満ち満ちていた。

本田家の用人、今井籐七郎が五鈴屋を訪れたのは、五鈴屋の膳に鰻の蒲焼が載った二十日ほどのちのこと。神田明神祭の熱気もすっかり消え去り、江戸の街が落ち着きを取り戻した朝であった。

「この通り、この通りでござる」

奥座敷に通されるや否や、籐七郎は踏まれた蛙《かえる》のように平たくなって這《は》い蹲《つくば》った。

「如何《いかが》なさいました」

町人に対する態度とも思われぬ用人の姿に、幸は戸惑う。傍らで佐助が息を止め、部屋を去ろうとしていたお竹が襖に手を掛けたまま固まっている。

「どうか、お顔をお上げくださいませ」

「こうせねば、私の気が済まぬのだ」

侍は切なげに声を絞りだした。

「実は先般、其方《そなた》から日食の話を聞いたその足で、日本橋音羽屋を訪ねた」

日食の噂があることを伝えたところ、「暦に書かれていない以上、日食などありえない。流言飛語の類《たぐい》だろう」と断言され、予定通りの輿入れを勧められたという。

「だが、どうしても、其方のあの時の言葉、その真摯な口振りや態度が胸を去らぬ。万々一にも、と思い、両家で話し合って、輿入れを一日だけ、延ばした。翌二日は間《ま》日《び》で縁起も良いのでな」

祝言までひと月ほど余裕があったため、その手《て》筈《はず》を整えるゆとりが両家にあった。果たして長月朔日は日食となり、同日に祝言を予定していた他家が大混乱に陥る中、本田家はそうした事態を免れた。

「二日に無事、姫さまの輿入れも叶った。今回のことで本田家の評判も上々、私も用人として両家の殿さまより過分なるお誉《ほ》めのお言葉を賜《たまわ》った。これも全《すべ》て、その方の心遣いゆえ」

改めて礼を申す、と籐七郎は額を畳に擦《こす》り付ける。

ともかくも輿入れが滞りなく叶った、と聞き、主従は安寧の眼差《まなざ》しを交えた。謝意に代えて、という意味もあったのだろう、用人は呉服切手を八枚購入すると、ほっとした体《てい》で、お竹の運んだお茶をごくごくと飲んだ。

「遠慮を乞《こ》うた理由を、『浮世の義理』のひと言で済ませてしまったが」

中身を干すと、籐七郎は湯飲みを置いて、緩んでいた頬を引き締める。

「『嫁荷を日本橋音羽屋に任せてはどうか』という、さる大名の口利きであった。日本橋音羽屋の働きかけがあればこそだろうが、当家はそこまでして固執されるほどの大身ではない。考えれば考えるほど、不思議でならないのだ」

籐七郎の台詞《せりふ》に、ああ、そういうことだったのか、と幸は思い至る。

本田家では、嫁入りの荷を五鈴屋に任せたことを、周囲に洩らしていたのだろう。それが回り回って、結の知る所となったのではないか。

大奥や大名家に顧客を持つ日本橋音羽屋、主に町人を相手とする五鈴屋。そうした領分のはずが、五鈴屋が、旗本の姫君の嫁荷を任されることになった。その一事が、誇り高い結には我慢がならなかったのだろう。

同じことを思ったのか、佐助が太く重い溜息《ためいき》をついた。武家の前での無礼に気づき、「申し訳ございません」と詫《わ》びる声がくぐもっている。

お竹がさり気なく、

「すぐにお茶のお代わりをお持ちします」

と、客用の湯飲みを下げた。

再び供されたお茶には、拍子木《ひょうしぎ》の形の菓子が添えてあった。「お口汚しかと存じますが」との言葉を添えて出されたものに、籐七郎は目を細める。

「『おこし』だな。拙者の好物でござる」

ぽりぽりと良い音をさせて菓子を食べ、美味しそうに茶を啜《すす》る。

「それにしても、同じ生業《なりわい》でありながら、五鈴屋と日本橋音羽屋の何たる違いか、と思い返す度に腹が煮えてならぬのだが」

何を思い出したか、くくっ、と用人は忍び笑いを洩らす。主従の眼差しを受けて、徐《おもむろ》に湯飲みを置いた。

「日本橋音羽屋の女店主の亭主というのが、音羽屋忠兵衛と申す本両替商なのだが、よりにもよって長月朔日に、朝茶会を開いておったそうな」

籐七郎は一旦《いったん》、言葉を区切ると、不審な者も居ないのに座敷を見渡して声を落とす。

「拙者のような者の耳に入る噂など、何処《どこ》までが真実かはわからぬ。ただ、朝茶会というのは表向きのことで、要職を巡っての賄賂《わいろ》の遣り取りの場となっておる、という話じゃ」

さる大名を招いての朝茶会の最中に、日食が起きたのだ。好日から一転、大悪日となったため、当然、茶会は中止になった。当初は暦に記載もなく、やむを得ない、として特段、忠兵衛が咎められることもなかった。

だが、ほどなく、旗本の中に祝言の日取りを変更して日食を避けた者が居ることが話題となった。

「当家としても秘すべき理由もないので、五鈴屋のこと、日本橋音羽屋の返答など、問われれば答えていた。それが人伝《ひとづて》に大名の側近の耳に入り、音羽屋は今、まさに火消しに大わらわだそうな」

音羽屋忠兵衛は、日食の噂が出ていることを知る立場にあったにも拘《かか》わらず、回避する道を選ばなかった。ことが露見した以上は、大名家の不興を買うのもそう遠いことではなかろう、と愉《たの》しそうに告げた。

籐七郎が奥座敷を出る頃には、既に店は商いを始めており、表座敷に何人ものお客の姿があった。下級武士と思《おぼ》しき者や、慎ましやかな小袖《こそで》姿の武家の妻女が、小紋染めや友禅染《ゆうぜんぞ》めを選んでいる。

好ましげに店の間を眺めると、籐七郎は幸たちを振り返った。

「今回の一件で、あの店は避けられるようになるやも知れぬし、この店に目を向ける名家もきっと増えるであろう」

せめてもの詫びになれば良いのだが、と籐七郎は温かに笑った。


江戸の庶民は、読売《よみうり》の一枚刷りで世の中の動きを知る。

暦に記載のない日食が起こったことに関して、予測した者が居た事実が読売で広められたが、五鈴屋の名が出ることはなかった。また、当初、幕府に対して辛辣《しんらつ》な内容の読売が出回り、どのような決着を見るかが注目された。しかし、日が経《た》つにつれて、移り気な江戸っ子たちの興味は徐々に薄れていく。

他方、武家の間でのみ、口伝に広まった話があった。

嫁荷の契約を反古《ほご》にされながら、恨みもせずに、日食の予測を伝えた、浅草田原町の呉服太物商、五鈴屋。たかだか五十俵の家禄《かろく》で無役の本田家に心を尽くしたことと、麻疹禍《ましんか》の際に江戸紫《えどむらさき》の小紋染めの切り売りを行った事実とを合わせて、「町人ながら天晴《あっぱれ》な心掛けよ」と評判になった。

興味を抱いた旗本や御家人が五鈴屋へ使いを寄越《よこ》し、商いの様子などを尋《たず》ねるようになっていた。


「幕内十八人、うち新名が七人分。こうして眺めると、一層、華やかですなぁ」

「しかも、今場所は我らが地元、浅草御蔵前ですからねぇ、何としても売らねばなりません」

冬場所を九日後に控え、浅草呉服太物仲間の会所の座敷には、敷布の上に数々の反物が並んでいる。

力士の名入りの反物に加えて、手形の柄が一種、全部で十九種の藍染めが座敷一杯に並ぶのは何とも壮観で、皆の遣り取りにも、自然と力が籠《こも》った。

仲間として、場所ごとにこうした浴衣地を扱うようになって四度目。

皆で色々な知恵を出し合うこともあり、都度、売り上げを順調に伸ばしていた。

「両面糊置きの技法が盗まれ、じわじわと洩れ広がってしまったけれど、勧進大相撲に因《ちな》んだ浴衣地は浅草だけのもの。真似する店が現れないのは何よりです」

月行事《がちぎょうじ》のひと言に、一同が頷く。

模倣の品が現れなかったわけではない。ただ、深川親和が義を貫いたのだろう、親和文字を用いたものはなく、また、仲間内で協力して売りだしているところも他に類を見なかった。

「五鈴屋さんの目覚ましい飛躍、それに丸屋さんに引っ張って頂いて、我々の呉服商いも板についてきました。絹織は利鞘《りざや》も多いので、来夏には、下野国の木綿《もめん》にもたっぷり金肥《きんぴ》を贈れますなぁ」

「そのことですが」

月行事の言葉を受けて、恵比寿屋の若い主人が、皆の方へ身を傾けて、話を切りだした。彼は五日ほど前に下野国から戻ったばかりだった。

「木綿の生産地を育《はぐく》むべく支援に取り組んで、二年足らず。道のりが遠いことは当初から覚悟の上でしたが、思わぬ問題が起こりました」

畑を肥やしたお陰で、今年の実綿の収穫は充分に満足のいくものとなった。だが、問題は繰綿《くりわた》から糸を紡ぎ、布に織る工程だという。

「周辺で綿作に取り掛かる者も増え、綿畑が広がったのは何よりです。けれど、汚れや油を取り除き、白く仕上げるためには、大量の水と晒《さらし》の技が必要なので、これが思うに任せません」

いずれも一朝一夕に解決できることではない、と恵比寿屋は肩を落とした。

農作業の合間に繰綿から糸を紡ぎ、機《はた》で布に織る。辺りにはそうした働き手が少なからずいる。だが、織り上がった品は身近で使われるため、見た目も肌触りもあまり良くはない。そうした品は「六斎市《ろくさいいち》」と称する、月に六度立つ市で売られ、江戸の大《おお》伝馬《でんま》町の木綿問屋が試みに買っているという。

「上質な晒木綿を知る江戸のひとには、やはり物足りない。果たして、この先、どれほどかかるのか。また、大伝馬町組がこれから、どのような動きをするのか。何とも気の重いことです」

恵比寿屋は悩ましげに言って、肩を落とした。

力士の名入りの浴衣地を前に熱気に溢《あふ》れていた座敷が、一気に冷える。

重くなった雰囲気を払うように、まぁまぁ、と河内屋が柔らかな声を発した。

「勧進大相撲所縁《ゆかり》の浴衣が売れ、呉服切手が売れる。まぁ、幾つか横槍《よこやり》はありましたが、浅草呉服太物仲間となってから、概《おおむ》ね、何事も上手《うま》くいっていた。それに慣れてしまったのかも知れません」

大伝馬町組に関しては油断なく見守るしかない。晒の技などについては、今場所の商いが落ち着いてから改めて知恵を出し合う。河内屋はそんな提案をしたあと、

「以前にも話し合った通り、生産地を育てる、というのは即《すなわ》ち子育てと同じ。親の思い通りになるものではないでしょう」

と、結んだ。

散会間際、誰かが、ふと洩らした。

「丁度ひと月前の今頃でしたな、日食が起こったのは」

途端、「そうそう」「そうでしたな」と皆が口々に言いだした。

「今時分は薄暗く、また寒くて寒くて敵《かな》いませんでした」

「暦に載っていないので、てっきり天変地異かと腰が抜けましたよ」

日食の話題で会話が弾んだあと、和泉屋が「そう言えば」と、大切なことを打ち明けるように声を低めた。

「和泉屋では、あの日食を境に、呉服切手、それに『家内安全』の反物そのものを買い求めるお武家さまが一気に増えました」

「うちも同じです」

松見屋が応じれば、「うちも」「うちもです」の声が続く。

大和屋店主が、

「町人のように表着に仕立てるのではなく、肌近くに着て身守りとするのだそうです。襦袢は外から見えませんからな。家内安全の肌守りを好むのは、あながち、女人ばかりでもないように思いますが、如何でしょうか」

と、周囲に問うた。

思い当たることが多いのだろう、ああ、との得心の声が幾人もの口から洩れていた。もと御物師《おものし》の志乃の言っていた通りだ、と幸は密かに感嘆する。同時に、呉服商として、つい、表着になるもの、外から見えるものに気を取られがちではあるが、「肌守り」というのは大事なことだ、と心に刻んだ。

第十章　のちの桜花

小雪《しょうせつ》を過ぎ、天水桶《てんすいおけ》に分厚い氷が張るようになった。

明日は恵比須講《えびすこう》、という朝。店開《たなあ》けまでまだ一刻《とき》ほどあるのだが、五鈴屋の前に一挺《ちょう》の姫駕籠《ひめかご》が止まった。

引戸つき、黒漆《くろうるし》に金蒔絵《きんまきえ》を施したそれは、武家の女用の乗物である。侍女二人と従者四人、家臣と思《おぼ》しき侍二名が脇《わき》に控えていた。

表格子を拭《ふ》き清めていた大吉が、急いで店の奥に知らせに走る。

「店主は女人と聞いたが、その方か」

迎えに出た幸に念を押すと、侍は、姫駕籠の中の人物が旗本穂積《ほづみ》家奥方であることを厳かに伝えた。

同じ旗本ではあるが、本田家とは随分と様子が違う。

主従の戸惑いを察したのか、用人《ようにん》と思しき男は声を低め、旗本の中でもごく一握りの高家《こうけ》だと教えた。

「くれぐれも非礼なきように」

楔《くさび》を刺された店主は、支配人と小頭役《こがしらやく》の同席を決めて、自ら奥の座敷へと案内した。

侍女らを廊下に控えさせ、客間に落ち着くと、奥方は、

「面《おもて》を上げよ」

と、大様に告げた。

失礼いたします、と応《こた》えて、幸は顔を上げる。伏し目がちに、初めて相手を見た。

剃《そ》り眉《まゆ》に化粧で年齢がわかりにくいが、菊栄と同年ほどだろうか。

甕覗《かめのぞ》きの綸子《りんず》小袖《こそで》に、たっぷりと刺繍《ししゅう》を施した、蘇芳《すおう》と黄白《おうびゃく》の段替わりの打掛、中身は懐剣と思しき金襴《きんらん》の袋には朱房が巻かれている。何という髪形か、前髪は高く保たれ、鬢《びん》はふっくらと膨らみを帯びている。櫛《くし》に笄《こうがい》、後ろ挿しの簪《かんざし》は全《すべ》て鼈甲《べっこう》だった。

身分のある武家の妻女と、これほど間近に接した経験がなかった幸は、その装束《しょうぞく》の見事さに気圧《けお》される。

「日食のこと、わらわの耳に届いておる。どのような店か、侍女を遣《や》って調べさせ、興味を抱いた。守り札にも似た、呉服切手なるものも、大層、気に入っておる」

何とも優しく、温かな声だ。

寺参りのためにここまで来たので、密《ひそ》かに立ち寄ることにした、とのこと。来店を口外せぬように、との意図を酌み、主従は平伏で応じた。

小半刻《こはんとき》(約三十分)ほど、呉服切手や吉兆紋様について、幸に色々と尋《たず》ねて過ごし、奥方は至極満足した笑みを残して、再び姫駕籠に乗って浅草寺の方角へと去った。

あとに残った用人に、

「奥方さまは大層、この店がお気に召したご様子だ。近々、改めて知らせるゆえ、それまで待つように」

と命じられ、店主と支配人は深い辞儀で応じた。

去り際、用人は、

「日本橋の呉服商の中にも、呉服切手なるものを扱う店があるが、倍の値を取る。縮《ちり》緬《めん》に羽《は》二重《ぶたえ》なども五鈴屋よりも遥《はる》かに高値だ。果たして、五鈴屋という店は儲《もう》ける気があるのか否か。某《それがし》は某で、その辺りが気になってならぬ」

と、呵々大笑《かかたいしょう》してみせた。

早朝の凍てで屋根瓦《やねがわら》にも橋脚にも霜が降り、通りの両側には霜柱が生まれた。極寒が、江戸の街に銀の粉を塗《まぶ》していた。

辺りに陽射《ひざ》しの恵みが溢《あふ》れるまで、まだ少し刻がある。商家の奉公人たちは、軒に下がった氷柱《つらら》を、箒の柄を用いて注意深く叩《たた》き落としていた。

五鈴屋の表に、大風呂敷《おおぶろしき》を背負った長次と大吉の姿がある。風呂敷の中身は、ぎっしりと呉服の詰まった反箱だった。

「九つ（正午）までには戻れると思うけんど、皆、しっかり頼みましたで」

手代《てだい》らに念を押すと、佐助は、出立の仕度が整ったことを店主に伝える。これから穂積家の屋敷に出かけるところであった。

本田家の用人が言っていた通り、穂積家を皮切りに名家から次々に声が掛かるようになった。ありがたいことに嫁荷も一件、任されている。

「佐助どん、穂積さまの奥方さまにくれぐれも宜《よろ》しくお伝えするように。長次どん、大吉どんも、しっかりお願いね」

幸はそう言って、三人を送りだした。

屋敷売りが重なれば、どうしても店前現銀売《たなさきげんぎんう》りの手が足りなくなってしまう。八代目店主の周助と番頭の鉄助と文《ふみ》で相談を重ね、来年には手代三人と丁稚《でっち》を二人、寄越《よこ》してもらうことになっていた。その折りには、大吉を手代に引き上げる心づもりであった。

月が替われば、創業十二年を迎える。佐助らの後ろ姿を見守りながら、幸は益々《ますます》の繁盛を願った。

江戸は公方《くぼう》さまのお膝《ひざ》もと、という意識が強いためか、朝廷には馴染《なじ》みが薄い。帝《みかど》や公家《くげ》が話題に上ることは殆《ほとん》どないのだが、去年から事情が変わっていた。

昨秋、帝が二十二歳の若さで崩御、「桃園院《ももぞのいん》」との諡《おくりな》を与えられた。桃園帝にはひとつ年上の異母姉、智子《としこ》内親王が居た。まだ幼い皇嗣《こうし》に替わって智子内親王が践祚《せんそ》したことから、世継ぎ問題が徐々に注目されるようになっていた。

漢学と歌道を好み、博識で温厚な人柄が評判の智子内親王だが、践祚ののち、霜月二十七日に無事、即位の礼が執り行われた。実に百二十年ぶりの女帝の誕生に、江戸の街は一気に沸き立ったのである。新帝が桜町天皇の第二皇女だったことから、密かに「後桜町帝《ごさくらまちてい》」と呼ぶ者まで現れる始末だった。

「何処《どこ》へ行っても、女帝の噂《うわさ》で持ちきりだすなあ」

霜月晦日《みそか》、出先から戻った菊栄が、げんなりした風に溜息《ためいき》をついた。

夕餉《ゆうげ》の用意を済ませて、帰り仕度を整えたお梅が、

「そらぁ、女のひとが帝になるやて、嬉《うれ》しいことだすやろ。江戸のおひとは『男の取

り上げ婆《ばば》と女の髪結いはない』て、よう言わはりますけどなぁ、花嫁の仕度は女の髪結いさんだすやろ？　そのうち、女子《おなご》の回り髪結いも現れるかも知れまへん。そないなったら、楽しおますやろなぁ」

と、からから笑った。

お梅の感想に、しかし、菊栄は返事の代わりにひとつ、太い息を吐いただけだった。

夕餉のあと、男の奉公人らは湯屋《ゆや》へ出かけて、板の間には幸と菊栄、それにお竹の三人が残っていた。

「崩御しはった桃園帝には、五つのぼんぼんが居《お》ってや、て聞いてます」

簪商いで広い見聞を持つ菊栄が、哀切の滲《にじ》む口調で言う。

「今回、即位しはったおかたは、そのぼんぼんが大きいになるまでの、『中継ぎ』やそうだすのや」

中継ぎ、と声低く繰り返して、お竹は目を伏せた。幸の心中を慮《おもんぱか》ってのことだろう。

「跡目を継ぐ者にしたら『中』も『仮』もない、あるのは本気だけやのになぁ」

ほんに息苦しいことだすなぁ、と、菊栄は吐息を重ねる。

自身で「菊栄」の初代となる決心を固め、二年先の暮れを目途《めど》に五鈴屋を出て店を構える、と話していた菊栄だった。年が明ければ、自ら設けた二年目に突入する。和三郎に頼んで繰り返していた試作も佳境に入り、面白い笄が生まれつつあるというが、乗り越えねばならないことも多い。

「女であることが枷《かせ》とされる限り、息苦しさから逃れられないかも知れません」

ただ、と幸は柔らかに続ける。

「ただ、男であれ女であれ、今の世を生きるものは皆、後世への中継ぎに過ぎない、とも思います。その理《ことわり》に気づくなら、次第に『中継ぎ』という言葉自体、使われなくなるのではないでしょうか」

取り上げ婆になる男も、回り髪結いになる女も、きっと現れる。そうした世の中であってほしい、と幸は言葉を結んだ。

師走を迎えた途端、街中が忙《せわ》しなく走り始めた。

年内最後の節季で、掛け取りをする側も、支払う側も、待ったなしになる。一日、一日が貴重で、買い物を楽しむ心のゆとりも失われがちだった。

五鈴屋大坂本店《ほんだな》から江戸本店に船荷が届いたのは、そんな師走三日のことであった。日食のあと、じわじわと武家の顧客が増えて、穂積家をきっかけに豪奢《ごうしゃ》な呉服の注文が重なるようになった。要望に応えるべく、鉄助に手配を頼んでいたのだ。綸子《りんず》地《じ》に梅花の光琳《こうりん》紋様、縮緬地に立浪《たつなみ》と尾長鳥、紋綸子に波雲と百花など、色鮮やかで美しい友禅染《ゆうぜんぞ》め。松に飛鶴《とびつる》や、雲取りに文庫など唐織《からおり》帯地も目を引く。あまりの華やかさに、荷を検《あらた》める手が幾度も止まる。

「菊栄さまの小袖になりそうな品々だすなあ」

豆七がうっとりと洩《も》らす。流石《さすが》に菊栄の身に纏《まと》うものには及ばずとも、これまで五鈴屋江戸本店が商ってきたものより値の張る呉服ばかりだ。

「これは」

言葉途中で、賢輔が息を呑《の》んだ。

その手もとを見れば、猩々《しょうじょうひ》緋と呼ばれる鮮やかな緋《ひ》縮緬《ぢりめん》に、金糸で松葉が刺繍されたものだ。緋と金との取り合わせは、一歩間違えれば品位を欠くが、雅《みやび》な仕上がりなのは職人の腕だ。打掛の下着として用いたなら、どれほど優雅だろうか。

「私も長次も、こない華やかな呉服は、古手《ふるて》でしか見たことがおません」

「壮太の言う通りです。あんまり綺麗《きれい》で、触るのも恐々《こわごわ》です」

もとは古手商近江屋の奉公人だった壮太と長次は、興奮冷めやらぬ様子である。

「こないな呉服を扱えるようになったんだすなぁ」

感に堪《た》えないように、佐助が言った。

大坂では、商いでしくじって分散の憂き目に遭《あ》ったとしても、女子の持ち物が借銀の形に取られることはない。贅《ぜい》を尽くした装束は、店の再建への手立てになる。それゆえ、大坂商人は、女房や娘の衣裳《いしょう》に金銀の糸目をつけないのだ。天満菅原町の五鈴屋でも、嫁入り仕度など主《あるじ》からの注文で随分と贅沢な呉服を納めてきた。

――五鈴屋で扱《あつこ》うた中でも極上の錦織《にしきおり》、箔押《はくお》しの帯地も米忠《こめちゅう》はんやった。あれはお役に立てますなぁ

米問屋の米忠の屋台骨が傾《かし》いだ時、富久がそう話していたのをよく覚えている。

今年の初荷から呉服商いを再開して、一年ほどでここまで来られた。七年の空白に怯《おび》えていたが、何と有り難いことか。

手放しで喜んで良いはずが、幸の胸に薄《うっす》らと不安が宿る。ふとお竹に目を遣れば、ほかの奉公人らが晴れやかなのに比して、ひとり、何やら考え込んでいた。

この時季、年始回り用に呉服切手や反物《たんもの》を求める者は多いが、迎春の晴れ着用の呉服は、あまり動かない。呉服は地直しも、それに縫うのも、太物《ふともの》より遥《はる》かに気を遣うために、避けられてしまう。仲間のいずれの店も同じ状況のはずが、五鈴屋だけは違

っていた。

女帝の即位を受けて、華やかな呉服が飛ぶように売れる。いずれも、御物師《おものし》を抱える武家や、仕立物師に無理の利く豪商ばかりであった。そうした者たちは店前現銀売りを好まない。

「ご寮《りょん》さん、堪忍しとくなはれ。壮太どん長次どん、それに賢輔どんも抜けることになります。七つ（午後四時）には、何とか戻れるようにしたい、と思うてるんだすが……」

人足と荷車は借りたが、あとは他人で埋め合わせることはできない。苦難の色を滲《にじ》ませる支配人に、店主は、

「構いません、今日はお事始めですから、お客さまもそう沢山ではないでしょう。何かあれば、お仲間にお願いして手を借ります」

と、応えた。

正月の準備を始める日、「お事始め」は大坂では師走十三日である。商家の別家や分家は本家に餅《もち》を贈るのが習いだった。片や、江戸では師走八日。里芋や蒟蒻《こんにゃく》、小豆《あずき》などを入れた味噌汁《みそしる》を食し、掃除に取りかかる。何かと気忙しい日であった。

だが、予想に反して、昼前から、暖簾《のれん》を潜《くぐ》る者が絶えない。求められるものの大半

は十二支《じゅうにし》の文字散らしの小紋染《こもんぞ》めで、呉服商いを再開した五鈴屋で買うことを楽しみにしていたお客が目立った。

支配人と手代、合わせて四人を欠くため、手が足りない。大吉を使いにやって、河内屋と和泉屋から助《すけ》っ人《と》を借りた。いずれも物腰柔らかで、お客への接し方もそつがない。ほっと胸を撫《な》で下ろす主従だが、どうにもならないことも起こった。

「先月ここで買った木綿地《もめんじ》、忙しくて今頃《いまごろ》になっちまったんだけど、この通り、やっと地直しを済ませたんだよ。裁ち方を見てもらえないかねぇ」

そう言って、反物を持ち込むおかみさんが、幾人か続く。

反物を買ったあと、仕立てをひとに頼むなら良いのだが、自分で仕立てるとなると、手間を取る。太物は洗うと縮むので、まず水通しをして地直しする。裁ち間違えると目も当てられないため、五鈴屋では、太物を専《もっぱ》らに商っていた頃から、反物の裁ち方指南を行っていた。実際に反物を裁つのはお客自身なのだが、傍らで見守り、裁ち損ねのないように指導する役回りだった。

呉服は、店前で地直しや裁ち方を教えることが難しい。そのため、太物に限って、指南を続けている。だが、流石に今は対応ができかねた。

「相済みません、七つ以後なら、お手伝いさせて頂けるのですが」

「堪忍しとくれやす」

幸とお竹が丁重に詫《わ》びて、刻をずらしての来店を乞《こ》うのだが、おかみさんたちは眉《まゆ》を曇らせた。

「七つじゃあ、家を抜けられないから」

「夕餉の仕度にかからなきゃならないんだよ。諦《あきら》めなきゃ仕様がないねぇ」

肩を落として、残念そうに引き上げていく。

そうした対応をせざるを得ないのだが、ふたりとも、どうにも居心地が悪くてならなかった。

屋敷売りの繁盛は、新年を新しい晴れ着で迎えたい、と願うお客に支えられている。ただ、ものは晴れ着、しかも綿入れとなれば、仕立てに手が掛かる。求められれば素早く仕上げる縫い手もいるだろうが、入念な仕立てには程遠くなる。どれほど良い呉服であっても、仕立てが杜撰《ずさん》ならば台無しになってしまう。御物師や仕立物師ならば、そんな愚はおかさないだろう。

まともな仕立てに必要な日数を考えれば、屋敷売りの方も今に落ち着く。じきにまた、裁ち方指南に応じられるようになる、と幸は自身に言い聞かせた。

師走十四日、五鈴屋は創業十二年を迎えた。

早朝、奉公人らの手で表が掃《は》き清められ、祝い樽《だる》が並ぶのを目にした者が、「おめでとうさん」と盛んに寿《ことほ》ぐ。

「十二支がぐるっと一回りしたんだね。おまけに今年は呉服商いにも戻れて、五鈴屋さんはめでたいこと尽《ず》くめだ」

応える奉公人らも、

「ありがとうさんでございます。あとで覗《のぞ》いておくなはれ、お待ちしております」

と、満面に笑みを湛《たた》えた。

この日だけ、反物を買ったお客に、鼻緒が贈られる。ささやかな品であるが、それを楽しみとする者が多い。一昨年、昨年と藍染《あいぞ》めの木綿地の鼻緒だったが、呉服商いを再開した今年はどうか。わくわくと足を運んだ人々は、店の前に立った途端、大いに戸惑った。

何挺もの乗物や駕籠が並び、従者と思しき男たちが控えている。侍女らしき若い娘、屋号入りの前掛けをつけた丁稚等々、いずれも人待ち顔であった。

「おおきに、ありがとうさんでございます」

奉公人に送られて、店から出て来るのは、裃《かみしも》姿に二本差し、あるいは金銀の揺れる簪を両挿しにした娘たち。去年までの創業記念日とは客層が一変していた。

　それまでの馴染み客は「場違いではないか」と自らの着物や履物に目を落とした。躊躇《ためら》う顧客を気にして、奉公人が暖簾を捲《まく》り、「ようこそ、おいでやす。お待ちしておりました」と声をかけて中へと誘《いざな》った。

　この日は、年内最後の帯結び指南の日でもある。指南を始める刻限の八つ（午後二時）を前に、しかし、おかみさんたちは暖簾を潜ろうとはせず、通りの向こうに集まって店の方を眺めていた。

「やっぱり、流石に今日はやらないんじゃないかねぇ」

　このところ、何故《なぜ》か手代の数が少なくなっている。また、おかみさんたちの間では、裁ち方指南を断られた、という話が広まっていた。今日は創業十二年の記念日とあって、五鈴屋の混雑ぶりは明らかだった。

　だが、表の立看板には「本日、帯結び指南」と墨書された紙が貼《は》られている。

「無理な時は無理って、五鈴屋さんなら、ちゃんと言うと思うんだけど」

　ああして貼りっ放しにしないと思うよ、というひと言に、確かにそうだ、と皆が頷《うなず》き合う。だが、それでもなかなか一歩前へと踏みだすことが叶《かな》わない。

　買い物を終えて出てくるお客、これから入店しようとするお客、いずれの着物にも、継ぎや繕いの跡などはない。

どうしたものか、と思案に暮れていた時、腹に響く音で、ごーん、と浅草寺の方から鐘が鳴った。

捨て鐘が終わらぬうちに、青みがかった緑色の暖簾が捲られて、女が二人、顔を覗かせる。この店の女主人と小頭役であった。

「お待ちしておりました」

「すぐに始めますよって、どうぞ中へ入っとくれやす」

温かに言って、左右から暖簾を捲り上げる。

主従の変わらぬ様子が、おかみさんたちの遠慮や不安を拭《ぬぐ》う。ひとりが大きく一歩前へ出れば、あとは競うように通りを渡っていった。

結び目は、外からは見えない。

広げた帯地で結び目を覆い、両側から角のように端を覗かせる。下の方で結べば年《とし》嵩《かさ》の女に、結ぶ位置を上にすれば若い女によく映る。

おかみさんたちが持つ、一本きりの二枚合わせの帯。繕いや仕立て直しを重ねて、丈も幅もまちまちな帯でも、綺麗な形に仕上げることが出来る。お竹なりの工夫を加えた帯結びだった。

手本となって、お竹に帯を結ばれていた時にはわからなかったが、おかみさんたちの帯結びを見て、幸は「ああ」と思う。初めての帯結び指南で、お竹が皆に伝授したものに違いなかった。

「女将《おかみ》さん、小頭役さん、洒落《しゃれ》た帯結びをありがとうございます」

「新年には、これで観音《かんのん》さまにお参りさせて頂きますよ」

口々に言って、おかみさんたちは土間伝いに帰っていく。

店の間は、小紋染めを買い求める武士や絹織に身を包んだ母娘《おやこ》連れで賑《にぎ》わっていた。

一番最後に次の間を出たおかみさんが、表座敷を眺めて、

「十二年でここまで来たんですねぇ。大したもんですよ」

と、感嘆してみせる。

その口振りから、創業当時を知っていることが窺《うかが》えた。おかみさんは背後の幸とお竹を振り返り、ほろ苦く笑う。

「嬉しい反面、五鈴屋さんが段々、手の届かない店になってしまう寂しさもあります。ひとってのは、勝手なもんですねぇ」

寂しさが溢れだすような声色だった。

このひとだけではない。おそらく、五鈴屋の十二年の歩みを知る馴染み客の多くが、同じ思いを抱いているのだろう。創業当初からのお客を蔑《ないがし》ろにしてはいまいか。決してそうではない、と信じてはいるのだが……。

視線を落とし、幸は足の裏にぐっと力を入れた。下駄越しに地面を確かめて、気持ちを落ち着かせる。

「ご寮さん、そろそろ」

背後で、お竹が囁《ささや》いた。大吉が新たなお客を迎え入れたところだった。

「お邪魔しますよ」

暖簾を潜って姿を見せたのは、相撲《すもう》年寄の砥川額之介で、女房の雅江も一緒だった。

縮緬地に、手毬《てまり》柄の彩《いろどり》豊かな友禅染め。子ども向けの友禅は、晴れ着に仕立てたなら、さぞや可愛《かわい》らしいことだろう。撞木《しゅもく》に掛かった反物を眺めて、女房は「何と愛らしい」と嘆息した。五鈴屋を訪れる機会の多い亭主とは異なり、雅江の方は一年ぶりの来店だった。

「話には聞いていましたが、こういうのを目にすると、五鈴屋さんが本当に呉服商いに戻られたのだ、と感じ入ります。ほんに嬉しいこと」

うちのひとはまた違うようですけれど、と女房は亭主の方を見て、口もとから鉄漿《かね》を零《こぼ》す。興味深そうに座敷を見回していた額之介が、これはこれは、と女房のひと言に笑いだした。

「よもや、矛先が私に向かってくるとは思わなんだ」

ひとしきり笑うと、相撲年寄は視線を幸へと移す。

「五鈴屋の太物、中でも藍染めの浴衣地《ゆかたじ》ほど好ましいものは他にない。浴衣地だけを勧進《かんじん》大相撲のために商ってくれたら、と思わぬこともないのだよ。ただ、昨年、ここで見た呉服切手、あの知恵には心底、恐れ入った」

それに、と周囲を憚《はばか》ってか、男は声を落として続けた。

「日食の際に五鈴屋がお旗本の輿入《こしい》れを守った、という話も、大名家お抱えの力士の間ではよく知られている。全てが繋《つな》がっての今なのでしょう。大したものだ」

額之介はそう言って、目を細める。

先の友禅染めを半反、買い求めると、松葉色の鼻緒を受け取って、夫婦は座敷を下りた。見送りに出た幸に、夫は「良いお年を」と声をかけて、先に歩きだす。

女房は胸に抱えた風呂敷包みを示して、

「八年ぶりに、こうしてまた子ども用の友禅染めを半反、買い求めることが出来ました。ありがとう」

と、頭を下げる。

一年に一度、創業記念の日にだけ、子ども用の友禅染めを半反、請われるままに切り売りを続けた。その後、八年。八年経《た》てば、幼子も大きくなるから、三つ身では無理がある。何故、今なお半反なのだろう、と思いつつ、心得事として一切、触れなかった。

逡巡《しゅんじゅん》のあと、女房は思いきったように顔を上げる。

「三つで亡くなった娘のためのものなのです。供養のため、晴れ着に仕立てて命日には菩提寺《ぼだいじ》に納めております。どれほど歳月が経とうと、私どもの中ではずっと三つのままで……」

女房の告白を受けて、幸は開いた掌《てのひら》をそっと胸もとに置く。死産だった娘「勁《けい》」の名を記した、夫の形見の守り袋がそこに収まっていた。

幸の様子から、おそらく似たような経験がある、と察したのだろう。女房は右手を伸ばして、幸の腕に優しく触れた。

「来年は、度々、寄せて頂きますね」

「お待ちしております」

どうぞ良いお年を、と互いに挨拶《あいさつ》を交わして別れた。

陽射《ひざ》しは朱を帯びて、暦《こよみ》売りや笹竹《ささだけ》売り、迎春用の品々を商う物売りたちを淡く染めていた。幸は暫《しばら》くその場に佇《たたず》んで、師走の情景に夫婦の姿が紛れてしまうまで見送った。

今年の師走は大の月で、三十日まである。二十七日は年内最後の黒日だし、二十九日は「苦」に通じる。何とかそれまでに大掃除を済ませ、迎春の準備を調えよう、と皆、懸命であった。

煤払《すすはら》いにしても、畳を上げて埃《ほこり》を叩《たた》きだすにしても、ともかく埃塗《まみ》れになってしまう。髪は手拭《てぬぐ》いで覆い、着物の上には埃除《よ》けに浴衣を羽織った。面白いのは、今年はあちこちで藍染め浴衣が埃除けとして用いられたことだった。

藍染めに、白抜きの花火の柄。四年前、五鈴屋で売りだされた、一等最初の浴衣地である。まずは浴衣として仕立てられ、湯屋の行き帰り、家での寛《くつろ》ぎ着として用いられ、寒くなれば長着の下に着た。表が褪《あ》せたら裏返して仕立て直され、徹底的に愛用された。四年経って、大分くたびれた浴衣が、今、埃除けとして、あちこちで役立っている。季節外れの花火ではあるが、出先でそれを目にする度、五鈴屋の主従はありがたく、また誇らしい気持ちで一杯になった。

折々に商いの喜びを得て過ごすうち、気づけば、今年も四日を残すのみ。

世間では、掛け取りをする側とされる側、双方の間でし烈な争いが繰り広げられている。迎春の仕度も追込みで、さすがに五鈴屋の暖簾を潜るお客の姿はまばらになっていた。

間仕切りの奥では、年内の簪商いを終えた菊栄が算盤珠《そろばんだま》を弾《はじ》いている。佐助と賢輔は接客中で、お竹と長次と壮太は撞木の反物を取り替えていた。豆七は欠伸《あくび》を嚙《か》み殺して土蔵へ向かい、幸と大吉はお客を見送って戻ったところだった。

「そんな尻込《しりご》みしなくても大丈夫だから。私に任せておけば良いんだよ」

「けど、お師匠《ししょう》さん、やっぱり無理です」

店の表から、そんな押し問答が聞こえる。何事か、と幸が振り返るのと、暖簾を捲って女が二人、縺《もつ》れるように入ってくるのと、同時であった。

縞《しま》木綿の綿入れ姿の中年女が、樺《かば》色の絞り染めを纏った女の手首を摑《つか》んでいる。無理にも引き摺《ず》ってきたらしく、何やら物々しい。

中年女の方に目を留めて、幸は笑みを零す。

「おいでなさいませ、お勢さん」

相手も幸を見て、「ああ、女将さん」と、ほっとした体《てい》で言った。三味線《しゃみせん》の師匠のお勢だった。

師匠が手を放したのを幸い、連れの女はさっと暖簾の向こうへ身を隠す。

「何だねぇ、いつものお前らしくもない、子どもみたいに」

師匠は苦笑いして女を引き戻し、さり気なく店の間を見やった。お竹が居ることを確かめてから、幸に視線を戻して、

「このひとに綿入れを仕立ててやろうと思うんですがね、女将さんとお竹さんに相談に乗ってもらいたいんですよ」

と、頼み込んだ。

師匠の連れは、年の頃、三十前後。瓜実顔《うりざね》というには少々縦に長すぎる顔、丈のある鼻筋に、一重の眼《め》、ちんまりと小さな口もと。化粧気がないせいもあって、地味な顔立ちだった。ただ、黒目勝ちの双眸《そうぼう》は生気に溢れ、強い眼力を放つ。

髪を飾る櫛は二枚、太い笄は一本きりだが、簪は前と後ろに二本ずつで、頭が重そうだ。それに何より、衣裳が似合っていない。丁子《ちょうじ》染めの紬《つむぎ》の帯は良い。だが長着の華やかな樺色も、手の込んだ染めも、どちらも女には派手過ぎた。

「いつも帯結び指南で使っている次の間の方が、ゆっくりお話を伺えるかと存じます。小頭役も同席させましょう」

大吉にお竹を呼ぶよう命じると、幸は師弟を「こちらへ」と促した。

「何時《いつ》だったか、話を聞いてもらったと思うんですが」

次の間に通されると、どう切りだしたものか、と迷った風に、お勢は店主と小頭役を眺める。連れの女は、背筋を伸ばし、両の手を重ねて膝に置き、師匠の隣りに神妙に控えていた。

「もう長いこと、吉原に三味線の出稽古に行ってるんです。この妓《こ》は私の教え子なんですよ。年季が明けたあと、内弟子にしようと誘ったんですが、断られちまって」

今も扇屋という見世に住んで芸を披露しているというお勢の話に、幸は深く頷く。

「扇屋の、歌扇《かせん》さんでしたね」

「覚えていてくださったんですか。そうです、この妓が歌扇です」

二人の口から己の名が出たことにたじろいだのか、歌扇は両の肩を引いた。

師匠は、迂闊《うかつ》に弟子の秘密を洩らしたわけではない。その想《おも》いを曲げて受け取られることのないよう、幸は歌扇の眼を見て告げる。

「年季が明けたあとも吉原に留《とど》まるけれど、今度は芸の道で生きていく。そんな困難な道を切り拓《ひら》いておられる、と伺い、その志に胸を打たれました」

お召し物のことでお役に立てるなら嬉しゅうございます、と幸は丁重に一礼する。

「遠慮のう、何でも言うておくれやす」

店主の後ろに控えていた小頭役も、温かな言葉を添えた。

主従の言葉に、師匠は傍らの弟子へ、「どうだい、私の言った通りだろう」と声をかけてから、幸たちの方へと向く。

「歌扇は禿《かむろ》の頃から廓住まいで、外の暮らしを殆ど知らないんですよ。年季も明けて自在に大門《おおもん》の外へも出られるのに、いざ、出かけるとなると怖気《おじけ》づいちまって」

今回初めて連れ出してわかったことだが、歌扇は街歩きに相応《ふさわ》しい外着を持っていない。この際、誂《あつら》えてやりたい、とお勢は言う。

「歌扇さん、お持ちの着物は絹織ばかりでしょうか」

「浴衣のほかは絹だけです。太物にはあまり縁がありません」

幸の問いに、歌扇はそう答えた。

伸びのある、深い声。もっと聞いていたい、と思うような、快い良い声だ。

華やかな装束《しょうぞく》で座敷に出て、三味線や歌を聞かせる。そうした日常を送っているのだろうと察せられる。だが、絹織りばかりで、木綿と縁が薄いのは勿体ない。

「ならば、木綿の綿入れは如何《いかが》でしょうか」

幸はまずそう提案し、首を捩《ね》じってお竹を見た。心得た様子で、お竹はすっと立ち上がって次の間を出ていく。

「せっかくの街歩きです。広小路《ひろこうじ》や仲見世で、お師匠さまと一緒に、買い物や食事を楽しまれることもあるかと存じます。あまり手入れを気にせず、気軽に着られるものが宜《よろ》しいのではないでしょうか」

江戸の街は土埃が多いのですし、と幸はにこやかに言った。

買い物や食事、と繰り返し、歌扇は不安そうに胸に手をあてがう。

「お師匠さまには申し訳ないのですが、楽しめるかどうか……。お恥ずかしい話、大門を出た途端、身の置き所がなくなってしまって。こんな形《なり》ですから、余計にそう思うのかも知れません」

「気風《きっぷ》の良さで知られてるはずが、ほんとにまぁ、そんな弱音を吐くなんてねぇ」

ころころと声を立てて、お勢は笑う。

幸は、歌扇の手に見入っていた。その胸に置かれた手。水仕事とは無縁なのだろう、美しい手なのだが、小指に胼胝《たこ》がある。三味線の撥《ばち》で出来たものだと思われた。よく似た手を見た覚えがあった。

智蔵の最期の様子を幸から聞き終えて、そっと涙を右の指先で押さえたひと。銀駒というそのひとの小指にも、耕胝の名残があった。

「芸事で歌扇に敵《かな》う女は、吉原には居ませんよ。ただ……。扇屋じゃあ、楼主が見込んだ妓には、名前に『扇』の字を入れるんですよ。お大尽の贔屓筋《ひいきすじ》を持ち、店の看板になる妓は、花に扇で『花扇《かせん》』って名を代々、引き継いでます。このひとは、歌に扇で『歌扇』ですが、耳で聞く分には同じなんで、余計な気苦労をしちまって」

お竹を待つ間に、お勢は幾分悔しそうに話した。

「失礼します」

表座敷から、お竹が白布に包んだものを抱えて戻った。敷布と撞木を手にして、大吉が後に続く。

「ご寮さん、これを」

お竹は幸の傍らに包みを置くと、開いてみせる。

伊勢木綿の反物が三反、現れた。全《すべ》て縞柄だが、趣が異なる。鉄色に白抜きの万筋《まんすじ》、消炭《けしずみ》に銀鼠《ぎんねず》の太縞、紺地に玉子色の細縞。後染めと先染めの味わいの違いはあるが、いずれも歌扇に似合いそうだ。

流石、お竹どんだわ、と内心舌を巻きながら、幸は敷布を広げ、大吉から受け取った撞木を並べた。一反ずつ、撞木に掛けていく。

太物の反物を間近に、しかも撞木に掛けて縦にして見る、というのが生まれて初めてなのだろう、歌扇は身を乗りだした。

「何とまぁ」

お勢が溜息交じりに言った。

「餅は餅屋というけれど、流石の見立てだこと。特にこれなんか、お前の綿入れ姿を思うだけで、ぞくぞくするよ」

紺地に玉子色の縞が指し示されたことを受けて、お竹はその反物を撞木から外した。そのまま、歌扇の肩から腕へと添わせる。

「染め糸で縞に織った品だす。玉子色が優しいて、柔らかい雰囲気だすやろ。今、巻いてはる紬の帯にも合いますし」

ようお似合いだすで、とお竹は目尻に皺を寄せた。

「おおきに、ありがとうさんでございました」

奉公人らの声を背に、買い物を終えた師弟は店を出ていく。よほど嬉しいのだろう、歌扇は反物を包んだ風呂敷を、胸にぎゅっと抱き締めていた。

年の瀬の雑踏に紛れていくふたりを、幸とお竹は店の表でずっと見送る。

「あれが、吉原で初めての女芸者を目指す、歌扇いう妓ぉだすな」

何時の間にか、傍らに菊栄が控えていた。

「男はんなら当たり前に歩ける道でも、女子《おなご》が行こうとすると、風当たりも強うおますよってになぁ」

菊栄は、遠ざかる歌扇の華奢《きゃしゃ》な背中に、じっと見入る。

「何とか堪《た》えて、乗り越えてほしいもんだす。今の苦労が、のちの桜花になるんやさかいに」

帝の名に掛けての台詞《せりふ》だが、歌扇だけではない、あとに続く女たちを桜花に喩《たと》えてのことだった。

薄紅の桜の蕾《つぼみ》が少しずつ膨らんでいく――春の気配もない極寒の風の向こうに、三人はそんな幻を見ていた。

第十一章　遥かなる波路

年が明けて、宝暦十四年（一七六四年）となった。

宝暦という元号は、吉宗《よしむね》公逝去を受けてのこと。一昨年は桃園帝が崩御、その異母姉で桜町天皇の第二皇女の智子内親王が践祚《せんそ》した。昨年、即位の礼が執り行われたこともあって、元号も近く変えられるだろう、と専《もっぱ》らの噂《うわさ》だった。

「去年の日食で懲りましたからねぇ、今年の暦《こよみ》は間違いないんだろうか」

「閏《うるう》年なのは仕方ないとして、師走が二回も繰り返されるのは堪《たま》らない」

年始の挨拶《あいさつ》のあとは必ずそんな遣《や》り取《と》りが交わされたが、小正月が過ぎる頃《ころ》には暦に対する小さな不満も収まっていた。

睦月十八日は、年明け最初の観音《かんのん》さまのご縁日で「初観音《はつかんのん》」と呼ばれ、縁起を担いで多くの参拝客が詰めかける。

浅草寺への参詣《さんけい》のついでに店前を覗《のぞ》く者も多く、五鈴屋は大変な賑《にぎ》わいだった。今月は屋敷売りの声もかからず、主従全員で接客に当たっている。大坂本店《ほんだな》の鉄助、それに五鈴屋八代目店主の周助から文《ふみ》が届いたのは、まさにその最中であった。

商いの合間を縫って、幸と佐助は次の間へ移り、気忙《きぜわ》しく文に目を通す。番頭の鉄助からの文を読みながら、佐助は内容を掻《か》い摘《つま》む。

「江戸本店に移す者も決めた、とあります。予定通り、手代《てだい》と丁稚《でっち》の五人で、皐月までにはこちらに着くようにするそうだす」

「周助どんの文にも、そう書かれてい……」

言葉の途中で、幸は思わず「まあ」と華やいだ声を上げた。まあまあ、と続けて喜びが口をついて出る。

「どないしはりました」

「鉄助どんが祝言を挙げたそうよ」

ほら、ここに、と幸は開いた文を佐助に指し示した。

周助の女房のお咲《さき》の生家は、北野《きたの》村で旅籠《はたご》を営んでいる。そこで働く若い女衆《おなごし》で、鉄助とは親子ほど年が離れているが、気働きの出来る娘だという。当人同士が気に入り、あっと言う間に話がまとまった、とあった。

「こっちの文には、そないなことは全然……」

言いながら、佐助は笑いだした。

「鉄助どん、よっぽど気恥ずかしかったんだすなぁ。どないな顔して、この文を書いてたんだすやろ」

目に浮かぶようだすなぁ、と笑う佐助の眼《め》が少し湿《しめ》り気を帯びている。五鈴屋に奉公に上がった時から、長い時をともに過ごした鉄助の幸せが、しみじみ嬉《うれ》しいのだろう。

文を交換して最後まで読み通し、幸は佐助へと向き直った。

「蔵前屋さんから頂戴《ちょうだい》した縁談の件、そろそろ返事をしないとなりません」

年明け早々に、本両替商の蔵前屋から佐助に、またとない縁談が持ち込まれていた。本人に伝えたあとは、あまり急《せ》かしても、と考えて半月ほど見守った。初荷以後、忙しかったせいもあるだろうが、その件について、佐助からは何も触れてこない。これ以上、蔵前屋を待たせても、迷惑をかけることになる。

顧みれば、二年ほど前の近江屋からの縁談話を、大坂本店の番頭の鉄助が独り身なこと、五鈴屋が呉服商いの再開に至っていないことを理由に断ったのは、佐助自身であった。

「こうして鉄助どんも身を固めました。江戸店の呉服商いも順調です。梅雨明《つゆあ》け頃《ごろ》には人手も増える。あなたは所帯を持って、店に通ってくれたら、と願っています」

　もしも、意中のひとが居るなら叶《かな》うよう動くから、と店主に促されて、佐助は「とんでもない」とばかりに頭《かぶり》を振り、畳に両の手をついた。

「呉服を扱えるようになって、まだ一年だす。お武家さまにも五鈴屋を選んで頂けるようになり、大坂本店のような品揃《しなぞろ》えも叶い始めました。お店にとって大事な時だすよって、今は勘忍しとくなはれ」

　いずれは別家となり、主《あるじ》となる佐助なのだ。遅くならないうちに身を固めてほしい、とは思うのだが、ままならない。幸は小さく吐息をつき、

「もちろん、無理強いをするつもりはないけれど、佐助どん自身の生き方に関《かか》わることです。そのことを頭の隅に置いておきなさい」

　とだけ、伝えた。


「五鈴屋さん、どうかもう……。そんなにされては、私も困ってしまいます」

　蔵前屋の離れ座敷、先刻から頭を下げ続ける幸のことを、店主は懸命に制した。

「五鈴屋さんとのお付き合いは長い、佐助さんならばそう仰《おっしゃ》るのでは、と薄々思っていたのですよ。ですから、どうぞ、もうお気になさらず」

相手にそこまで言われて、幸は漸《ようや》く顔を上げる。

人払いをしてあるせいか、障子《しょうじ》に人影はなく、松の枝影が映るばかり。店の殷賑《いんしん》はここまで届かず、かっかっ、と火打石を鳴らすような鳥の鳴き声がする。

とうに冷めてしまったお茶を幸に勧め、自身も飲んで、店主は、

「こう申し上げては失礼かも知れませんが、佐助さんの縁談は、謂《い》わば端緒なのです」

と、迷いの残る語勢で告げた。

相手のいう「たんしょ」が、糸口という意味の端緒である、と気づいて、幸は考え込む。佐助の縁談が糸口になる、とはどういうことか見当がつかなかった。

「お気を悪くなさらず、聞き流してくださいませんか」

歯切れ悪く、蔵前屋は懇願する。よほど言い難いことなのだ、と推察し、

「蔵前屋さんにはこれまでも色々とご配慮いただいた身、どうぞ何でも仰ってくださいませ。お言葉通り、気にせずに流させて頂きますので」

と、促した。

では、と店主は客人の方へ身を傾けて、思いきったように切りだした。

「あなたさまのことでございます。あなたさまを後添いに迎えたい、あるいは、世話

をしたい、後ろ盾になりたい、と仰るかたが、幾人もいらっしゃるのです」

一気に吐きだして、店主は不自然に視線を逸《そ》らせる。

後添いの申し込みというのは、まだわかる。しかし、「世話をしたい」だの「後ろ盾になりたい」だの、一体、何の話をされているのか。

それは、と幸は思案しつつ、相手に尋《たず》ねる。

「それはつまり、囲い者にしたい、妾《めかけ》になれ、ということでしょうか」

率直に問われて、蔵前屋は視線を幸に戻すと、ぎこちなく頷《うなず》いた。

曰《いわ》く、五鈴屋の女主人が才知溢《あふ》れ、臈《ろう》長《た》けた者であることは、かなり以前からよく知られていた。だが、昨年の日食のあと、武家が多く店に出入りするようになって以来、さらに評価が高まり、「何とかして我が者に」と願う者たちが続き、蔵前屋へ仲立ちを頼んだという。

「いずれも蔵前屋の上客で、江戸でも指折りの豪商ばかりなのです。初めのうちはご容赦頂いておりましたが、懇願が度重なれば、無下にも出来ませず……」

結果、こうしてお話しさせて頂くことになりました、と本両替商は居心地悪そうに言い終えた。

年が明けて、四十になった。既に三度、しかも三兄弟に嫁した身である。後添いだ、囲い者だ、と言われても。

否、だから囲い者に、ということなのか。

苦い笑いが込み上げて、幸は握り拳《こぶし》を唇に押し当て、懸命に笑いを嚙《か》み殺す。その肩が小刻みに震えるのを認めて誤解したのだろう。蔵前屋はおろおろと狼狽《うろた》えて、

「お嘆きになるのは尤《もっと》もですよ。後添いはともかく、妾になれとは失礼にもほどがある。申し訳ございません、やはり、お耳に入れるべきではなかった」

と、ひたすらに詫《わ》びた。

違うのです、と幸は開いた手を左右に振って、笑いながら応《こた》える。

「あまりに思いがけなく……。このお話は、蔵前屋さんが仰った通り、全《すべ》て聞き流させて頂きます」

幸の返答に、蔵前屋は大袈裟《おおげさ》に胸を撫《な》で下ろしてみせた。

当たり障りのない四方山話《よもやまばなし》のあと、蔵前屋は真剣な面持ちになる。

「本両替商は他所《よそ》さまの懐《ふところ》事情ばかりか、今後どのような見通しでいるか等々を知り得る立場にあります。当たり前のことですが、それを外に洩《も》らすことはない」

自身に言い聞かせるように言って、蔵前屋は幸を見た。

「ここからは、私の独り言でございます。少々、地声が大きくはあるのですが」

軽く咳払《せきばら》いをし、店主は視線を空に向ける。

「昨年、暦にない日食が起きた件で、音羽屋忠兵衛、それに日本橋音羽屋は大名家に不興を買ってしまった。音羽屋にすれば、名家に取り入って何か新しいことを、という目論見《もくろみ》は全て外れたわけです」

風が出てきたのだろう、障子に映った松の枝が揺れている。蔵前屋の独り言など耳に入っていない体《てい》で、幸は障子に目を遣り、身動《みじろ》ぎひとつしない。

「女房の呉服太物《ふともの》商の売り上げを回復させ、本両替商音羽屋としての面目を施すために、忠兵衛は新たな販路を吉原に――遊里に求めることにしたようです」

幸は思わず背を反らし、蔵前屋へと視線を向ける。

――吉原廓《くるわ》と大名家、江戸の呉服商が大店《おおだな》に育つために外せないのが、この二つです

――日本橋の呉服商は吉原廓に食い込むため、日夜しのぎを削る、と聞き及びます

かつて聞いた、恵比寿屋の話が胸を過《よぎ》る。

「音羽屋の女房殿は、大奥や大名家と縁が切れることを、随分と嘆いておられたそうです。しかし、背に腹は代えられません。今後はぐいぐいと廓に食い込んでいかれることでしょう」

長い独り言を終えると、蔵前屋は茶碗《ちゃわん》に残ったお茶を干して、太く息を吐いた。

気づけば陽射《ひざ》しの位置がずれていて、幸は思わぬ長居を悟る。このあと、深川へ向かうため、外に賢輔を待たせたままであった。

見送りを辞し、座敷を出ようとする幸を、蔵前屋店主が呼び止めた。

「今後も、あなたさまとのご縁を求める声は続くと存じます。どのように対処させて頂きましょうか」

馬鹿げた申し出は、幸が男であったなら、なされなかった。そう思うと、喉《のど》の奥が渋苦《しぶにが》い。

「全て、お断り頂きたく存じます。私は最早《もはや》、誰《だれ》かに嫁ぐことも、ましてや囲われることも、望んでおりません」

五鈴屋江戸本店店主の、柔らかな口調ながらきっぱりとした返答を受けて、蔵前屋は寂寥《せきりよう》を滲《にじ》ませる。

それではあまりに、と言い止《さ》して黙り込む店主に、幸は静かに一礼を返すのみであった。

「ご寮《りよん》さん」

蔵前屋の奉公人に見送られて表へ出た幸に、声が掛かった。

通りを見れば、賢輔が幸を目指して駆けてくる。行き来の邪魔にならぬよう、御蔵前の白壁の間に佇《たたず》んで待っていたのだろう。急ぎ走り寄る賢輔に、「随分と待たせてしまって」と、幸は労《ねぎら》った。

「何ぞ、おましたか」

手代は腰を落とし、控えめに店主の双眸《そうぼう》を覗く。

苦い気持ちは封じたはずだが、表情に滲んでいたのかも知れない。真摯《しんし》に店主を気遣う眼差《まなざ》しを受けて、幸はふっと口もとを緩めた。

「ちょっと面白いことがあっただけです。さぁ、急ぎましょう」

何があったかは一切触れずに、幸は弾む足取りで歩きだした。

江戸の人々にとって、睦月のうちに寺社に参ることは、とても大切だった。十八日の初観音が終わると、二十一日に初大師《はつだいし》、二十四日に初地蔵、そして今日二十五日は初天神であった。

幸い、天候にも恵まれて、湯島《ゆしま》天神へ向かう人の波が途切れることはない。湯島から田原町までは、ゆっくり歩いて半刻（約一時間）ほど。少し離れているためか、五鈴屋では、初観音の時ほど混み合いはなかった。

「おいでやす」

暖簾《のれん》を潜《くぐ》って現れた男を認めて、表座敷の奉公人たちが声を揃える。

相撲年寄の砥川額之介であった。今日は背後にもうひとり、瓢簞《ひょうたん》に似た頭の初老の好々爺《こうこうや》が控えている。

「砥川さま、おいでなさいませ」

幸は土間に下りて砥川を迎え、年始の挨拶をし、背後の瓢簞にも丁重に辞儀をした。ほんの一瞬だが、にこやかだった老人の眼差しが鋭くなる。その視線を真《ま》っ直《す》ぐに受け止めて、ようこそお越しくださいました、と幸は笑みを湛《たた》えた。

「五鈴屋さん、まずはご紹介させて頂きましょう。こちらは吉原の大文字屋市兵衛《いちべえ》さま、私が相撲取りだった頃からの、古い馴染《なじ》みです」

奥座敷に通されて着座するなり、額之介は傍らの男をそう紹介した。

大文字屋という屋号にも、市兵衛という名にも聞き覚えがあるような、ないような。先般、蔵前屋で吉原の話が出たところだった。何か因縁《いんねん》めいたものを覚えつつ、幸は畳に両の手をついた。

「御目文字《おめもじ》を賜《たまわ》り、嬉しく存じます。五鈴屋江戸本店店主、幸と申します」

「大文字屋市兵衛です。ご覧の通りのご面相ゆえ、世間さまからは『かぼちゃ市兵衛』などと呼ばれております」

老人は相好を崩して、重そうな頭をぐっと下げる。なるほど、瓢簞というよりは南瓜《かぼちゃ》だった。その時だ、記憶の底に沈んでいた戯歌《ざれうた》が耳を過る。

大文字屋の大かぼちゃ

その名は市兵衛と申します

よいわな、よいわな

愛らしい、子どもたちの歌声。あれは日本橋音羽屋が開店したばかりの頃に、流行っていた戯歌だ。幸は思わず口走った。

「もしや、歌の」

「やぁ、ご存じですか」

これは嬉しい、と市兵衛はかぼちゃ頭を持ち上げて、えびす顔になる。

傍らから、額之介がにこやかに市兵衛の台詞《せりふ》を補う。

「市兵衛さまは、吉原でも屈指の大見世《おおみせ》、大文字屋の楼主なのですよ。それに、陰に陽に力士を支えてくださり、私も若い頃は随分と世話になった」

相撲年寄が楼主を自分に引き合わせた、その理由を考えあぐねて、幸は砥川額之介に、問いかける眼差しを向ける。

「実は、こちらの市兵衛さまより、五鈴屋さんへの口利きを頼まれたのですよ」

店主をしっかりと見返したあと、額之介は、座敷の隅に控えている佐助にも視線を送った。

「長月朔日《ついたち》、着物が袷《あわせ》に替わるその日に、吉原で大掛かりな衣裳競《いしょうくら》べが開かれることになりました。五鈴屋さんに、是非とも加わって頂けないか、という申し出です」

衣裳競べ、という言葉に、幸と佐助は思わず互いを見合った。吉原廓の衣裳競べの話は、これが初めてではない。

市兵衛は「あとは私から」と額之介に断り、幸の方へと膝《ひざ》を進めた。

「以前、花鳥楼から衣裳競べの申し出があり、五鈴屋さんが断られたことも、よく存じています。賢明なことだ、あの時の衣裳競べは、生臭い金銀のにおいしかしない、心底、つまらないものだった。花鳥楼も余計なことをしてくれたものですよ。お陰で、吉原の値打ちが下がってしまいました」

憤懣《ふんまん》やるかたない口調で、市兵衛は言い募る。

「『男は腰のもの、女は衣裳』という諺《ことわざ》がありますが、吉原の女たちにとって、衣裳は戦国武将の甲冑《かっちゅう》に等しい。ただ金銀をつぎ込めば済む、というものではないのです。この度は、吉原の大店が集まり、半年以上を掛けて『これぞ粋《いき》と張りの江戸の衣裳競べ』という催しにする心づもりです」

楼主の言葉は、幸にも佐助にも、非常に意外なものだった。

花鳥楼の使い、それに浅草呉服太物仲間の話を合わせれば、吉原での衣裳競べとは、呉服商同士を競わせて勝敗を決め、勝った呉服商が以後、見世の装束を任される、という仕組みだった。啜《すす》るに値する甘い汁があるわけで、金銀をつぎ込むのが前提だと思われた。

「ひとつ、伺わせてくださいませ」

幸は市兵衛の方へと向き直り、柔らかに、しかし毅然《きぜん》と問う。

「呉服商が呉服代も仕立て代も持ってまで、衣裳競べに加わる意味は何でしょうか。勝てば見世のお抱えとなり、莫大《ばくだい》な利を得られる、だから意味がある、と仰るのでしょうか」

「そうだとしたら、どうするね」

にこにこと笑いながら、市兵衛は幸に顔を近づけ、その双眸を覗き込む。

「金銀は要らぬ、と断りなさるのか」

「金銀は要ります。利を出さぬのは、商いではありません」

幸も負けずに、市兵衛の細い眼をじっと覗き見る。

「ただし、金銀だけで商いが成るものでもありません。衣裳は暑さ寒さからひとを守り、そのひとらしくあるためのもの、誰かと競い合うための道具では決してない。無駄な争いで、費やす手間が惜しいのです」

何と、と瞠目《どうもく》し、市兵衛はまじまじと幸を見た。刹那《せつな》、背を反らして、からからと声を立てて笑いだす。何が笑壺《えつぼ》に入ったのか、かぼちゃ頭を振りたて、ばんばんと己の腿《もも》を叩《たた》いて、老人は笑い転げている。

「気に入った、気に入りましたよ」

笑い過ぎて滲《にじ》んだ涙を拭《ぬぐ》い、市兵衛は幸に告げる。

「今、あなたは奇《く》しくも衣裳の意味を説かれた。暑さ寒さから身を守り、そのひとらしくあるためのものだ、と。その意味に適《かな》う衣裳で、衣裳競べに参加して頂けますまいか。さすれば、衣裳本来の意味について、誰もが深く考えるだろうし、衣裳を競い合いの道具としてしか見ない輩《やから》に楔《くさび》を打ち込むことにもなる。決して無駄な争いにはならぬし、手間を惜しむ理由にもなりますまい」

それは、と言い淀《よど》む幸には構わず、

「砥川さま、それでどうだろうか」

と、市兵衛は額之介に水を向ける。その一声に、相手ははっと我に返った。

「いやぁ、何やら芝居《しばい》を見ているようで、お二人の遣り取りに引き込まれてしまいました」

浅く頭を下げてから、さて、と砥川は顎《あご》に手を置いた。

「もとより、衣裳競べに参加するもしないも、五鈴屋さん次第。日限《ひぎり》を設けて、それまでじっくり考えてもらう、というのはどうでしょうか」

「そりゃあ良い、そうしよう。ただ、衣裳競べの用意にかける日数をあまり削りたくないので、ひと月も待てませんよ」

市兵衛の要望に、額之介は懐を探って暦を取りだした。

「初午《はつうま》は来月十二日、春分が二十日。さて……春分ということにしてはどうでしょう。それだけあれば五鈴屋さんもじっくり考えられるだろうし、衣裳競べの用意のために半年は残ります。五鈴屋さん、それで宜《よろ》しいかな」

相撲年寄に諾否を問われ、幸は忍びやかに息を整えて「承知いたしました」と短く答えた。

この場で断れば話は済むのに、五鈴屋江戸本店店主はそうはしなかった。佐助が店主の様子を窺《うかが》っている。当惑しているのだろう、佐助が店主の様子を窺っている。

与えられた日限一杯、考えてみようと思ったのは、額之介の顔を立てるためばかりではない。衣裳の意味を説き、同じく意味で返された。その一事が妙に胸に刺さったがゆえであった。

市兵衛は多忙を理由に先に帰り、額之介は幸に送られて五鈴屋をあとにする。

「三年前の春の天赦日に、力士に贈るための藍染《あいぞ》め浴衣地《ゆかたじ》を頼みに来た日のことを思い出す。あの時、あなたは相撲に詳しくないことを理由に、おそらくは、依頼を断ろうとしていた。しかし、今日はそうしなかった。吉原に詳しくはないだろうに」

三年経《た》ったからか、と額之介は伸びやかに笑う。心ゆくまで朗笑したあと、顔つきをぐっと引き締めた。

「船乗りは、その日の天候や風向き、満ち潮や引き潮など、充分に気を払い、船出を決める。それでも、出帆した船は、沖に出るまでの間に、予測も出来ぬ波に遭《あ》う。その波を作るのは風だそうです」

風は帆を孕《はら》ませ船を進める一方で、予期せぬ波を起こして、船を襲い、海へと引きずり込む。

「実はもっとも危ないのは、出帆して沖へ出るまでだと聞きました。五鈴屋と仲間の船は今、沖を目指して進んでいるところだ。如何《いか》なる風浪《ふうろう》も越えて、大海に出てください」

精進なさい、と額之介は言い置いて、初天神に向かうひとびとの群れの中へと消えていった。

正月が過ぎての如月、お盆が過ぎての葉月。

一年のうちで、如月と葉月には、先月の散財を省みるからか、ひとびとは一斉に買い物を控える。如月に入り、五鈴屋でも客足が落ちた。思えば、去年の日食のあと、客層の変化に伴う屋敷商いが増えて、多忙を極めていたのだ。商いが落ち着き、漸《ようや》く、じっくりとものを考える余裕ができた。

大文字屋の市兵衛と額之介の来訪を受けて以後、奉公人たちは、店主がどのような答えを出すのか、じっと待っている。だが、なかなか考えをまとめることが出来ない幸であった。

――出帆した船は、沖に出るまでの間に、予測も出来ぬ波に遭う

――実はもっとも危ないのは、出帆して沖へ出るまで

額之介の台詞が、心に残る。

幸は、開いた掌《てのひら》を胸にあてがった。

昨年の初売りから一年、むしろ、商いはすこぶる順調だった。暦にない日食という波はあったが、それにより五鈴屋の商いは弾みを得た。傍目《はため》には少しも危ないことな

どないはずだった。それなのに、胸のこの辺りに、薄《うっす》らとした不安が宿る。幸には、その正体が見極められずにいる。

出帆したものの、目指すべき波路は遥《はる》か遠い。

「おいでやす、どうぞ、中へお入りやす」

お客を迎える大吉の伸びやかな声が、次の間に届く。

幸は胸もとから手を外し、お客を迎えるために、表座敷へと向かった。


五鈴屋の店の間は、北に面している。

太物《ふともの》を専《もっぱ》らとしていた時には、表座敷に明かり取りを設けていたため、日中、室内は明るく保たれていた。だが、絹織は光に弱い。陽射しに晒《さら》され続ければ、白生地は必ず黄ばむし、淡く甘やかな色は容易《たやす》く褪《あ》せてしまう。

そのため、呉服商いを再開する時には、明かり取りを塞《ふさ》いで、陽射しが反物を傷めることのないようにしてあった。

太物ばかりでは沈んで見えるだろうが、美しい色合いの小紋染《こもんぞ》めや色鮮やかな友禅《ゆうぜん》染めなどが撞木《しゅもく》に掛けられれば、座敷はとても華やぐ。

「綺麗《きれい》だねぇ、本当に綺麗だ」

半纏《はんてん》に仕立てるための縞木綿《しまもめん》を買い求めにきたおかみさんが、吐息交じりに言った。その目が、手もとの太物ではなく、別の方に向けられている。視線の先を見れば、商家の女房、と思《おぼ》しき中年のために、賢輔が撞木に帯地を掛けたところだった。

黒地の唐織《からお》り、松に飛鶴《とびつる》の刺繡《ししゅう》を施した帯地だった。少し離れたところからでも、目を引く美しさだ。

うっとりと帯地を眺めていたおかみさんは、はっと我に返り、対応していた幸に、苦笑してみせた。

「ごめんなさいよ、つい見惚《みと》れちまって」

帯地の方を顔で示して、しんみりと続ける。

「ああいうのを帯に仕立てて身体《からだ》に巻けるひとも、世の中には居るんですねぇ」

寂しさの滲《にじ》む声は、幸の胸に重く響いた。

五鈴屋がこの地に暖簾を掲げた時、心がけたのは「ほどよい贅沢《ぜいたく》」だった。小金を貯《た》めれば手が届く、そんな品揃えに徹していた。今は、ああした贅沢な絹織も、要望があれば仕入れている。しかし……。

「嫌だねぇ、私ったら」

おかみさんは小さく首を振り、懐から巾着《きんちゃく》を引っ張りだした。中身を掌に空け、太縞の代銀分を選《え》り分ければ、残りは僅《わず》かだった。

「古手《ふるて》じゃなく、新しい反物《たんもの》で半纏《はんてん》を仕立てられるだけでも、充分に贅沢なのにね」

上見りゃ切りない、下見りゃ切りない、と自分に言い聞かせるように呟《つぶや》いた。

太縞を包んだ風呂敷《ふろしき》を胸に抱き、帰っていくおかみさんを、幸は表まで見送る。

浅い春、風は冷たいが、空は隅々まで晴れ渡り、注ぐ陽射しが暖かい。おかみさんは少し先で幸を振り返り、会釈をした。

上見りゃ切りない、と言っていた声が、切なく耳に残る。

――五鈴屋さんが段々、手の届かない店になってしまう寂しさもあります
帯結び指南の帰りに、お客の洩らした本音を、幸は思い出す。眩《まばゆ》いはずの春陽が、薄暗く翳《かげ》っていくようだった。


穂積家などの名家や豪商の要望に応えた品揃え。

倹しい暮らし向きのおかみさんたちにも手に取り易《やす》い品揃え。

丸屋を始めとする浅草呉服太物仲間は、値の幅の開きのないよう、後者に軸を置いている。しかし、五鈴屋は広がった客層に応じるべく、両方を適《かな》えるように努めている。このところは、嫁荷の相談も増え、大坂本店や高島店を手本に腐心しているのは

確かだが、決して、後者を疎《おろそ》かにしてはいない。金糸銀糸を用いた豪奢《ごうしゃ》な帯地も、慎ましやかな縞木綿も、ともに店前に並ぶのは、その証《あかし》のはず――そう思いかけて、違う、それは言い訳だ、と唇を引き結ぶ。

深夜、板の間に座って、幸はひとり、考え続けていた。

昼間のおかみさんのひと言がきっかけではあったが、それだけではない。前々からずっと、胸に痞《つか》えるものがあった。だが、それが一体何なのか、幸自身もまだ摑《つか》めずにいる。

暮らし向きによって、手に入れられる品に違いがあることは、やむを得ない。世の中の誰もが、それを「分」として受け容《い》れて生きている。ただ、そうだとわかっていたとしても、同じ座敷で、自分には手の届かない買い物をする者を眼にしてしまえば、心穏やかでいられなくなることもあるだろう。

ああ、そうだ、「術無《ずつな》い」だ、と幸は唇を引き結ぶ。

術無いとは、大坂言葉で、気詰まりや切なさ、苦しみなどの入り混じった心持ちを表す。昔、女衆だった幸が四代目に嫁ぐことが決まった時に、お梅が洩らしたのも「術無い」という言葉だった。

他人の求める品が気になるか否か、気質はひとそれぞれだとしても、店としてまず考えねばならないのは、気持ちよく買い物をしてもらう、ということではないか。呉服と太物の売り場を分ける、というのもひとつの考えだろうが、同じ座敷ではあまり意味がない。例えば、桁《けた》違いの品は屋敷売りに絞ったり、二階に案内したりして、お客に術無い思いをかけぬよう、配慮できることはある。

だが、果たして、それだけだろうか。

お客の「術無い」を避けるだけで、この胸の痞えは解消するのか――膝に置いた手に目を落として、幸は自身に問う。否、と頭を振るしかなかった。

七年の空白を埋めるべく、呉服の品揃えに力を注いできた。しかし、どうしても、拭い去れない疑念がある。

売りたいものを扱うのではない、お客が買いたい、と思うものを揃えておくことこそが商いの肝だと考えてきた。しかし、考えれば考えるほど、お客が「買いたい」と思うものが何なのか、曖昧《あいまい》になっている気がしてならない。

――我らの仲間から、江戸一番の大店《おおだな》が生まれるなら、これほど誇らしいことはない

寄合で仲間から掛けられた台詞を、幸は思い返す。

今の五鈴屋の品揃えは、日本橋の呉服太物商の大店と似ている。いずれも、京に仕

入れ店があるがゆえだった。田舎絹にはない、艶《あで》やかな染め物や複雑な織り物などは、莫大な利を生み出す。そちらに重きを置けば、「江戸一番の大店」なる高みにまで行けるのかも知れない。

だが、五鈴屋江戸本店の暖簾を預かる者として、それが一番の望みかと聞かれれば、決してそうではない。

——売り手も買い手も幸せにする「この国一」の商いを目指しまひょ

そう言ってくれた、亡き智蔵の言葉が、幸にとっては全てだった。しかし、今、何が買い手の幸せか、混とんとしてしまっている。

溜息《ためいき》が洩れた拍子に、傍らの行灯《あんどん》の火がゆらりと揺らいだ。

迷うばかりの幸の眼が、壁の掛け軸へと向いた。「菜根譚」の一節を綴《つづ》った書で、呉服商い再開の知らせを受けて、今津の弥右衛門が贈ってくれたものだ。

未有根不植　而枝葉榮茂者

「未《いま》だ根の植《た》たずして、枝葉の栄茂するものはあらず」

密《ひそ》やかに、幸は読み上げる。

五鈴屋にとって、商いの根とは、「買《こ》うての幸い、売っての幸せ」に違いない。それが揺らいでいては、幹が太くなることも、枝葉が健やかに伸びることも難しい。

迷いを断ち切り、買い手と売り手双方の「幸」の真実を見極める。その手掛かりがあれば、と煩悶《はんもん》するものの、糸口は容易には見つからなかった。

「ご寮さん」

不意に呼びかけられて、幸は振り返る。

灯明皿を手にした賢輔が、敷居の傍《そば》に立っていた。墨で汚れた手と硯《すずり》とを、裸火が仄《ほの》かに照らしている。

「どないしはりました?」

明かりと硯とを床に置いて、賢輔が案じる眼差しを幸へと向けた。

「賢輔どんこそ、まだ休んでいなかったのですか」

店主からの反問に、手代は「硯を洗ったら、休ませて頂きます」と答える。夏用の新柄の図案描きも大詰めだった。

遅くまでご苦労さま、と賢輔を労って、幸は再び、弥右衛門の掛け軸に目を遣った。

「この掛け軸を見ていました。店主として、『菜根譚』には幾度、救われ、支えられたかわからない。すぐには答えの得られぬ悩みも、あるのだけれど」

最後のひと言は、賢輔に向けてというよりも、幸自身の独り言に近かった。

賢輔は幸の傍に歩み寄り、店主の悩みの手掛かりを探るかのように、弥右衛門の書に見入る。

暫《しば》しの間、何も言葉を交わさず、ふたりして「菜根譚」の一節を眺めた。

傍らに賢輔が居ることで、先刻まで幸を覆っていた不安が、少しずつ削《そ》がれていく。賢輔だけではない、佐助、お竹、壮太に長次、豆七に大吉、そしてお梅。五鈴屋は奉公人に恵まれている。そう、未《いま》だ迷いの中にあるものの、幸は闇《やみ》にひとり置かれているわけではなかった。

賢輔どん、と店主は手代の名を柔らかに呼ぶ。

「私は店主でありながら、今、五鈴屋が何を求められ、どう応えるべきか、見極めをつけかねています。けれど、必ず答えを見つけて、しっかりと地中に根を張り、幹を太くして、次に託そうと思います。賢輔どん、いずれ、九代目として跡を引き受けてくださいな」

改まった物言いではない。しかし、想《おも》いの籠《こも》った台詞であった。

沈思の末に、賢輔は「へぇ」と短く、しかし力強く応じた。跡目を継ぐことに関して、本人が言明するのは初めてだった。

「ご寮さんの想い、決して疎かにはいたしません。そして、叶うならば、できる限り永《なご》うにご寮さんのお傍で、ともに悩み、知恵を絞り、難儀を乗り越えて、五鈴屋の幹を太うにするお手伝いをさせて頂きたい、と願《ねご》うています」

そないさせておくれやす、と賢輔は幸に深々と頭を下げるのだった。


とんとんとん、と軽やかな太鼓の音が重なる。麗《うら》らかな春天のもと、子どもたちが「正一位稲荷大明神《しょういちいいなりだいみょうじん》」と口々に言いながら、賑やかに路地を抜けていく。神狐《しんこ》の前掛けは新調されて、色鮮やかな真新しい赤が江戸の街に彩《いろどり》を添えた。

初午《はつうま》のこの日、太鼓の音に背中を押されるように、ひとりの女が五鈴屋の暖簾を潜った。紺地に玉子色の細縞の綿入れが、何ともよく映る。髪の櫛《くし》も一枚になり、簪《かんざし》も二本減って、随分と頭が軽くなっていた。

店の間の上り口にいた幸とお竹は、思わず笑みを交わす。

「歌扇さん」

主従に名を呼ばれて、歌扇はぱっと笑顔になった。

「女将《おかみ》さん、お竹さん」

背後にお勢は居ない。どうやら吉原からひとりでここまで来たようだった。

「この綿入れのお陰なんですよ。これだと大門を出て歩いていても、誰も妙な目で見ない。通りすがりに『幾らだ』なんてことも言われないし、嫌な思いをすることがないんです。ありがたくて」

今日はこの着物に合う帯を新調しようと思って、と歌扇は今、身体に巻いている丁子染《ちょうじぞ》めの紬《つむぎ》の帯をぽん、と叩《たた》いてみせた。

如月、それに昼餉《ひるげ》時のために、丁度お客が途切れていた。表座敷に通された歌扇は、お竹の勧める帯地を、次々と楽しそうに身体にあてがう。

「禿《かむろ》の頃から馴染んだせいか、華やかな赤い色が好きなんです。でも、正直、私にはあまり似合っていないみたいで。五鈴屋さんで見立ててもらった、この紺色の綿入れを着ていると、人さまから随分と褒められるんですよ。そんなこと、今までなかったので、驚いてしまって」

「色いうんは面白いもので、好きな色と、そのひとに似合う色とは、必ずしも一緒と違いますのや。おまけに、似合う色は、齢を重ねるごとに変わってきますよってに、工夫のし甲斐もおます」

綿入れの紺色に合う色味の帯を選びながら、お竹がにこやかに応じた。

小頭役の台詞に、本当にその通りだ、と幸は強く思う。色も紋様も生き物で、どれほど好みのものであっても、似合わなければせっかくの装いが台無しになってしまう。

逆に、似合う色や柄を見つけたなら、装う楽しみも増えていく。

淡黄の木綿の帯地が、歌扇の細縞の綿入れに重ねられた時、幸もお竹も思わず「あぁ」と声を洩らした。

綿入れの色との相性も良く、歌扇の顔色を引き立たせ、より健やかに見せている。霞《かすみ》越しの菜種畑を思わせる淡黄は、これからの時季にぴったりで、銀鼠《ぎんねず》の帯地と二枚合わせにすれば、裏表で楽しめる。

主従の提案を気に入ったのだろう、歌扇は懐から紙入れを取りだした。

「仕立てはどないしはりますか」

買い上げられた帯地を丁寧に巻いて、お竹が尋ねる。

着物と違い、帯の仕立てはさほど複雑ではない。だが、針仕事に慣れていなければ、厄介かも知れなかった。

「扇屋のお針に頼みます」

吉原では遊女は針を持たず、見世ごとにお針を雇い入れている。金襴《きんらん》の打掛も、刺繡を施した小袖《こそで》もそれに重ねる下着も、全《すべ》て見世の中で仕立てるとのこと。

名家が御物師《おものし》を置くのに似ている、と幸は感心しきりだった。

「扇屋のお針は昔っから、花魁《おいらん》には親切でも、私のような者には衣裳の相談に乗ってくれないんですよ。私の装束は花魁たちに比べたら、あまり値の張るものじゃないし、手間賃も知れてるから」

出入りの呉服商が持ち込んだ反物を、遊女たちは好きに選べるが、全ては見世への借り入れとなる。贅を尽くした呉服はお客の眼も引く代わり、借銀で遊女を縛って息の根を止めかねない。

「おまけに、櫛に笄《こうがい》に簪、と身に纏《まと》うものだけじゃあ済まないから、本当に大変なんですよ。全部引き受けてくれるようなお大尽を捉《つか》まえなければ、どうにもならない。私はこの馬面ですから、そんな甲斐性《かいしょう》もなくて。せめて借財を増やさないように、身の丈に合った形《なり》で通しました。五鈴屋さんがしてくれたように、その頃、私に似合う長着や帯を見立ててくれるお針でも身近に居たら、また別だったでしょうけど」

歌扇はそう言って、お竹から受け取った帯地を、愛《いと》おしそうに胸に抱いた。

「芸者として引手茶屋や扇屋の座敷に出るのに、まさか木綿というわけにもいきません。前に誂《あつら》えた衣裳は、遊女の中じゃあ地味だったお陰で、今もそれを着て座敷に出られるので、助かってはいるんですが」

ただ、それも良し悪《あ》しで、と歌扇はやるせなさそうに溜息をついた。

年季が明けたあと、芸一本で生きていく道を選んだ。三味線《しゃみせん》と唄《うた》、それに踊りの修練を重ねて、座敷を華やかに盛り立てる役回りを担っている、という自負があった。

吉原の芸者は男ばかりだが、芸の上では決して引けを取らない。否、むしろ、もと遊女だからこそ出来る気遣いもある、と思っていた。

「廓言葉は、三味線のお師匠さんのお陰で、何とか抜けました。けれど、遊女の頃の衣裳のままだからか、お客からも芸者からも、それに花魁たちからも『紛らわしい』と言われてしまって」

情けないことです、と歌扇は肩を落とした。

ほかにお客も居ないため、佐助らも、歌扇の吐息さえも聞き逃すまい、と耳を欹《そばだ》てる。店の間には、女芸者の切なさ、遣り切れなさが溢《あふ》れていた。

幸は咄嗟《とっさ》に、両の掌を重ねて胸に置く。

そこに長く宿っていた不安が、痞えていたものが、少しずつ溶けて消えていく。代わりに、一条の光が射し込んでいた。その光を逃すまい、と幸は掌に力を込める。

「勿体《もったい》ないことだすなぁ」

お竹の低い呟きが、静寂を破った。

「せっかくの芸だすやろに、衣裳の方が悪目立ちするんは、ほんに勿体ない」

その台詞に、長次と豆七が小さく頷き、壮太と賢輔は密《ひそ》かに眼差しを交わし合った。

そう、呉服商にしか、否、五鈴屋にしか出来ないことがある。

――今、あなたは奇しくも衣裳の意味を説かれた。暑さ寒さから身を守り、そのひとらしくあるためのものだ、と

慎ましい太物でも、贅を尽くした呉服でも、そのひとらしくあるための一反を提供できればいい。それに優るものはない。

「歌扇さん」

幸はその名を呼んで、より近くへと膝行《しっこう》する。

「この秋に吉原で開かれる、衣裳競べのお話をご存じですか」

唐突に問われて、歌扇は戸惑いつつも、ええ、と頷いた。

「長月朔日、袷《あわせ》の衣裳競べのことなら、今、廓中がその話題でもちきりですよ」

「扇屋も、参加されますか」

重ねて尋《たず》ねられ、歌扇は、「ええ」と首肯する。

「扇屋からは花魁の花扇、『花』に『扇』という字をあてる『花扇』が出るはずです。競い合いの衣裳は全部、呉服商持ちだそうで、呉服商の方で誰に着せるか、選ぶことが出来る、と聞きました。白木屋《しろきや》は遊亀楼《ゆうきろう》の富士乃《ふじの》、岩城升屋《いわきますや》は大文字屋の初霞《はつがすみ》、そして、日本橋音羽屋が扇屋の花扇を、早々に押さえている、と」

日本橋音羽屋の名が出たところで、主従は表情をぐっと引き締める。生き残りを賭《か》けて、吉原進出に乗りだした日本橋音羽屋、そして音羽屋忠兵衛が、この機を逃すはずはなかった。

思い余ったように前のめりになって、賢輔が歌扇に問う。

「ひとつの廓からは、おひとりだけだすか？　おひとりしか衣裳競べには出られへん、そないな決まりだすのやろか」

妙なことを聞かれると思ったのか、首を捻《ひね》りつつも、歌扇は、

「いいえ、遊亀楼も大文字屋も、何人か出す、と聞いています。扇屋からも、ほかに誰か出るかも知れません」

と、明瞭《めいりよう》に答えた。

お竹と佐助が互いの気持ちを酌み合うように視線を絡め、揃って幸を見る。思いは同じなのだろう、長次や壮太、豆七らも、軽く身を乗りだして、店主の言葉を待っていた。

「歌扇さん、お願いがございます」

相手の双眸を真っ直ぐに見て、幸は畳に手をついた。

「長月朔日、吉原での衣裳競べで、五鈴屋の衣裳をあなたに纏って頂きたいのです」

店主の言葉が終わるや否や、奉公人たちも「お願いを申し上げます」と声を揃え、歌扇に向かって深々と頭を下げた。

「えっ」

一体、何が起きているのか、何を頼まれているのか、女芸者は息を呑《の》み、両の瞳《ひとみ》を見開いたまま動けない。胸に抱いていた反物が腕を放れ、膝から畳へと落ちた。買ったばかりの木綿の帯地は、解けながら滑らかに青畳を転がっていく。皆が慌てて手を伸ばしたが、間に合わない。

青い畳に同じ幅で広がる淡黄は、いみじくも、航路を思わせる。迷うことなく、一途に大海を目指す航路を。

出帆した船が辿る、遥かな、しかし確かな波路のように、幸の眼には映った。

治兵衛のあきない講座

長引くコロナ禍で、試練の日々が続きます。皆さま、さぞやお疲れのことだすやろ。せめて今は熱いお茶でも淹れて、この講座で息抜きしておくれやす。ほな、今回も参りまひょ。

一時限目　親和《しんな》と親和文字のこと

作中に登場する親和や親和文字ですが、実際に存在したのでしょうか。

治兵衛の回答

物語自体はフィクションですが、作中の親和は書家の三井《みつい》親和をモデルにしています（親和先生、何とぞお許しを）。深川に長く住み、深川親和とも名乗った彼の書は「親和文字」と呼ばれ、江戸っ子に大変好まれました。現存する資料は意外に少ないのですが、江戸名所図会の神田明神祭礼を描いた中に「深川親和」と記された幟を見ることができます。また、人気力士だった谷風梶之助の化粧まわしにも、親和の筆が認められます。親和文字を取り入れた浴衣は江戸中を魅了し、川柳にも「どの祭でも　深川のおやぢでる」（「柳多留《やなぎだる》」第十九編。版元により表記の違いがあります）と読まれたほどです。

二時限目　江戸時代の相撲について

「風待ち篇」で勧進大相撲に熱狂する人々が描かれましたが、相撲は当時、そんなに人気だったのですか?

治兵衛の回答

長い歴史のある相撲ですが、風紀を乱す等々を理由に勧進相撲が中止になるなど、不遇の時代もありました。幕府から再開を許されて以後、年に二度の興行を待ち望むひとが増えていきます。初代横綱とされる谷風梶之助や小野川喜三郎が誕生する頃には、絶大な人気を誇るようになります。古川柳に「相撲好き　女房に羽織ことわられ」という一句があります。贔屓《ひいき》の力士が勝つと、着ているものを脱いで土俵に投げ入れてしまった、という当時の熱狂ぶりが伝わります。相撲小屋の様子は、「勧進大相撲土俵入之図」などの相撲錦絵（国立国会図書館デジタルコレクションで公開）で窺い知る事ができます。

三時限目　甜瓜《まくわうり》って、どんな瓜？

五鈴屋の皆の好物の甜瓜が気になります。どんな瓜でしょうか。

治兵衛の回答

甜瓜はインド原産で、真桑瓜とも表記されるように美濃国真桑村のものが味の良さで知られていました。あっさりした上品な甘み、そして何より素晴らしいのが、その芳香です。今はごくたまに「道の駅」などで見かけるだけになりましたが、関西では「まっか」と呼ばれて、昭和の中頃までは身近な果物でした。宝永《ほうえい》六年（一七〇九年）の近松門左衛門《ちかまつもんざえもん》作「心中刃《しんじゅうやいば》は氷の朔日《ついたち》」に「甜瓜《まくわ》も冷やしや」という台詞があります。甘味の少ない時代、井戸水で冷やした甜瓜は、何よりのご馳走《ちそう》だったのでしょうね。

五鈴屋へ女衆奉公に上がった時、九つやった幸も、今巻で四十歳に。また、四代目の頃には分散の危機に陥っていた店も、今は大坂と江戸、両方で初代からの志を守り、精進を重ねさせて頂いています。現在、コロナで辛い思いをしてはる皆さま、何とか踏ん張って、前を向いて歩いて行きまひょな。

大海原で帆一杯に風を受け、船を進められる日ぃも、きっと廻《めぐ》ってきます
よってになぁ。

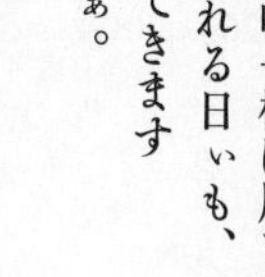

お便りの宛先
〒102-0074 東京都千代田区九段南2-1-30
イタリア文化会館ビル5階
株式会社角川春樹事務所　書籍編集部
「あきない世傳　金と銀」係

時代小説文庫
た 19-27

あきない世傳《せいでん》 金《きん》と銀《ぎん》 十二 出帆篇《しゅっぱんへん》

著者　髙田《たかだ》 郁《かおる》

2022年 2月18日第一刷発行

発行者　角川春樹

発行所　株式会社 角川春樹事務所
〒102-0074 東京都千代田区九段南2-1-30 イタリア文化会館

電話　03(3263)5247［編集］　03(3263)5881［営業］

印刷・製本　中央精版印刷株式会社

フォーマット・デザイン＆シンボルマーク　芦澤泰偉

ISBN978-4-7584-4461-3 C0193
http://www.kadokawaharuki.co.jp/［営業］
fanmail@kadokawaharuki.co.jp［編集］ ご意見・ご感想をお寄せください。